Tahar Ben Jelloun

Der
öffentliche
Schreiber

Zu diesem Buch

»Ich liebe das ferne und unerreichbare Wissen. Als öffentlicher Schreiber habe ich oft davon geträumt, in das innere Leben eines Menschen einzutreten und die Erinnerungen durcheinanderzubringen.«

Dieser rätselhafte Schreiber erzählt den gewundenen Lebensweg eines jungen Marokkaners: Krank und vom Leben träumend, verbringt er seine Kindheit im Palmblätterkorb. Dann die Schule, die ersten erotischen Abenteuer, die tastenden Versuche des Halbwüchsigen, sich die Welt von Fès und Tanger zu erobern, der Schmerz kultureller Gegensätze, schließlich die Flucht des Erwachsenen nach Paris.

In diesem dichten Roman beschreibt Tahar Ben Jelloun die Suche nach der Identität eines Einzelnen und zugleich eines ganzen Volkes. Eine Hommage an sein Volk, das ihn beschwört: »Höre, was wir sagen, auch wenn wir nicht sprechen, schau in diese Gesichter ... sammle dich, lerne, die Steine des Geheimnisses zu heben.«

Der Autor

Tahar Ben Jelloun wurde 1944 in Fès geboren. Sohn einer Kaufmannsfamilie. Studium der Philosophie an der Universität in Rabat, Studium der Soziologie und Psychiatrie in Paris. Seit 1975 freier Journalist und Schriftsteller, u.a. als ständiger Mitarbeiter der Tageszeitung »Le Monde« sowie der Monatszeitschrift »Le Monde Diplomatique«, für die er regelmäßig Artikel zu Literatur, Politik und Gesellschaft des Maghreb schreibt. Seit 1976 Mitglied der Académie Mallarmé. Tahar Ben Jelloun wohnt in Paris und Tanger. 1987 erhielt er für den Roman »Die Nacht der Unschuld« den Prix Goncourt, 1994 den Großen Maghreb-Literaturpreis der Stiftung Nourredine Abba.

Tahar Ben Jelloun

Der öffentliche Schreiber

Aus dem Französischen von
Horst Teweleit

Unionsverlag
Zürich

Die französische Originalausgabe erschien 1983
unter dem Titel *L'écrivain public*
bei Editions du Seuil, Paris

Die deutsche Erstausgabe erschien 1987
im Verlag Rütten & Loening, Berlin

Unionsverlag Taschenbuch 56
Übernahme der Übersetzung mit freundlicher Genehmigung
des Verlags Rütten & Loening, Berlin
© by Unionsverlag 1995
Rieterstrasse 18, CH-8059 Zürich, Telefon 01-281 14 00
Alle Rechte vorbehalten
Umschlaggestaltung: Heinz Unternährer, Zürich
Bild: Brion Gysin, von der arabischen Kalligraphie inspiriert:
Mektoub, 1959, Musée d'Art Moderne de la Ville de Paris.
Cliché photothèque des musées de la Ville de Paris
© by SPADEM 1995
Druck und Bindung: Clausen und Bosse, Leck
ISBN 3-293-20056-7

Die äußersten Zahlen der folgenden Zeile
geben die aktuelle Auflage
und deren Erscheinungsjahr an:

1 2 3 4 5 - 98 97 96 95

Für Despina

Des Schreibers Bekenntnis

Ich werde diese Geschichte mit leiser Stimme schreiben und hoffe, daß ich das im Spiegel trüb erscheinende Bild erkenne. Es handelt sich um einen, den ich gut kenne, mit dem ich lange Zeit Umgang hatte. Kein Freund, er ist ein Bekannter. Es geht um ein Zugegensein, dem ich nicht genug mißtraut habe. Das nicht faßbare Äußere ist beirrend. Also jemand, der die ganze Zeit anderswo ist. Ein Mensch, der es eilig hat. Kaum ist er gekommen, ist er schon wieder am Aufbrechen.

Er hat mit mir gesprochen zwischen zwei Reisen, zwischen zwei Lieben. Er wollte nicht, daß ich Notizen mache. Jedenfalls nicht vor ihm. Ich habe behalten, was ich konnte. Nicht viel. Ich habe mir erlaubt, manche Episoden zurechtzustutzen oder selbst zu erfinden. Das ist zwar nicht sehr anständig, aber ich bin dabei vorgegangen, als ginge es um Revanche. Übrigens bin ich mir sicher, daß das, was er über seine Kindheit erzählt, reine Erfindung ist. Ein krankes Kind gewöhnt sich schnell ans Fabulieren. Bevor ich mich ans Schreiben mache, habe ich mir erlaubt, den Anstößen zu gewissen Erinnerungen nachzugehen. Eine Menge Lügen, und nicht immer zu seinen Gunsten!

Er ist ein seltsamer Fall! Ohne seine Masken ist er nichts. Oder vielleicht doch, er ist ein Mensch unter Menschen, austauschbar. Beim längeren Zuhören ist mir klargeworden, daß ihm sein Gesicht im Wege ist, daß er versucht, ihm eine andere Stelle zuzuweisen, es auf einem Stein abzulegen, oben auf einem Felsen.

Kürzlich hat er mir einen Brief geschrieben, der auf der griechischen Insel Xios aufgegeben worden war.

Lieber Freund,

Du hast Dich nun zu meinem Schreiber gemacht. Dafür danke ich Dir. Augenblicklich liegt das alles weit von mir. Was Du geschrieben hast, kümmert mich nicht. Mach damit, was Du willst. Davon abgesehen, will ich aber festhalten, daß die Geschichten, die ich Dir anvertraut habe, nicht das sind, was man eine Autobiographie nennt. Es sind Geschichten. Nichts mehr und nichts weniger. Ich habe sie Dir am frühen Morgen erzählt, aus Schwäche, nach Nächten der Schlaflosigkeit und der Ungewißheit. Nimm sie nicht ernst. Wenn Du sie veröffentlichst, fühle Dich nicht verpflichtet, sie vor betroffenen oder mitbeteiligten Personen zu verteidigen.

Wenn Du ihnen einen Titel geben mußt, wäre es gut, sie *Geschichten* zu nennen. Aber dieser Titel ist wohl schon vergeben. Gib ihnen also einen kurzen Titel, einen rätselhaften. Das ist lustiger. Auf alle Fälle vermeide ernst und dramatisch klingende Titel. Ein einfacher Titel, kurz und bündig, keusch – da hast Du's: *unkeusche*. Ja, das ist nicht übel.

Ich bin auf Xios. Ich habe keine Adresse. Ich verstecke mich nicht, ich vergesse.

In Freundschaft

PS: »Alle Wahrheiten sind gegen uns«; die Hoffnung auch. Nichts kann man da gewinnen. Wenn's bleibt, kannst Du an den Rand setzen: »Tauche Deine Feder in die Tinte meiner Seele und schreibe!«   D.T.

Ich liebe das ferne und unerreichbare Wissen. Als öffentlicher Schreiber habe ich oft davon geträumt, in das innere Leben eines Menschen einzutreten und die Erinnerungen durcheinanderzubringen, bis sie zu einem neuen Gedächtnis werden, bei dem keiner keinen erkennt.

Er kam jeden Morgen, rauchte eine Pfeife englischen Tabak, wovon mir schlecht wurde, denn ich vertrage Rauch nicht und kann Leute nicht ausstehen, die nicht wissen, wie Pfeife geraucht wird, und beim Aufundabgehen in meinem kleinen Zimmer, in dem ich allein wohne, redete er, oder besser, diktierte er. Ich zeichnete unterdessen. Er vertraute sich mir an. Ich glaube, das war sein Fehler. Als ich noch öffentlicher Schreiber am Eingang zur Medina von Marrakesch war, erfand ich meist die Briefe, die man mir diktierte. Deshalb habe ich diesen Beruf nicht lange ausüben können. Einmal bin ich von einem Mann geschlagen worden, der mich einen Mahnbrief an seine Frau, die er gerade verstoßen hatte, schreiben ließ, um von ihr den Schmuck und die Kinder zurückzuverlangen. Von der Anmaßung dieses Kerls angewidert, hatte ich das Gegenteil geschrieben und das Ganze in die Form einer Entschuldigung gekleidet. Das war so über mich gekommen. Ich bin dafür, die Partei der Opfer zu ergreifen.

Meinen Auftraggeber habe ich nicht im unklaren gelassen. Ich habe ihm deutlich gesagt, daß ich die Neigung habe, immer bei der Moral der Fabel anzulangen. Er ging darüber hinweg und glaubte mir nicht, daß ich mich seiner Geschichten bemächtigen könnte. Die zeitliche Abfolge, in der er erzählte, habe ich nicht eingehalten. Ich habe mehrfach eingegriffen, um Ordnung zu schaffen und prickelnde Einzelheiten hinzuzufügen, die er nicht in Umlauf geben wollte. Er weigerte sich, die Namen der Frauen zu nennen, von denen in diesen Geschichten die Rede ist. Er hat mir sogar eines Tages folgende Überlegung von Joe Bousquet diktiert: »Wenn das Leben ein Stein des Anstoßes für die Vernunft ist, dann ist derjenige der Unvernünftige, der eine Frau verstehen und ihre widersprüchlichen Gefühle miteinander in Einklang bringen will, während es alles an ihr zu betrachten gilt, in der ganzen Zusammenhanglosigkeit.«

Wenn ich alles noch einmal durchlese, muß ich gestehen, daß ich mich zwischen dem, was er mir gesagt hat, und dem, was ich erfunden habe, nicht mehr zurechtfinde. Um so besser!

Ich weiß, Frauen sind an Städte, an Länder gebunden. Ich habe alle Mühe aufgewandt, damit sich keiner in Sehnsüchte, Gewissensqualen und langes Schweigen verliert. Ich bin taktvoll und mache mich klein, sobald ein Eingeständnis schmerzhaft wird. Mein Herz ist weich, die Tränen kommen mir schnell. Ich gebe meinen Schreiberposten nicht auf, aber ich mache mich zum einfachen Erzähler, und selbst wenn mir die Hand zittert, bleibe ich sitzen und höre zu.

Ich habe zwei Titel gefunden. Der erste ist poetisch, der Verleger könnte ihn unangebracht finden: *Frühlingsgesäusel im Zitronenbaum auf dem Hofe.* Das klingt japanisch! In dieser Geschichte gibt es kein Gesäusel und keinen Frühling. An einer bestimmten Stelle beschwört er einen kümmerlichen Zitronenbaum mitten im Hof seines Geburtshauses in Fès. Der zweite Titel wirkt nicht ernst gemeint: *Der Mann, der schneller sprach als sein Doppelgänger.* Das ist mir etwas peinlich, denn da dreht es sich um mich. Ich mußte mehrmals lospreschen, um ihn bei seiner Raserei und seinen Fluchtaktionen einzuholen. So erklären sich auch einige weiße Blätter, die ich dann nachträglich beschrieben habe.

Er jedenfalls wird enttäuscht sein. Die Personen, von denen er spricht, werden es auch sein. Was mich betrifft, so habe ich meine Vorkehrungen bereits getroffen. Ich bin einmal geschlagen worden, nun bin ich fortgezogen. Ich habe keinen Briefkasten und habe die Concierge und die Nachbarsleute gebeten, meine neue Adresse nicht mitzuteilen. Wenn die Dinge einen schlechten Verlauf nehmen, werde ich meinen Namen ändern, ein anderes Land wählen, mir vielleicht auch ein anderes Gesicht zulegen. Ein letzter Rat für den Leser: Fühle dich nicht verpflichtet, dieses Buch von vorn bis hinten zu lesen. Du kannst darin blättern, ein Kapitel in der Mitte lesen, dann den Anfang ... dann bist du freier als ich.

1

Ich habe mich nie gebalgt. Nicht einmal mit meinem Bruder. Schläge austeilen, sie einstecken, sich, geschickt ausweichend, zur Wehr setzen, zum Angriff vorwärts stürzen, auch wenn es ins Verderben geht, sich am Boden im Staub und auf Steinen wälzen, sich weh tun, mit allen Kräften kämpfen, um zu siegen, um die Oberhand zu haben, sich verschwitzt, abgehetzt und siegesstolz erheben, selbstsicher weggehen, ohne sich umzusehen, das zerrissene Hemd anbehalten und lässig das Blut abwischen, das aus der Nase fließen mußte, als Überwinder davonziehen unter den bewundernden Blicken des Jungenvolks, all das habe ich nie kennengelernt.

Als krankes Kind träumte ich vom Leben. Ich habe mehr als drei Jahre in einem großen Palmblätterkorb auf dem Rücken liegend zugebracht, den Himmel betrachtend und die Zimmerdecke musternd. Die Wolken hatte ich bald satt; mir gefiel der leere Himmel besser. Die hölzerne Zimmerdecke mit dem bunten Anstrich regte meine Träumereien nicht gerade an. Ich sah sie, ohne sie zu sehen. Bei dem ewigen Anstarren der Arabesken erfand ich andere, viel verworrenere und vor allem weniger logische. Meine Augen häuften die sich wiederholenden, flirrenden Motive an; ich brachte sie durcheinander, ich zerbrach die Ordnung und die Symmetrie. Den ganzen Tag schuf ich unstete, lässig hingeworfene Zeichen, ich stellte sie in einer ausgefallenen Unordnung zusammen und übertrug sie dann auf das Mosaik aus Kacheln, die in die Wand eingelassen waren. Es kam auch vor, daß ich sie in mir behielt; ich brachte sie in meinen Schlaf ein als Vorboten des Traums. Meine Nächte waren lang und boten die Fülle. Ich durchquerte sie langsam, auf Zehenspitzen; ich tanzte auf einem Seil, immer auf demselben, auf dem, das ich gewohnheitsmäßig zwischen Abenddämmerung und Morgenfrühe spannte. Meine Seiltänzereien waren oftmals Wagnisse. Ich war mein einziger Zuschauer. Ich hatte Angst, und das machte mir Spaß. Ich lief auf dem Seil, verfolgte mit vorgestreckten Händen ein Bild, die ungelenken, schlaffen Beine beschrieben Halbkreise. Diese kurzen, präzisen Bewegungen hinterließen Spuren in der Luft, bald grüne, bald gelbe Lichtstreifen. Akrobatenkünste im Schwarzen und in der Einsamkeit, das erfüllte mich. Ich wiederholte mehrmals ein und dieselbe Übung, als würde ich mich zum Tanz vor einer anspruchsvollen und sachkundigen Zuschauerschaft vorbereiten. Ich litt es nicht, gestört zu werden, wenn ich mich auf das Seil begab. Ich wollte eine strahlende Erscheinung sein, und wenn etwa die Grausamkeit zuschlug, mich wieder auf die Erde und in den Korb brachte, dann sollte ich es sein, ich allein, der darüber entschied. Nacht für Nacht vergrößerte ich das Wagnis und erhob mich ein wenig höher. Zuweilen erreichte ich die Höhe der Stadt, aber ich unterzog mich noch gefährlicheren Übungen. So wurde ich mit den Sternen vertraut, die mir bis zum Anbruch des Morgens leuchteten. Meine Nächte der Kühnheit begleiteten mich den ganzen Tag über.

Der längere Aufenthalt im Korb, meinem Bett und meiner Wohnstatt, verhinderte nicht, daß ich lebte. Ich hatte kein Zimmer für mich. Meine Mutter schleppte mich in der Küche und bei der sonstigen Hausarbeit immer mit sich herum. Mit den Augen folgte ich ihren Schritten und Bewegungen. Wie eine Biene war sie bald hier, bald da und summte. Während sie sich beschäftigte, sprach sie mit mir. Sie erzählte mir nicht Geschichten, sondern weihte mich in ihr Leben ein. Ich, der ich in meinen Korb gezwängt war, lauschte. Ich antwortete ihr nicht, aber sie merkte wohl, daß ich sehr aufmerksam zuhörte. Sie nannte mich »Licht meiner Augen« oder »meine kleine Leber« oder »du meine Gazelle«. Leber, Gazelle ... das sind im Arabischen weibliche Wörter. Das gefiel mir nicht besonders. Selbst als Kranker und zum langsamen Dahinsiechen Verurteilter, zu einer Art sich hinziehenden Verschwindens in der Zeit, wollte ich nicht mit einem Mädchen verwechselt werden, vor allem weil damals – ich mochte vier oder fünf gewesen sein – das weibliche Geschlecht für mich nicht viel Geheimnisvolles an sich hatte, ich faßte es als etwas Wünschenswertes, zugleich Verbotenes auf, als den Ort, wo die Sünde geschieht, und was Gott und die Familie mir untersagten, verlockte mich, denn ich hatte nichts zu verlieren. Ich wollte nicht als Mädchen gelten, nicht als das Sündige, genauer gesagt, das, was wegen der Sünde zur Begehrlichkeit verleitet. Da gab es für mich keinen Zweifel, doch ungewollt glitt meine Hand in den Pyjama, suchte den Penis und hätschelte ihn. Diese Wörter klangen mir lange im Kopf nach; sie hatten die Macht, Leere in meinem Gehirn entstehen zu lassen und sich im Raum zu stoßen. Ich glaube, dadurch bekam ich meine Migräneanfälle. Ich fand die Zärtlichkeit, zwischen Töpfen und Tassen geäußert, ein bißchen derb. Ich räusperte mich nicht; ich gab mich still zufrieden und versuchte, an etwas anderes zu denken. Eigentlich hatte ich für die Küche nichts übrig, wo es keinerlei Bequemlichkeit gab, vor allem hatte ich die Morgenstunden nicht gern, wenn mich die Sonne frühzeitig vorwärts trieb. Statt auf dem Seil, auf welchem ich tanzte und mich dem Spiel des Sternenfangs hingab, fand ich mich nun wie ein stummer Gegenstand, der sich nicht rühren kann, neben Minzebüscheln wieder und neben Tomaten, von denen einige unter dem Gewicht anderen Gemüses zerquetscht waren. Nichts war praktisch eingerichtet in dieser Küche. Meine Mutter stand die ganze Zeit gebückt da oder mußte sich niederhocken. Sie mühte sich ab und begehrte nicht auf. Hin und wieder erhob sie sich, gebeugt, die Hände in die Hüften gestemmt, so sollte die Müdigkeit verfliegen, und dann nahm sie die Arbeit wieder auf, wie eine Biene, mit der gleichen Beharrlichkeit, mit dem gleichen Lebensmut. Das Ende der morgendlichen Stunden jedoch hatte ich gern, denn das war der Augenblick, da man die Dämpfe und Gerüche aus den Töpfen einsaugen konnte. Ich sah mit Freuden die Glut im Eisenofen machtvoll aufflackern. Ich rang etwas nach Luft, dann kehrte ich zu meinen Träumereien zurück, die ich seit dem vorherigen Tag hatte ruhen lassen. Auf diese Weise nahm ich an der Vorbereitung der Speisen teil, die mir strikt untersagt waren.

Vom vierten bis zum siebten Lebensjahr habe ich also nichts anderes getan, als zuzusehen. Ich kannte die Wände, die Türen, die Fenster unseres Hauses und den Himmel darüber ganz genau. Der Hof war ein Geviert, nicht überdacht, mit einem kümmerlichen Zitronenbaum in der Mitte, der jährlich ein Dutzend kleine grüne Früchte trug. Er stand ohne jegliche Notwendigkeit da. Man hatte sich daran gewöhnt, ihn dürr und starrköpfig an diesem Verbannungsort zu sehen. Ich hatte meinen Korb in eine solche Lage gebracht, daß ich mich schaukeln und, wenn ich die Hände zu Hilfe nahm, voranbewegen konnte. Er war nun ein Wägelchen, zwar ohne Räder, aber mit Rückspiegel, auch wenn es nur eine Scherbe war. War ich vormittags in der Küche, so war ich nachmittags im Gästezimmer, wo ich mich dem Motiv meiner Träumereien nachdenklich zuwandte. Ich bereitete den Abend vor, indem ich für das Durchqueren der Nacht Ordnung in meinem Kopf schaffte. Frauen, sowohl Tanten wie Freundinnen meiner Mutter, kamen zu Besuch, um sich die Zeit zu vertreiben. Sie redeten viel und sprachen mit erstaunlicher Offenheit. Ich tat, als ob ich vor mich hin döste, spähte aber nach ihnen und schnappte ihre Vertraulichkeiten auf, ihre intimen Geständnisse. Da war Aïcha die Braune mit den schweren Brüsten, über die sie sich strich, wenn sie von ihren unbefriedigten Nächten sprach. Sie, unsere unmittelbare Nachbarin, war an einen klapperdünnen Alten verheiratet worden, der sehr früh aus dem Haus ging und spätabends zurückkam. Aïcha hätte seine Tochter sein können. Das wußte er, und statt daß er ihr die Liebe beibrachte, schlug er sie. Er stellte das Radio an, drehte es voll auf, um die Schreie seiner Frau zu übertönen. Er sprach zu niemandem, ging durch die Straßen immer dicht an den Häuserwänden entlang. Aïcha erregte mich, vor allem wenn sie aufstand und tänzelte, wobei sie die Zärtlichkeiten und Ausgelassenheiten der Liebe schauspielerte; sie packte sich in den Hüften, was ihren kräftigen Leib zur Geltung brachte, und ließ die Hände gefühlvoll hinabgleiten.

Da war auch Zineb die Weiße, die mit ihrem langen Haar spielte, wenn sie erzählte, wie ungestüm ihr Mann war, schnell und kurz. Er hat das »Gelüst eines Vogels«, heißes Blut, das sich rasch abkühlt, sagte sie. Zineb reizte mich. Ich hätte sie besitzen und zwischen ihren Schenkeln schlafen wollen, meinen heißen und mit Bildern vollgestopften Kopf auf ihren Leib legen und ihr die unbestimmte Empfindung eines langsamen und völligen Eindringens in ihren Körper geben wollen bis zum Überströmen einer allmählich sich ausbreitenden, dichten, feuchten Wärme, so viel gerade, um den Schwindel zu erregen und sie wie einen kleinen Stern, ins Innere meiner Hand gebannt, kreisen zu lassen, ich hätte ihr den Nacken, die Achselhöhlen, den Nabel kraulen, sie dann bei der Taille umfangen und behutsam auf den Boden legen wollen, während sich ihr Mann in einem Alptraum schnarchend hin und her wälzt.

Da war Rouqiya, eine kleine, schweigsame Frau. Sie sagte kaum ein Wort, aber ihre Augen funkelten vor Verstand. Sie lauschte mit den Augen und machte zuweilen eine Handbewegung, um anzudeuten, daß das alles nichts sei, daß sie einer heimlichen, lautlosen Liebe fröne, abseits der Familie und von schwatzhaften Freundinnen, daß die Liebe ein ferner Garten sei, in dem sie sich verlor, wo sie fast unbekleidet schlummerte, die Beine ein wenig gespreizt, um die Liebkosungen des Windes und des Grases zu empfangen. Dort erwartete sie den Mann oder die Frau, sich ihr verschleiert nahend und sie mit einem wollenen Burnus bedeckend, bevor sie innig geküßt und bevor eine heiße Hand sich ihr auf den Leib legen würde. Sie würde nie erfahren, ob diese Hand und dieser Mund einem wilden Bergbewohner gehören oder einem jungen Mädchen, das von den Leidenschaften des Körpers besessen ist. Genau diese Hand würde den Burnus lüften, genau dieser Mund würde die parfümierte und enthaarte Scham leicht streifen, er würde auf den feuchten Lippen dort verharren, sie zärtlich küssen bis zur Erfüllung des Verlangens durch eine schöne Heftigkeit, und Rouqiya würde sich auf die Lippen beißen und sich mit dem geheimnisvollen Besuch im benetzten Gras auf der Erde wälzen, die Augen geschlossen, um ihn nicht zu erkennen, um sich nie ein Bild von ihm zu machen, weder Mann noch Weib, noch Alter, ihr Leib nur, der Sonne und dem Wind dargeboten, würde berührt, geliebt, bedrängt werden von einem anderen, gänzlich namenlosen Körper, ohne Worte, ohne Gefühlsausbrüche, mit dieser nackten Sanftheit, die aus diesem Ort und aus diesen Begegnungen ein ewiges, unsterbliches Geheimnis machen würde. Aus all diesen Gründen schwieg Rouqiya, auch weil sie wußte, daß sie von anderswoher gekommen war und auf einen Abgrund zuging, über dem sie, statt tödlich zu stürzen, fliegen würde, schweben, vom Wind getrieben und von der Hand und von dem verhüllten Gesicht angezogen.

Ich, der ich bleich und still dalag, beobachtete sie, lenkte ihre Blicke, richtete mich in ihnen ein, schlich mich in ihre innersten Gedanken und wurde zu ihrem Geheimnis, zum Zeugen ihrer Leidenschaft und zum Wächter ihres Gartens. Wir wechselten kein Wort. Alles geschah in langem Schweigen, bei dem ich mich zum Tätigsein aufraffte aus Furcht, nicht auf der Höhe zu sein, aus Furcht, mich eines Tages durch einen anderen, einfallsreicheren und wahnwitzigeren Wächter ersetzt zu sehen. Sie war meine Leidenschaft geworden für die Reise und für die Abwesenheit, und ich kannte besser als sie Blitz und Donner, die das Reich des Geheimen bedrohten.

Da war auch Hénya, die dicke Frau, die sich über meinen

Korb beugte und mich küßte. Ich fühlte mich erdrückt und suchte sie mit meinen schwachen Händen abzuwehren wie einen Torflügel, der einem entgegenschlägt und einen zu zerschmettern droht. Mein Kopf war zwischen ihren Brüsten eingekeilt. Sie schwitzte unaufhörlich, selbst im Winter. Deshalb zog ich immer eine Grimasse und suchte die Blicke Rouqiyas, mit der ich eine stumme und bereits bemerkte Verschwörerschaft eingegangen war. Hénya war in ihrer Ehe die Zweitfrau, sie lebte für sich und empfing ihren Gemahl an den geraden Kalendertagen. Sie hatte auch eine Abmachung mit der anderen Frau getroffen, wonach, wenn sie die Regel hatte, sie ihr den Mann an den Tagen mit den geraden Zahlen überließ. Das mußten sich die beiden Frauen geschworen haben, eine der anderen gegenüber und in aller Verschwiegenheit, nur um dem Mann keine einzige ruhige Nacht zu gönnen und ihn die Grenzen des Erträglichen erreichen zu lassen, nur um seine Abdankung herbeizuführen und ihn zur Einsicht zu bringen, daß er nicht imstande sei, zwei jungen und besonders sinnlichen Frauen zu genügen. Sie hatten vermutlich Verhaltensweisen ausgetauscht, die ihn zur Erschöpfung und, nach und nach, zum Verlust seiner Autorität ebenso wie zum Schwund seiner Kräfte bringen mußten.

Hénya lehrte mich das Fürchten. Sie war der weibliche Oger, weißhäutig und mit einem Anflug von Schnurrbart. Ihre Stimme war ein Schrecken für mich. Wenn sie hinauf auf das Flachdach stieg, um den Sonnenuntergang zu sehen, ging ihr die Luft aus, und sie war in Schweiß gebadet. Die anderen Frauen freute das. Und sie lachte und witzelte, als wäre nichts dabei. Sie erzählte, wie sie den Kopf ihres Mannes zwischen ihre Schenkel klemmte, ihn kräftig rubbelte, bis es ihn schmerzte, wie sie, die kräftemäßig Überlegene, ihn dann auf den Rücken warf und ihm zusetzte, ihm fast den Brustkorb eindrückte und wie sie ihn vor Lust aufheulen ließ, wenn sie ihm eine Kerze in den Hintern stieß. Sie redete gestenreich und spielte die Szene vor. Sie war ein gefährliches Weib, zugleich konnte sie rührend wirken, wenn sie auf sein Unvermögen, Kinder zu zeugen, zu sprechen kam.

Rouqiya ließ mich einzig durch ihren Blick auf Reisen gehen. Ich fieberte ihren Besuchen entgegen. Sie allein verstand es, zu mir auf die Weise zu kommen, mehr noch, mich in ihren geheimen Garten zu führen. Ich war trotz allem schlecht erzogen oder überhaupt nicht erzogen – dazu war keine Zeit da –, und das erste, was ich tat, als wir aufbrachen, war, die Hand in ihren Serwal zu stecken und auf ihrer Scham ruhen zu lassen. Sie ließ mich zwar gewähren, zeigte aber keinerlei Einverständnis. Einmal berührten meine Finger die Stelle, die feucht war. Ich hatte eine seltsame Empfindung. Meine Hand war gewöhnt, etwas Warmes und sehr Zartes zu fühlen. Ich zog sie schnell zurück und bat um Verzeihung, denn ich wollte ihr keinen Schmerz zufügen, vor allem wollte ich sie nicht verletzen. Wie hatten meine schwachen Finger diesen allerkostbarsten Teil des Gartens schrammen oder aufreißen können? Sie lachte, und um mich zu beschwichtigen, sagte sie: »Das ist meine Tante ... sie ist gestern angekommen ... ich hatte sie noch nicht erwartet ... In drei Tagen ist sie wieder abgereist, dann kannst du deine Hand und auch deinen Kopf da hinlegen, ohne daß du dich besudelst!« Sie wischte meine Finger mit einem bestickten Tüchlein ab und führte es an ihre Lippen.

Zwei Wochen kam sie nicht mehr zu uns. Zum erstenmal empfand ich den Schmerz, den die Abwesenheit mit sich bringt. Ich dachte nicht länger an meine körperlichen Leiden, an die ich mich mehr oder weniger gewöhnt hatte. Ich überwand sie, indem ich sie in die laufenden Angelegenheiten einordnete; aber die Leiden, die ich wegen Rouqiyas bloßer Abwesenheit spürte, waren für mich unerträglich, vor allem weil unser Pakt mit dem Geheimnis besiegelt war und ich auf keinen Fall nach ihr fragen durfte. Wartend leiden, in der Stille. Ich schlief ein und verlor den Faden. Ich war nicht länger dazu aufgelegt, den Seiltänzer zu spielen. Ich verirrte mich im

Sand. Ich fraß Erde, ein Garten zeigte sich nicht am Horizont. Am Abend, wenn es Zeit zum Schlafen war, nahm ich absichtlich die Medizin nicht und hielt die Augen offen, starrte ins Schwarze bis zum Anbruch der Helligkeit. Ich blieb wach und wartete. Sie erschien. Ein leuchtendes, strahlendes, geheimnisvolles Bildnis. Eine Halluzination? Vielleicht. Davon wollte ich nichts wissen. Sie trat an meinen Korb und streckte mir die Hand entgegen. Ich wurde von einer Art Magnetismus emporgehoben, genauer gesagt, angezogen. Sie führte mich in die Ferne, weit weg in die Ferne, weder in einen Garten noch in eine Wüste. Ich spürte, wie wir langsam zu einer Quelle hinabstiegen, zum Wasser oder zum Licht. Es war ein sehr tiefer Brunnen. Das Wasser war warm, und ihm entströmte ein angenehmer Dampf. Sie ließ mich eine Schale von diesem Wasser trinken, das wohltätige Wirkung haben mußte. Sie entkleidete mich, wusch mich lange, mir war nicht klar, liebkoste sie mich oder spülte sie mir den Leib ab; dann nahm sie mich in die Arme, schlang meine Beine um den Hals; meinen kleinen Penis hatte sie vor dem Gesicht; ich klammerte mich an ihre Haare, während ihr Mund mit ihm spielte; dann fuhr sie mit den Lippen über den Leib, über die Arme, über den Hals, dort hielt sie ein; niemals küßte sie mich auf die Lippen.

Gewiß verdiente eine so lange und schmerzvoll ertragene Abwesenheit, durch ein Wiederfinden besonderer Art vergessen gemacht zu werden. Wegen meiner nächtlichen Ausflüge, die zuweilen schon gegen Ende eines Nachmittags begannen, hatte ich die Seilakrobatik aufgegeben. Den Tag verbrachte ich in der Erwartung und mit der Vorbereitung dieser heimlichen Fluchten.

Ich liebte ihren Namen: Drei Silben, mehrmals in unterschiedlicher Tonlage wiederholt, verschafften mir so etwas wie eine Erregung, eine etwas verschwommene. Loubaba, Lou-Ba-Ba. Das muß man erlebt haben; man wird merken, daß das Aussprechen dieses Namens eine große Wollust erzeugt. *Loubaba aji daba; Loubaba hak hada; Loubaba khoud hada; Loubaba hahoua ja; Lou-Ba-Ba-Lou; Ba-Lou-Ba; Lou-Ba-Lou-Ba;* Loubaba hatte keine großen Brüste und auch nicht langes Haar; sie hatte als Senegalesin, als Tochter einer Konkubine, die sich ein reicher Händler aus Fès mitgebracht hatte, eine matte und sehr dunkle Haut; ihre hellen Augen leuchteten, und wegen ihrer Schüchternheit konnte sie ungeschickt erscheinen, zuweilen nicht in diese Gruppe von Frauen passend. Sie setzte sich immer halb auf die Polsterkissen, an den äußersten Rand, dicht an der Tür, kreuzte Arme und Beine, wodurch sie ganz klein wirkte, immer bereit, fortzugehen, ohne jemanden zu stören. Man hatte sie mit einem einäugigen Handwerker verheiratet, von dem sie zwei Kinder hatte, bevor er verschwand. Sie lebte mit ihrer Mutter, die überhaupt nicht arabisch sprach und mit der sie sich durch Gesten der Taubstummen verständigte. Meine Mutter hatte sie gern; sie gab ihr Kleider, die sie abgelegt hatte, und lud sie oft zu uns ins Haus ein. Wenn meine Mutter das Bad aufsuchte oder an Hochzeitsfeiern teilnahm, war ich in Loubabas Obhut. Sie setzte sich neben meinen Korb und spielte mit mir Karten. Sie freute sich wie ein junges Ding. Mich fesselte ihre Haut. Unter dem Vorwand, daß ich meine Lage ändern müße, stützte ich mich auf ihren nackten Arm und ließ die Hand liegen. Mich reizte es, diese sehr zarte Haut zu berühren, sie zu streicheln und dabei ihren Namen, Silbe für Silbe, auszusprechen. Ich wußte, daß sie mit ihren beiden Kindern übel dran war, und vielleicht deshalb brach ich niemals nachts mit ihr auf. Weil mich das ewige Liegen erschlaffte, bat ich sie einmal, als wir allein waren, mich auf dem Rücken umherzutragen. Mit einer schnellen, entschlossenen Bewegung hockte sie sich nieder, und ich kletterte auf sie. Ich legte erst meine Arme um ihren Hals, dann rutschten sie unter ihr Kleid, bis ich ihre Brüste zu fassen bekam. Die waren klein und fest. Dann entdeckte ich eine Empfindung von Sanftheit, die schön und groß war. Ich legte meinen

Kopf auf ihre Schulter und schlief ein. Wirklich, ich schloß die Augen und ließ mich in den Wald tragen, den einzigen Ort, den ich mir in der Nähe von Rouqiyas Garten vorstellen konnte. Sie sang so etwas wie ein trauriges Wiegenlied, das mich nicht ermüdete. Es gab eine Quelle an einer verschwiegenen Stelle des Waldes. Dort angekommen, legte sie mich neben einen Baum und schickte sich an, Toilette zu machen. Aus dem schüchternen, zurückhaltenden Mädchen war ein ungezwungenes, fröhliches und sogar glückliches Wesen geworden. Angesichts der Nähe von Bäumen und Wasser verwandelte sie sich. Mit anmutiger Bewegung entledigte sie sich ihres Kleides, hängte es an einen Ast, zog ihren Serwal aus, faltete ihn und legte ihn auf einen Stein. Sie schritt langsam auf die Quelle zu, füllte die hohlen Hände mit Wasser und ließ es über ihren Leib rinnen. Lachend bespritzte sie mich ein wenig. In keinem Augenblick verbarg sie ihre Blöße. Ich hatte die Augen weit aufgerissen und zappelte auf meinem Platz. Die Ungeduld, diesen Körper zu berühren, ihn zu waschen und mich in ihn zu flüchten. Diese heftige Erregung trübte meinen Blick. Ich sah doppelt; mich hielt es nicht an meinem Platz. Meine Hand griff nach ihren Hüften und fuhr über ihren Rücken. Sie bat mich, ihr die Wirbelsäule zu massieren, was ich tat, wobei ich mit den Fingern zwischen ihre Schenkel glitt und sie, statt zu streicheln, rieb. Meine Nerven waren angespannt, die Stimme versagte mir. Mit einer brüsken Bewegung schob sie meine Hand weg und sah mich streng an. Das Spiel war zu Ende. Sie zog sich schnell an und nahm mich wieder auf ihren Rücken. Ermattet und enttäuscht fiel ich in tiefen Schlaf.

Loubaba! Die wenigen Worte, die du sprachst, erreichten mich in einem Halbschlaf, nicht zu Ende gesagte, in Duft getauchte Worte. Ich liebte deine warme, verschleierte Stimme, die Stimme deiner Einsamkeit und deines Umherirrens. Du trugst mich immer wieder, wenn die Gruppe der Frauen aufs Dach stieg, und du streicheltest mein Haar.

Sie betrachteten den Himmel, zählten die Sterne und äußerten einen Wunsch. Sie unterhielten sich leise, aßen Gebäck und tranken Tee. Sie woben an einem riesigen Tuch mit kleinen Nichtigkeiten, mit frischen, erregenden Lügen, mit Blüten vom Orangenbaum. Wie in einem Ritual trug jede ihren Teil des Sinnens bei und tat ihn mit verbotenen Worten in dieses ausgebreitete Tuch, wobei sie das von den Männern auferlegte Schweigen vergaßen. Ich, der ich artig neben meiner Mutter in meinem Korb lag, lauschte, ich träumte nicht mehr, ich betrachtete jede der Frauen und folgte ihren Bewegungen. Der Sonnenuntergang ließ sie friedlich werden, frei, selbstsicher. Ich sah eines Tages, wie eine Nachbarin ihre Hand über die Trennwand streckte und meiner Mutter eine brennende Zigarette anbot. Der Rauch erstickte sie fast. Alle lachten, nur ich nicht. Ich schämte mich. Meine Mutter sollte sich abseits halten, unantastbar, eine Fremde in meinen Träumereien und Phantasien. Mir war das unangenehm, das Rauchen; ein solches Erkühnen! Sie entglitt mir. Sie hatte eine Geste gewagt, und ich fühlte mich ausgeschlossen. Sie gab nicht acht auf mich, auch nicht auf meine Reaktionen. Die anderen Frauen übersahen mich, jede reichte der nächsten die Zigarette; Aïcha stand auf und tanzte, Rouqiya umfing sie und beschrieb zweideutige Gebärden. Sie waren unter sich und spielten abwechselnd Mann und Frau. Rouqiya führte ihre Hand über Aïchas Brüste, und es gab ein Gelächter. Die Nachbarinnen vom Nebendach sangen und klatschten in die Hände. Allmählich wurde es Nacht. Ende der Feier.

Aïcha, Zineb, Rouqiya, Hénya und Loubaba werden in diesem Bericht nicht mehr vorkommen. Ihr Bild hat einen Weg gebahnt. Wenn ich sie im Gedächtnis haben soll, muß ich in jene fernen, beinahe unwirklichen Jahre zurückgehen und kramen. Vielleicht werden sie von selbst auftauchen, wenn ich sie nicht erwarte, und werden sich entschließen, die andere Seite der Geschichte zu erzählen. Vorläufig ist es besser, ich bleibe in meinem Korb auf dem Rücken liegen, betrachte die Zimmerdecke und höre die Geräusche des Lebens. Es ist früh am Tage. Ich weiß, heute hat mein Vater die Männer von Aïcha, Zineb und Rouqiya zum Essen eingeladen. Loubaba ist an diesem Morgen gekommen, um meiner Mutter zu helfen. Ich befinde mich in meiner Ecke, trübsinnig und mir selbst überlassen. Ich will mich anstrengen, jeden dieser Männer ins Auge zu fassen. Ich habe schon von dem Alten gesprochen, der die junge Aïcha schlägt. Jetzt kommt er. Er ist dürr und verhutzelt. Er zieht die Pantoffeln aus, spricht ein Bismillah und betritt das Gästezimmer. Im Augenblick ist er allein. Er betrachtet mich, als wäre ich ein Bündel, eine seltsame Sache. Ich beobachte ihn, ich starre ihn an. Er schlägt die Augen nieder und tut, als suchte er etwas in den Taschen seines Serwals. Er zieht ein gefaltetes Schnupftuch heraus und schneuzt sich. Er blickt zur Decke und hüstelt. Er setzt sich, kreuzt die Beine und fährt wieder mit der Rechten in die Tasche. Seine Hände sind gelb. Er holt eine Gebetskette hervor und läßt sie mit fahriger Bewegung durch die Finger gleiten. Warum sind seine Hände von dieser Farbe? Ist er ein Färber, ein Tischler, ein Gewürzhändler? Seit er da ist, spüre ich einen Geruch von Gewürzen. Vielleicht ist es Safran. Das ist es sicherlich. Er sieht mich wieder an und senkt den Blick. Diese Hände also bearbeiten den jungen Leib Aïchas. Diese trockenen Arme fallen auf sie nieder. Diese trüben Augen heften sich auf ihre Blöße und nehmen weder ihr Licht noch ihre Schönheit auf. Dieser in sich verschlossene Mensch vermutet, daß seine Frau ihn nicht liebt und ihm nur unter Drohungen gehorcht. Er verdächtigt sie, und er irrt sich nicht. Sie wartet auf seinen Tod. Doch er verreckt nicht. Seine gelbgefärbten Hände machen mir angst. Sie riechen nicht nach Holz. Er ist kein Tischler. Sie riechen nicht nach Kümmel, auch nicht mal nach Ingwer. Sie stinken nach Safran. Jetzt weiß ich es. Er ist ein Leichenwäscher. Nicht gerade eine rühmliche Beschäftigung. Er erhebt sich. Ich habe Angst. Er kommt auf mich zu. Ich zittere.

Er beugt sich über mich, und sein Geruch verschlägt mir den Atem. Er fragt mich, in welcher Richtung Mekka liegt. Ich zeige nach dem Hof, wo der Zitronenbaum steht. So entferne ich ihn von mir. Ich entlasse ihn. Ich vertreibe ihn aus dem Zimmer. Ich verabscheue ihn und denke an Aïcha, die diesen Totengeruch ertragen muß. Er greift nach dem Gebetsteppich und geht in den Hof. Jetzt kann ich mich von der Stelle bewegen. Ich gebe mir einen Ruck, es geht etwas voran. Ich halte mich nicht gut auf den Beinen. Mit Mühe komme ich in die Küche. Dort steht meine Mutter gebückt vor dem Ofen und bläst. Alles ist voller Rauch. Loubaba bläst auch. Sie hat sich niedergehockt. Beide schenken mir keine Beachtung. Ich bewege mich krampfhaft vorwärts und stoße einen Eimer Wasser um. Meine Mutter ist wütend. Sie hat solche Eindringlinge nicht gern. Ich verstehe sie. Ich sage ihr, daß der Alte gerade betet, und füge hinzu, daß er ein Leichenwäscher ist. Meine Mutter tut, als höre sie nicht. Und ich will ihr keine Aufregung bereiten. Ich schweige und gehe in das Zimmer zurück. Ein anderer erscheint, er unterhält sich mit dem Alten. Der Mensch ist etwas füllig, wabbelig, jedenfalls gut genährt und stolz auf seinen Bauch. Er muß Zinebs Mann sein, derjenige, welcher das »Gelüst eines Vogels« hat. Er muß ein kleines Glied haben. Wenn er spricht, fuchtelt er mit den Händen. Mit seinen Pranken. Er schwitzt, das merke ich. Er sitzt mit gespreizten Beinen da. Ich weiß nicht, stottert er, oder redet er so schnell? So wie er spricht, muß er den Liebesakt erledigen, schlecht und schnell. Lange wird er nicht auf Zinebs herrlichem Leib verweilen. Er ist Juwelier. Das ist seltsam, er hat doch überhaupt keinen Charme, Gold zu verkaufen. Die Frauen werden sich wohl nicht oft in seinem Laden einfinden. Das weiß ich, weil der Bruder meiner Mutter auch Juwelier ist. Er ist in erster Linie ein Verführer. Dieser hier muß die Frauen in die Flucht jagen mit seiner breiigen Stimme und dem Schweiß, der ihm auf der Stirn perlt. Seine Kundschaft kommt hauptsächlich vom Lande. Bei den verwöhnten Städterinnen von Fès hat er kein Glück. Zineb stammt auch vom Lande, aber sie hat sich schon angepaßt.

Ein würdiger Herr tritt ein, weiß gekleidet und parfümiert. Als er den Hof durchquert, bedeckt er sich das Gesicht, indem er die Kapuze seiner Dschellaba herunterzieht, damit er nicht die Frauen der anderen sieht. Ein vornehmer Herr, der mir die Wange tätschelt und mir einen Zwanzig-Rial-Schein schenkt. Er begrüßt die Anwesenden und grüßt meinen Vater mit einem Kuß auf die Schulter. Ein durchtriebener Mensch. Er muß es verstehen, die Frauen zu verführen. Ich denke, das ist der Mann der schönen Rouqiya. Entschieden ist er es. Er verdient das. Man spricht von Religion, vom letzten Freitaggebet, bei dem der Imam eine mutige Rede gehalten hatte. Nun sprechen sie nicht mehr, sie speisen. Ich beobachte sie und denke an meinen Zwanzig-Rial-Schein: ein Kleid für Loubaba kaufen, Parfüm für Rouqiya, ein Umschlagtuch für Zineb, ein Taschentuch für Hénya, einen gestickten Gürtel für Aïcha ... oder ein Stück Land, wo ich meine Knochen und meine Augen bette.

Tagelang immer im Korb! Da gab es etwas, was mir Flügel lieh und mich in die Fremdheit mehrerer Leben hineintrieb. So lernte ich zu schauen, zu lauschen und zu flattern. Das Gefühl der Zerbrechlichkeit wurde mir gar nicht beigebracht. Ich empfand es täglich. Ich war nur ein Passagier in der Kindheit.

Damals war der maßgeblichste Arzt in der Altstadt von Fès ein hingebungsvoller Krankenpfleger, der von einigen Familien, die er betreute, auf Pilgerfahrt nach Mekka geschickt worden war. Er war ein rechtschaffener Mensch. Er untersuchte mich lange und gestand, daß er von meinem Leiden nichts verstand; er riet meinen Eltern, mich nach Casablanca zu bringen. Mein Vater verkaufte ein Häuschen, das er geerbt hatte, und wir traten die Rundreise zu den Ärzten des Landes an. Ich verließ meine Frauen und mein Traumtänzerseil. Ich behielt das von Rouqiya gestickte Tüchlein bei mir.

So entdeckte ich das Meer. An jenem Tage war es grau, in einen weißen Schleier gehüllt. Es erschien mir unwirklich. Aus ihm sollte ich neue Elemente für meine nächtlichen Entweichungen schöpfen.

Die Hinfälligkeit betraf zunächst meinen Körper, der, da er sich nicht mehr ernähren konnte, mit der Zeit zu einem kleinen Etwas, zu einem durchschimmernden Ding wurde. Allein die Augen wurden immer größer. Sie nahmen bald das ganze Gesicht ein.

Die Hinfälligkeit bestand sodann im Blick der anderen. Sie fühlten sich verpflichtet, umgänglich mit mir zu verfahren, mir auf scheinheilige, dümmliche Art zuzulächeln, mich in die Wangen zu kneifen und dabei so zu tun, als tätschelten sie sie, und mir immer wieder bewußtzumachen, daß ich nicht wie die anderen Jungen sein konnte, nicht spielen und nicht tanzen konnte, auch nicht Teller zerschlagen. Ich war ein kleines Etwas in einer Ecke des Hauses, ein Häuflein, das sie schreckte, denn das ganze verweigerte, verhinderte Leben lag gesammelt in meinen Augen. Mein spähender Blick ängstigte sie. Wie man schon weiß, sah ich alles, fing ich alles bis zu den geringsten Einzelheiten auf.

Meine Hinfälligkeit war meine Zuflucht, war meine Verteidigung. Sie war auch das Vorhandensein eines Schmerzes, der in meine Knochen eindrang und meinen Widerstand brach. Darüber sprach ich nie mit den Frauen, die mich in den Wald oder in den Garten führten.

Dieser Zustand ging auf eine fast zauberische Weise zu Ende. Hände, die von anderswoher gekommen waren, schenkten mir eine neue Geburt. Sie entrissen mich den Etappen des Todes, stellten mich auf die Füße und entließen mich zu der namenlosen Masse der Kinder unseres Stadtviertels. Ich war von einem jungen Arzt gerettet worden, einem Marokkaner, der gerade aus Frankreich zurückgekehrt war. Das war ein Mensch von einem anderen Planeten, vom Schicksal gesandt, um ein Kind zu heilen, das sich schon auf den Tod eingestellt hatte. Das Schicksal hatte einer kunstfertig gelenkt, der zur Gruppe derer gehörte, denen ich die Frauen stahl. Meine Verzauberungsausfahrten mußten ein Ende nehmen. Von einem Zustand wechselte ich in einen anderen über. Ich war geheilt. Ich konnte gehen, essen, wachsen, und ich träumte nicht mehr. Die Nächte waren nun leer, schwarz wie alle Nächte, die der anderen, ohne Freude, ohne Ausschweifung, voller Schlummer, der dem Körper Ruhe brachte und die Wünsche verdorren ließ. Man warf meinen Korb zum Gerümpel und schrieb mich in der Schule ein. Nun hatte ich kein Zuhause und keine Freundinnen mehr.

Monate später wurde ich, als die Nacht hereingebrochen war, von dem Lärm eines Sturzes und dem anschließenden Hochschießen eines Feuers geweckt. Mein junger Arzt kam bei diesem Autounfall ums Leben. Die ganze Nacht verbrachte ich im Gebet für sein Seelenheil. Am Morgen verkündete ich meinen Eltern, was sich ereignet hatte, und weigerte mich, zum Unterricht zu gehen, ich hielt Trauer. Sie behandelten mich wie einen Närrischen, dem Alpträume zugesetzt hatten. Ich war weder närrisch, noch plagten mich Trugbilder. Mein Körper war einfach mit den Händen, die ihm das Leben zurückgegeben hatten, in Kontakt geblieben.

Seit jener Zeit ist mir die Vorstellung geblieben, bei einem Aufprall, einem Zusammenstoß umzukommen. Ich spielte nicht. Ich schlug mich nicht. Ich zeichnete. Ich versank in die kurze, fiebrige Erinnerung des Kindes, aus der ich gerade entlassen war.

Später, viel später, lernte ich die physische Gewalt kennen, die Erprobung, die Abhärtung des Körpers, jenes Körpers, den ich schützte, den ich verbarg, den ich möglichst im Zustand empfindlicher, feinster Transparenz erhalten wollte.

Unsere Lehrerin wurde wegen ihrer Schwangerschaft von ihrem Mann, einem Militär, vertreten. Er hieß Pujarinet. Wir nannten ihn Jrana, Frosch. Er war hochgewachsen, häßlich und bösartig. Ich erinnere mich an seine schweren Pranken, die mit einer einzigen knappen Bewegung auf meinen Wangen landeten. Das war eine Doppelohrfeige, die für den ganzen Tag rote Spuren im Gesicht zurückließ. Er liebte es auch, uns mit seinem stählernen Lineal kurze Schläge auf die vorgehaltenen Finger zu versetzen. Wir streckten die Hand hin, er schlug zu, mit Methode. Dann reichte er uns das Lineal, damit wir den Nachbarn, den er bestraft hatte, schlugen. Am Abend sagte ich meinen Eltern nichts. Einmal bin ich unter Tränen nach Hause gekommen; ich konnte meine schmerzenden Finger nicht zusammenbringen. Ich mußte meinem Vater alles gestehen. Sein Wutausbruch war heftiger als erwartet. Er hatte niemanden beauftragt, sich meiner Erziehung anzunehmen. Während manche Eltern ihren Sprößling dem Lehrer überantworteten mit Worten, die ihm ins Ohr getuschelt wurden: »Du schlachtest, ich begrabe«, hatte mein Vater ganz im Gegenteil gesagt: »Achtung, das ist ein zartes Kind.« Er griff nach einem Küchenmesser, rief die anderen Eltern zusammen und machte sich auf den Weg zur Schule. Der Pförtner hieß ihn am nächsten Tag frühmorgens wiederkommen. Den Militär wollte mein Vater umbringen. Viele Eltern umringten ihn und brachten ihn von seinem Vorsatz ab, er würde eine Dummheit begehen. Auch der Sektionschef der Istiqlal-Partei befaßte sich mit dem Fall. Die Angelegenheit wurde politisch. Den Lehrer schickte man in seine Kaserne zurück, an seine Stelle trat ein junger Marokkaner.

Trotz meines Zustandes als Spätgenesender war ich gern in der Schule. Sie hatte mich von dem Korb erlöst. Da ich um meine unsichere Gesundheit wußte, ging ich auf Zehenspitzen ins Leben. Trat ich auf die Straße, suchte ich mir ein Eckchen, wo ich geschützt den anderen zusehen konnte, wie sie spielten und wie sie sich weh taten.

In unserem Viertel gab es zwei Sorten von Jungen: die schwachen, die ihren Hintern hinhalten müssen, und die anderen, die ihn nehmen. Um diese Einteilung drehte sich alles.

Die Starken schienen in der Überzahl zu sein. Ich beteiligte mich nicht an diesem Treiben. Ich beobachtete, in meine Ecke gedrückt. Die Witzeleien und Beschimpfungen bezogen sich stets auf das Geschlechtliche: Vagina deiner Mutter, das offene Buch deiner Tante, die Religion des Hintern deiner Schwester, Hinternanbieter, Hinternnehmer …

Da war Hmida, ein Bursche mit kahlgeschorenem Schädel, der, aus der Umgebung nach Fès gekommen, sich hier zum Straßenchef aufgeworfen hatte und sich rühmte, in einem abseits gelegenen Viertel alle Hintern gehabt zu haben; auf dem Friedhof, sagte er, wo es ruhig sei; oft steckte er die Hand in den Hosenschlitz, wiegend und wägend, das galt denen als Drohung, die ihm nicht glauben wollten. Im Vorübergehen fuhr er Jungen und Mädchen zwischen die Beine und brach in feistes, zufriedenes Gelächter aus. Wer ihm Widerstand leistete und sich verteidigte, der gefiel ihm. Er war ein Vieh und stellte sich hemmungslos zur Schau, um den kleinen Mädchen, die Wasser von dem öffentlichen Brunnen holten, einen Schrecken einzujagen. Ich verstand nicht, warum sich manche Jungen die Hinterbacken von ihm betatschen ließen. Ich hatte Angst und mischte mich nie ein. Ich klebte an der feuchten Hauswand. Einmal sagte er zu mir: »Du bist ein Bleichgesicht und Knochengestell, hast du nicht eine Schwester für mich?« Eine Zeitlang war er verschwunden. Man erfuhr später, daß er einen Jungen aus einem anderen Viertel arg durchgeprügelt hatte; von seinem Vater, der ihn fast umgebracht hätte, wurde er eingesperrt gehalten. Spuren einer Rasiermesserklinge behielt er im Gesicht.

Um mich zu beschäftigen, hatte ich mir einen kleinen Holzkasten, eine Art Bauchladen, gebaut und verkaufte auf der Schwelle unseres Hauses Bonbons, Kaugummis, Bazookas und Lutscher. Ich betrieb das Geschäft zusammen mit meinem kleinen Bruder, der in die Altstadt hinabstieg und die Einkäufe besorgte. Die Einnahmen teilten wir; ich weiß aber nicht, ob wir Gewinn oder Verlust machten. Jedenfalls hatten wir unseren Spaß, denn wir nahmen unsere Rolle als kleine Krämer ernst.

Einmal bekam ich von einem alten Mann, dem Wächter eines herrschaftlichen Hauses, einen großen Auftrag über Minzbonbons. Der Junge, der den Auftrag überbrachte, bestand darauf, daß die Ware ins Haus geliefert werden müsse. Ich füllte meinen Kasten auf und ging mit den Bonbons zu dem Alten. Der zahlte mir etwas mehr, als ich verlangt hatte, und forderte mich auf, neben ihm Platz zu nehmen. Ich ließ mich aber nicht fangen. Seine Augen verrieten mir die List, und das war mir unheimlich. Seine Hand glitt über meinen Rücken und begann dem unteren Teil zuzustreben. Mit einer heftigen Bewegung wollte ich mich losreißen, aber er hielt mich mit der anderen Hand fest. Ich schrie aus Leibeskräften, da ließ er von mir ab und warf mir die Bonbons ins Gesicht. Ich hörte noch eine Flut von Beschimpfungen, als ich davonlief, so schnell, daß ich, ohne es zu merken, an unserem Haus vorbeirannte. Ich sagte zu meinem kleinen Bruder, daß mir der Alte an den Hintern wollte. Wir brachen mit unseren Cousins zu einer Strafexpedition auf, stürmten, mit Steinschleudern und mit Stöcken bewaffnet, den Zugang, wo er seinen Sitz hatte, und fielen über ihn her. Er verteidigte sich nicht einmal. Er lachte und sagte: »Kommt, kommt her, meine Engel, schlagt zu, eure Schläge gefallen mir!«

Seither bin ich mißtrauisch bei zweideutigen Blicken.

2

Mit meiner Gesundheit stand es nicht besonders gut. Man gewöhnt sich an alles, selbst an eine strohgedeckte Bleibe. Ich dachte mit Bedauern an die Zeit im Korb zurück, als ich noch viel freier war, Herr über meinen Rhythmus, Zauberer und Wächter meiner Träume. Ich war geheilt und war der Menge der Kinder zugeteilt, die durch die Straßen rannten oder durch die Gänge der Schule liefen. Der Sehnsucht nun aber auch müde, entdeckte ich die Angst, die physische Angst. Die Angst zu stürzen, die Angst vor Rempeleien, das Gleichgewicht zu verlieren, unter die Hufe eines Maultiers zu geraten, von einem Dromedar zertrampelt oder von einem bepackten Esel gebissen zu werden, den ein Verrückter mit irgendeinem seltsamen Kraut als Futter in Wallung gebracht hatte.

Ich hatte Angst, von Gott gesehen oder gehört zu werden, wenn ich gelegentlich, auf der Toilette, seinen Namen aussprach. Da man mir gesagt hatte, daß er überall sei, daß er alles sehe und höre und daß ihm nichts verborgen bleibe, war ich von Panik ergriffen. Ich lief ins Haus und suchte ein Loch, um mich zu verstecken; ich verschwand in einer großen Truhe. Die Nase preßte ich gegen das Schloß, um atmen zu können. Im Haus blieb es völlig ruhig. Gott mußte anderswo mehr zu tun haben, als hier einem Bürschchen ein paar Maulschellen zu geben, nur weil der an seiner Allgegenwart zweifelte. Ich verbrachte den ganzen Tag in der Truhe, ich wartete. Er zeigte sich nicht. Ich verließ mein Versteck, als die Zeit der Abendmahlzeit herangekommen war, etwas enttäuscht und etwas erleichtert. Mir hätte die Luft ausgehen und die Kräfte hätten mir schwinden können, und dann wäre ich nicht imstande gewesen, den Deckel zu heben und dem Tod zu entgehen. Mir schien, daß das nur eine hinausgeschobene Sache war, früher oder später würde er mich an die Order der kühlen Erde gemahnen. Der Tod machte mir nicht angst. Sein Ritual ja. Warum besorgt der Tod sein Geschäft nicht selbst, warum überläßt er den Lebenden die Sorge, alle jene, Männlein und Weiblein, deren Seele er haben will, versandfertig zu machen? Warum erledigt er das nicht auf einfache Weise, ohne viel Aufhebens, ohne den Schlummer der Kinder zu stören?

Vor dem Tod hatte man mir nicht die Augen verschlossen. Wir standen alle da, die Freunde und die Feinde, die Gleichgültigen und die Neugierigen, dichtgedrängt im Hof des Hauses. Der Springbrunnen gab einen dünnen Strahl von sich. Bekannte und unbekannte Besucher kamen, um eine Träne zu vergießen oder um nur so zu tun. Die Bettler drängten sich, sie wollten beim Totenmahl dabeisein.

Es gab den beherzten Onkel, der zugriff, der kam und ging, der alle Einzelheiten regelte und vor allem bei der Leichenwäsche mit zupackte. In Holzbottichen schleppte er heißes Wasser herbei, trat in das Zimmer, wo man den Toten herrichtete, und verließ es wieder; das alles tat er mit Gelassenheit und Einfachheit. Ich wußte nicht, sollte ich ihn bewundern oder fürchten. Ich stand auf Zehenspitzen da, um ja nicht von dem benutzten Wasser, das aus dem Zimmer lief, beschmutzt zu werden. Ich vollführte akrobatische Kunststücke, um nicht in dieses Wasser zu treten, das von dem Toten herabgelaufen war. Dieses Durcheinander hätte uns der Tod ersparen können. Ich blieb und sog den Paradiesweihrauch ein und lauschte dem Psalmodieren der berufsmäßigen Beter. Die Tür zu dem Zimmer war geschlossen, die Herrichtung war noch nicht beendet. In der Mitte des Hofes hatte man den Teppich mit der grünen Strohmatte ausgebreitet, wo der Leichnam aufgebahrt werden würde. Auf solch einer grünen Matte verrichten die Tugendhaftesten ihre Gebete. In solch eine Matte rollt man die Körper von Kindern. Ich habe dieses handwerkliche Erzeugnis nie gemocht. Ich vermied es, die Matte zu berühren, machte einen Schritt darüber hinweg und verfluchte den, der es zugelassen hatte, daß sie in das Empfangszimmer gezerrt wurde. Doch gehört das zum Schmuck und zum Ritual des Todes. Ich stand also da, eigentlich fast in der Schwebe, als ich eine gelbliche Hand im Türspalt erscheinen sah. Die Hand eines Leichenwäschers, vom Safran, mit dem man den Toten behandelt, gelb getönt. Die Hand bewegte sich, sie war geöffnet, sie wartete. Eine heisere Stimme verlangte nach einer Dattel. Man hatte die Dattel vergessen. Der Tote würde seinen Weg ohne seine Augen antreten. Wenn das Leichentuch den ganzen Körper verhüllt, können möglicherweise Kopfende und Fußende verwechselt werden. Auf den Teil, wo sich der Kopf befindet, legt man an die Stelle der Augen je eine halbe Dattel. Den unter dem etwas aufgebauschten Leichentuch ruhenden Körper bettet man auf die Matte. Ich war immer dabei, mit weit aufgerissenen Augen. Ich mußte alles sehen und mir alles merken. Eine Prüfung, die ich mir auferlegte. Der Tod, das war das: Die Frauen, die sich auf dem flachen Dach des Hauses eingefunden hatten, schrien und heulten; ein Mann forderte sie zur Ruhe auf; ein Korangelehrter kam und las aus dem heiligen Buch; Stille und Sammlung; die Frauen weinten, ohne zu lärmen; die Männer wachten über die Ordnung. Ich war hingerissen, in Aufregung versetzt und dachte schon an die unmögliche Nacht, der ich nicht entgehen würde. Die Nacht war schon da. Dunkelheiten drangen auf mich ein, ich sah mich in einem Tunnel laufen, von dem Toten im Leichentuch verfolgt. Im Laufen hatte er die beiden Hälften der Dattel verloren. Der Tote war blind. Er stöhnte. An seinem Tuch haftete etwas Erde. Der Tunnel war lang, er war endlos. Als ich dann einen Ausgang sah, war mir klar, daß er in einen anderen Tunnel mündete, der noch länger war, ein noch schwärzeres Loch. Und hinter mir immer dieser weiße Fleck, der im Laufen strauchelte und Röchellaute ausstieß. Ich hatte keine Chance, ihm zu entwischen. Ich wußte, eine harte Hand, starr, weiß, erkaltet, würde mich an der Schulter packen und zu einer

Falle hinzerren, die noch tiefer und noch schwärzer sein würde als das Labyrinth.

Ich schloß die Augen und sah eine besonnte Wiese, auf der sich eine blaubemalte Statue niederbeugte, um wilden Mohn zu pflücken. Der blaue Arm wurde grün, als er mir den Strauß mit den kleinen Blüten reichte. Ich hielt ihn mir an die Nase. Ich roch nichts, aber ein sehr kräftiges Licht überflutete mich und trug mich in einen Garten, wo alles friedlich zu sein schien. Das war das Ende des Alptraums.

Zwei untersetzte bleiche Männer kamen mit der Tragbahre in den Hof. Die Frauen auf dem Dach heulten auf. Der Augenblick des Abschiednehmens war gekommen. Alle erhoben sich, sie rempelten sich dabei leicht an. Man legte den Leichnam auf die Bahre. Als sie auf die Schultern gesetzt wurde, regte sich der Tote, das kam von der Erschütterung. Eine Gebärde der Weigerung? Ein Zeichen des Abschieds? Versprechen einer Rückkehr? Ich konnte es mir aussuchen. Ich starrte auf die Füße. Rührten sie sich? War dieser Körper noch bewohnt? Es heißt, die Seele ziehe langsam aus und der Leib behalte noch ein wenig seine Wärme, wenigstens bis zum Besuch der Engel. Waren sie unterrichtet? Keiner hatte sie benachrichtigt. Sie mußten wegen der Beförderung der Seele anwesend sein. Die Erschütterung, das war wohl einer ihrer Späße. Mein Onkel hatte nicht sterben wollen. Er war darauf nicht vorbereitet gewesen. Er feilschte eine ganze Nacht mit den Engeln, die ihn bedrängten, ihnen die Seele auszuhändigen. Er war noch jung und wollte nach Mekka pilgern. Die Engel entledigten sich ihres Auftrags, ohne ihm Aufschub zu gewähren. Für sie war das Routinesache.

Der Trauerzug hatte es nicht leicht, aus diesem niedrigen Haus hinauszukommen. Die Straße war sehr eng. In ihr hallten die Psalmodierereien wider. Alle Welt folgte dem Toten, nur die Frauen blieben zurück, um im Haus zu weinen. Unbekannte, Vorüberkommende schlossen sich dem Zug an. Sie fragten, wer der Tote sei. Einigen schien er vom Sehen oder vom Hörensagen bekannt gewesen zu sein. Er war ein braver Mann, meinten sie. Sie begleiteten ihn bis zum Eingang der Moschee, um am letzten Gebet teilzunehmen, dann entfernten sie sich. Andere wohnten der Feier bis zum Schluß bei. Sie drückten den Angehörigen die Hand und nahmen ein Gebäckstück und ein paar getrocknete Feigen in Empfang. Das war das Totenmahl, die Speise, die jede vom Schmerz betroffene Familie eilig reichte. Ich fühlte mich erleichtert, als ich endlich sah, wie die Leiche ins Grab gesenkt wurde. Alles geschah schnell. Man bedeckte es mit Erde und Steinen und begab sich auf den Heimweg ... Ich wollte nicht in das Haus meines Onkels zurück. Ich vermied es sogar, durch dieselben Straßen zu gehen, die der Trauerzug genommen hatte. Ich bummelte durch die Stadt und wehrte mit den Händen die heraufkommende Nacht von mir ab. Meine Eltern hatten mein Fehlen überhaupt nicht bemerkt. Als ich sie fragte, ob ich bei ihnen im Bett schlafen dürfte, machten sie mir Vorhaltungen, ich sei doch schon ein Mann und ein Mann dürfe nur Gott fürchten, nicht die Menschen, vor allem nicht, wenn sie gestorben sind! Mit neun Jahren war ich ein Mann!

»Gewiß«, sagte ich, »ich habe keine Angst. Mir ist nur kalt. Ich werde bei meinem Bruder schlafen, denn ich weiß, daß er Angst hat, nur wagt er nicht, es einzugestehen. Ich weiß, er schlottert. Ich werde ihm also Gesellschaft leisten und Geschichten erzählen. Aber bevor ich schlafen gehe, darf ich euch eine Frage stellen? Wenn er diese Nacht zurückkommt, soll ich euch dann wecken, oder soll ich ihn warten lassen?«

»Wen?«

»Meinen Onkel.«

»Geh nur und hör auf, an diesen armen Menschen zu denken. Laß ihn in Frieden!«

Jetzt hatte ich sie in Angst versetzt. Nun konnte ich ruhig schlafen, ich war nicht der einzige, der vor dem Tod zitterte.

Ich schlief fest, ohne Traum, ohne Alptraum. Am folgenden Tag gingen wir noch einmal in das Haus meines Onkels.

Mich beeindruckten die lastende Stille und die Gelöstheit der Frauen. Man sprach mit leiser Stimme, um nicht die hier und da hinterlassenen Spuren des Toten zu beeinträchtigen. Seine Sachen waren an Ort und Stelle. Man hatte nicht gewagt, seine Kleider anzurühren. Man rief sich sein kurzes Leben, seine Mildherzigkeit ins Gedächtnis, man sprach von seinen guten Eigenschaften. Alle Frauen waren weiß gekleidet. Weder Schmuck noch Parfüm, noch Schminke. Trauer ist eine Art, bereit zu sein, den Schritt über das Leben hinaus zu tun, ohne Aufmachung und ohne Eitelkeiten, die es nachbessern sollten. Von dieser Einförmigkeit in der Trauer ging eine Schönheit aus, die mir diese Frauen viel näherbrachte. Die Männer schienen über diese sichtbaren Zeichen der Achtung und des Schmerzes erhaben zu sein. Sie rauchten, griffen beim Essen tüchtig zu, machten Scherze und sprachen von der Erbschaft. Man mußte den Bestand aufnehmen und zu seiner Aufteilung kommen. Alles wurde abgeschätzt, selbst die Küchengerätschaften. Das war, was sie den Gerechtigkeitssinn nannten. Ich wußte nicht, daß Kleinkrämerei eines Tages zur Gerechtigkeit gehören könnte. Ich bemerkte zu meinem Vater, daß sein Bruder diese Art Warenauslage und Rechnerei nicht gern gesehen hätte. Er sagte, ich sei noch zu jung, aber ich hätte recht. Unterdessen wurden die Gegenstände beiseite gestellt, und man holte ein großes Heft hervor, um sie aufzuschreiben. Alles mußte schnell gehen. Mit dem Toten mußte man auch mit dem Tod fertig werden. Die Frauen hielten sich abseits, sie mischten sich nicht ein. Keine Farbe, weder im Gesicht noch an den Gewändern. Nur das Weiß der Reinheit und der Enthaltung. Beim Anblick all dieser Menschen, die sich hier in Aufregung brachten, sagte ich mir, daß sie das alles nur anstellten, um der schwarzen Nacht in dem Tunnel zu entgehen, und daß ich nicht der einzige sei, der eine solche Durchquerung fürchtete. Ich begriff, daß die Angst auch die Erwachsenen erreicht und aufstört. Das war ein kleiner Sieg über meine Zweifel.

3

Jeder Geburtsort bewahrt in seinem Innern etwas Asche. Fès hat mir den Mund mit gelber Erde und grauem Staub gefüllt. Ruß aus Holz und Kohle hat sich mir auf die Bronchien gelegt und hat mir die Schwingen beschwert. Wie soll ich diese Stadt lieben, die mich zu Boden gedrückt und mir lange Zeit den Blick verstellt hat? Wie soll ich die Tyrannei ihrer blinden Liebe vergessen, die Momente ihres andauernden, lastenden Schweigens, ihres quälenden Fernseins? Gehe ich durch die Straßen, dann lege ich meine Finger auf den Stein und fahre an den Mauern mit den Händen entlang, bis ich sie aufgeschürft habe und bis ich das Blut ablecke. Das Mauerwerk hält stand, auch wenn es sich bereits etwas neigt; es behütet nicht mehr die Stadt, aber es bewahrt die Erinnerung. Wie viele Menschen haben vor diesen riesigen Toren haltgemacht, ihren Körper der Erde dargebracht und ihre Seele dem Wucher dieses roten Sandes geopfert!

Betrügerische Mutter, eingeschlossene und dennoch treubrüchige Tochter, im Überfluß lebendes und kinderfressendes Weib, dem Mann zugeführte und unterstellte Jungvermählte, von der Zeit gefurchter Körper, mit Mehl gepudertes Angesicht, Blick, der das Rätsel von der Stelle versetzt, vom Winde verweht, offene Hand, die sich auf die schlafende Stadt legt, breite Schultern, von denen jede einen Friedhof trägt, langes Haar, von der Uhr in der Mauer festgehalten, kreisender Nabel, Mühlstein, Wassermühle, müder Leib, runzlige Stirn, Geräusch von Balken, die sich dehnen, Bach als Gefangener einer der Mauern, Dachterrasse mit Anstrich aus ungelöschtem Kalk, Frauen, mit gespreizten Beinen und ausgebreiteten Armen dasitzend, enge, steinige Gäßchen, gesteinigte verfallene Wände, schwarzer Kot, grüner Widerschein, vor die Tür gekippter Unrat, Melonen- und Kürbisschalen auf ausgebranntem Kalbsschädel, zerquetschte Tomaten, Fliegenbrut in einem alten Pantoffel, gesprungener Wassereimer aus Plastik, Haarbüschel vom Kopf und Haare vom rasierten Geschlecht, Esel, mit Weintraubenkisten beladen, Rauch von zischenden Bratspießen, ein hinkender Bettler, ein Kind, das im Davonrennen ein Schilfrohr überspringt, niedrige Gäßchen, Luftmangel, Lichtmangel, Bäckerbursche, der das Brot bringt, ein Mann, der im Gedränge eine Frau kneift, Trauerzug auf dem Weg zum Begräbnis, Festzug auf dem Weg zu einer Hochzeit, dicke Frau, mit einem Blumenstrauß in einer Kristallvase vortretend, die bekannte, von sich eingenommene Heiratsvermittlerin, ein Sonnenstrahl dringt durch die Palmwedel hoch über dem Markt, eine wilde Stute gleitet auf den Steinplatten aus, der öffentliche Schreiber, dem die Tinte ausgeht, Leila Mourad im Kino Achabine, Farid el Atrache im Smoking nächste Woche in *Matkulchi l'hadd* und in *Dhohour al Islam* für Oktober angekündigt. Auf den flachen Dächern äugt man nach dem vollen Mond, um in ihm des Sultans Mohammed V. Antlitz zu sehen, das Echo einer auf dem Hauptmarkt von Casablanca explodierten Bombe, erschreckte Touristen, die ihre Handtaschen an den Leib pressen, Radio Kairo ist gestört, Wasser fehlt, Fès ist abgeriegelt, eingeschrumpft auf seine Legenden, hat die riesigen, zum Himmel offenen Häuser, schöne, im Sommer kühle und im Winter kalte Häuser, mit Zitronenbäumen in den Höfen, hohe, schwere, mit Schnitzereien versehene hölzerne Türen, viereckige Höfe, stickige Küchen, finstere Abtritte, Fès ist in Gevierte von siebenwinkligen Labyrinthen eingeteilt, die in Sackgassen münden oder in einen oftmals angeschwollenen Fluß, der alle Abwässer der Altstadt mit sich führt, ein scheu gewordenes Pferd hat Gemüsestände umgerannt, jagt bei den Färbern umher, wäre beinahe in ein Farbbecken gefallen, die Arbeiter lachen, das Pferd bäumt sich auf, wiehert, stößt den Atem durch die Nüstern aus, läuft davon, galoppiert über die Brücke und stürzt in den Oued Boukhrareb, kommt wieder auf die Beine, läßt den Kopf hängen, die Strömung reißt es mit sich, führt gleichzeitig eine tote Katze in einem Karton mit sich, die Färber tauchen Wollbündel in die Farbe, sie singen und psalmodieren, ein blinder Hund schleicht der Mauer entlang, ein Kind verkauft Zigaretten einzeln, ein Mokhazni spielt mit einem alten Gewehr, ein Brand wird von der Qissaria gemeldet, die Mauern bewegen sich aufeinander zu, der Himmel senkt sich, die Erde bebt, die Menschen rennen, das Antlitz von Fès ist voller Löcher, ein silbriger Krater, von Asche bedeckt, ein aufgedunsenes Gesicht, von den Pocken der Zeit entstellt, ein altes, antikes Gesicht, ein Kunstgegenstand bei den Antiquitätenhändlern, eine von irgendwelchen Archäologen ausgegrabene Statue, Gesicht des Vergessens, von hohen, dicken Mauern umgeben, Familie-Nachkommenschaft-Rang-Klasse-Ehre behütet, in eine Decke aus englischer Wolle gehüllt, eine rote Decke, verschnürt mit einer aus Gold- und Silberfäden geflochtenen Kordel, geschützt vor Wind, vor Ritzen, vor Nässe und vor dem neidischen Auge, Fès hat die närrische Liebe geschluckt, kein Ritter wird kommen, um die Legende glaubwürdig zu machen, keine Frau wird ihr Gewand und ihre Ketten vor dem Tor der Moschee, vor dem Zugang zur Stadt abwerfen, kein Mann wird vom Wahn ergriffen und die Spiegel der Jahrhunderte zerschlagen und die verlassenen Weideflächen besingen, die Heimatorte, meine Heimatorte rücken in mir vor und graben die Steine und Schädel aus, ich bin ihr Friedhof, ihre Einfriedung, wo sich Gebein übereinanderhäuft, wo keine Seele anlegt, wo kein Himmel herabsteigt, wo kein Ozean herankommt, ich bin ein Fruchtgarten, von Gitterwerk umzäumt, vor dem die Hunde und die Esel kopulieren, meine Heimatorte sind so viele aufgedunsene Gesichter, über die die Wörter dahingleiten, ein Bauhof in vollem Betrieb, ein häßliches Lachen, eine Stimme ohne Wärme, eine herausgestreckte Zunge und kugelrunde Augen, meine Heimatorte haben sich an einer erdachten Stelle eingefunden, in einer erdichteten Epoche mit geschminkten Personen, mit verschleierten Silhouetten, wo eine Stimme behauptet, die meinige zu sein, und sich zu erinnern glaubt, doch erkenne ich sie nicht, und alles, was sie auf nachdrückliche und sogar feierliche Weise hinausschreit, geht mich überhaupt nichts an, ich weiß: Die Heimatstadt hat mir den Mund mit Erde gefüllt, mit Asche und mit Silben, ich gebe sie jetzt an den Vorübereilenden weiter, soll er sie in die Fluten des angeschwollenen Oued streuen, ich werde dann endgültig Fès verlassen und lange in den Armen einer Kurtisane, einer gefallenen, aber zärtlichen und menschlichen Seele, schlafen, ich werde endlich gehen können, ohne daß die Steine meine Füße peinigen, ohne daß mich ein Maultier gegen die Mauer in einer engen Gasse quetscht. Wie oft habe ich mir die Zehen an Steinen gestoßen, die man auf den Boden gelegt hatte; wie oft bin ich mit dem Kopf an niedrige Balken geschlagen, an Pforten, die vor einem großen Geheimnis verriegelt worden waren. Dem dunklen Fluß entströmt ein Gestank von Exkrementen, etwas den Atem Benehmendes, in die Nase Stechendes, das ist nicht mehr der herabhängende Kopf eines Pferdes, das er mitführt, sondern das sind die Glieder eines menschlichen Körpers, das ist klar zu sehen, ich erkenne einen Arm und einen beschuhten Fuß, die schnelle Strömung läßt es mich nicht genau ausmachen, ich gehe weiter mit dem flüchtigen Bild eines in Zersetzung übergegangenen Körpers, der an den Steinen aneckt, das Pferd mit aufgerissenem Maul muß den namenlosen Körper geschluckt haben. Ich gehe den Fluß entlang und versuche, das Rätsel um den am Oberlauf in den Fluß geworfenen Körper zusammenzufügen, Körper ohne Kopf, ohne Gesicht, ohne Namen, er könnte jedermann gehören, hat er, o Anbeter Allahs, ein Gesicht, das seinen Körper verloren hat, einen Kopf, den man von seinem Körper abgetrennt hat, gibt es auf diesem Trödelmarkt einen Namen für die fehlenden Glieder, für die fehlende stattliche Erscheinung? Keiner antwortet, über Arme sind alte Kleider geworfen, an Fingern hängen alte Schuhe, ein aufgerissener Mund brüllt

Zahlen, fünfzehn, siebzehn, einundzwanzig, er hat einundzwanzig gesagt, und du, du sagst dreiundzwanzig, dreiundzwanzig wurde gesagt, wer sagt mehr, mehr sage ich nicht, fünfundzwanzig ... Versteigerungen sind ein Paradies für jene, die vor Sonnenaufgang aufstehen, da geht es heiß zu, ein Hin und Her, das ist das Leben mit seinem Auf und Ab, ich betrachte die Verkäufer, sie sind ungerührt, ich beobachte die Käufer, Statuen mit unruhigem Blick. Ich suche einen Kopf, der sich des Körpers annehmen würde, die Köpfe sind gut zu sehen, mit einem Stock taste ich die Dschellabas ab, was sie wohl bedecken, ich versetze ihnen leichte Stöße, ich stoße gegen harte Schienbeine, ich suche das Leere, vielleicht ist dieser Kopf mit den düsteren Augen auf einen Pfahl gesetzt, und vielleicht steckt in der Dschellaba nichts, wieso zieht mich dieser Kopf an, und wie soll ich ihm sagen, daß sein Körper wiedererlangbar ist, daß ich bemerkt habe, wie er mit dem aufgetriebenen Bauch des Pferdes eins geworden ist, heiß ist es auf diesem Platz, wo man auch das Dirnenvolk versteigern würde, da, der da!, der unbedingt zerrissene oder mottenzerfressene Vorhänge an den Mann bringen will, er hat es sich in den Kopf gesetzt, etwas zu verkaufen, egal, was. Ich laufe, ich will mein Herz schlagen hören, ich eile hüpfend über die Steine, ich spucke, wenn ich eine tote Katze sehe, ich verstecke mich in einem Hauseingang, wenn ich ein Pferd ohne Reiter sehe. Eine junge Frau kommt weinend angerannt und ruft um Hilfe. Sie kommt aus jener dunklen Gasse, schreiend und das Schicksal verfluchend: »Warum ich, ich bin erst zwanzig, und mein Körper, da! Ist er nicht jung und schön?« Sie reißt ihre Dschellaba auf, dann ihr Kleid. Eine Alte wirft ihr eine Art Decke über. »Welche Schande, du machst uns Schande, ich kenne dich nicht, aber wenn du meine Tochter wärst, Gott möge mich schützen! Hätte ich dir die Brüste versengt und die Scheide zugenäht, aber du bist eine Fremde, deine Mutter kann keine Frau von Anstand sein, was ihr Gott verzeihen möge, komm mit mir, ich werde dich beruhigen.« – »Nein, laß mich, mein Mann ist verrückt. Ich habe gesehen, wie er nach dem Messer griff, er wird mich töten, ich weiß es, das ist Schicksalsfügung, die schwarze Wolke, die meine Tage schwärzt, ich bin erst zwanzig; ich bin allein auf der Welt, o ihr guten Leute, helft mir, kommt und helft diesem armen Mädchen, das ein Verrückter geprügelt hat, warum bleibt keiner stehen, ihr braucht euch nicht zu fürchten, kommt mit mir, und ihr werdet sehen, daß er verrückt ist.« – »Armes Mädchen! Gott nehme sich ihrer an und befreie sie von dieser verkommenen Seele!« Die junge Frau wendet sich zur Wand, weint mit aller Heftigkeit und schlägt den Kopf gegen den Stein. Irgendein Passant, ein Unbekannter, schreitet ein, wohl ein Fremder, er hat nichts gesagt, er ist einfach herbeigekommen, er nimmt sie mit, führt sie aus der Gasse heraus, vielleicht ins Hospital. Der Mann tritt aus dem Haus, ein wild um sich blickender hagerer Mann, mit zerfetztem Hemd, mühsam macht er ein paar Schritte, er sucht seine Frau, ein Mokhazni verhaftet ihn, er läßt es geschehen, in die Gasse kehrt wieder Ruhe ein, an der Wand sind Blutspuren, und in einer Ecke liegt ein Frauenpantoffel.

Der Tag bricht an. Fès ruht in tiefem Schlaf. Die Dächer sind leer. Nichts rührt sich. Mir fehlt das Meer. Die Weite fehlt mir. Der Horizont. Das ist es, was ich am meisten an dieser Stadt unter der Erde, Stadt der Verborgenheit, vermisse, die das Meer, die Farbe und den Horizont entbehrt. Ich lasse Fès hinter mir wie eine ungetreue Gemahlin oder wie eine schlechte Mutter.

Wir sind mit dem Zug nach Tanger gefahren. Es war eine Flucht, auf Zehenspitzen, im Morgengrauen, wie Diebe, mit Schuldgefühl, tatsächlich sich davonstehlend. Ich weiß, man läßt seinen Geburtsort niemals hinter sich. Er folgt einem, geistert durch die Alpträume, Warnträume, Träume, die zur Ordnung und zur Rückkehr rufen. Er läßt einen irgendwo krepieren, aber mit dem Körper will er sich unbedingt nähren. Alle Tage werden aus allen geographischen Breiten Körper heimgeholt. Der Ruf der Erde steht im Sturz des Schicksals geschrieben. Dem kann man nicht entgehen.

Der Zug war nicht komfortabel. In unserem Abteil saß eine dicke Frau, die während des Stillens ihres Säuglings Brot mit ranziger Butter, in der gekochte Knoblauchzehen steckten, aß. Uns befiel ein Brechreiz, bald den einen, bald den anderen. Alles stank. Mein Vater steckte sich eine Zigarette an, um die Atmosphäre zu verbessern. Die Frau sagte zu ihm, daß weder sie noch der Kleine den Tabakqualm vertragen könnten. Mein Vater trat hinaus auf den Gang, die Hände gegen den Leib gepreßt. Er bezwang den Brechreiz. Die Frau machte eine Schnitte zurecht und reichte sie mir. Ich lehnte ab. Sie wurde ärgerlich und sagte mit vollem Mund: »Man lehnt die Speise Allahs nicht ab!« Ich dachte: Hoffentlich ist Gott gütig und mischt nicht Knoblauch mit ranziger Butter! Ich ging auf den Gang. Meine Mutter stützte den Kopf in beide Hände, um die Übelkeit beim Reisen zu unterdrücken, die durch den Gestank dieses Fraßes nur noch verstärkt wurde. Mein Bruder schlief. Ich gab mir alle Mühe, um nicht an die Hölle zu denken, denn dort muß es wohl solche Butterbrote geben. Mein Vater beruhigte mich. In der Hölle werde nicht gegessen. Das sagte er mit aller Entschiedenheit. Wie konnte er es wissen? In der Hölle sei die Zeit nur dazu da, sich selbst zu verzehren. Keine Widerrede. Nun aß die Frau nicht mehr. Sie schlief mit offenem Mund und schnarchte. Wie sollten wir sie loswerden? Das Fenster öffnen, indem man die Scheibe zertrümmert, und sie hinauswerfen? Sie würde nicht aufwachen. Nein. Ihr ein Tuch in den Mund stecken, sie ersticken? Nein. Man mußte realistisch denken. Fès verzeiht denen, die es verlassen, nicht. Diese Frau ist die leibhaftige Verwünschung dieser Stadt, die es auf uns abgesehen hat. Sie mußte von den heimlichen Chefs der Stadt gesandt und uns ins Abteil gesetzt worden sein. In der Tat, mein Bruder schlief nicht, er war ohnmächtig geworden. Empfindliche Familie! Ich war bereits im Besitz meines Empfindlichkeitsdiploms, einer Art Passierschein für den Notfall. Mein Bruder mußte mich beneiden.

Sie stieg in Meknès aus. Mein Bruder gab eine boshafte Bemerkung von sich wie: »Metzgers Kühlschrank ist kaputt ... ein Glück, daß sie ausgestiegen ist.« Zwei magere, bleichgesichtige Reisende nahmen Platz. Es mußten Kifraucher sein. Ich sah bei ihnen eine Pfeife aus der Tasche hervorlugen. Sie schlossen alsbald die Augen und schliefen ein.

Mein Vater holte die Pässe hervor und besah sie. Alles war in Ordnung, auch wenn mein Geburtsdatum falsch angegeben worden war, damit ich zur Schule zugelassen wurde. Wegen meiner Krankheit war ich ein Jahr zurück. Daher die Verwirrung um das wirkliche Datum meiner Ankunft auf dieser Welt. Auch heute macht es mir Spaß, die Mehrdeutigkeit beizubehalten. Früher hörte ich mit Freude meine Klassenkameraden ihr genaues Geburtsdatum angeben. Ich aber, ich zögerte immer, 1944 oder 1943, an einem Donnerstag früh um zehn, am Anfang oder am Ende einer Jahreszeit, vielleicht im Winter, auf jeden Fall nicht im Sommer, denn Großmutter war erkältet. Ein Jahr mehr oder weniger, was tut's! Damals war die Zeit für mich etwas, was kommen und gehen mußte. Mir gefiel die Nachlässigkeit um das Geburtsdatum sehr, weil sie mich unter den Schutz von Gewißheiten stellte.

Mein Bruder und ich hatten ein und denselben Ausweis. Ich betrachtete das Foto und mußte lachen: Hinter vorstehenden Backenknochen verkniff ich ein irres Gelächter. Das war mein erstes Foto. Vor lauter Freude und Erregung konnte ich mit Lachen gar nicht aufhören. Dabei gab es überhaupt nichts Komisches, aber der Umstand, von meinem Gesicht ein Bild zu haben, machte mir zu schaffen. Welches Gesicht soll man dem Apparat zeigen? Ich wußte, es sollte ein ernsthaftes sein. Ich zögerte zwischen dem ernsten Kind, das ich war, und dem flotten, unbeschwerten Burschen, der ich werden wollte. Nicht das eine und nicht das andere. Ich entschied mich für ein drittes Gesicht, das grundlos lacht, das über sich selbst lacht, das einfach lacht, weil es einen Ausdruck festzuhalten galt. Das Ergebnis machte mich nicht stolz, aber es ging einigermaßen. Ich gab mir schon die Miene eines Doubles, das ich mir fabriziert hatte.

Was ist mit dieser Geschichte von dem Double? Warum behaupte ich hier, mir eines zugelegt zu haben, aus Bequemlichkeit oder aus Bosheit? Wozu an diese Sache erinnern, über die ich mir erst viel später klar wurde? Lieber im Eisenbahnzug bleiben und der Abfolge gemäß erzählen.

Der Zug war ein Eilzug, der immer zur festgesetzten Zeit abfuhr, aber nichts garantierte die Zeit der Ankunft. Das kam wegen der spanischen Zollstation in Arbaoua. Die Guardia civil fahndete nach Nationalisten. Zuweilen behielt man den ganzen Zug in Geiselhaft und forderte die Reisenden auf, daß sie bei der Durchsuchung helfen sollten. Beflissene und gewissenlose Kerle verrieten ihre Abteilgefährten, einfach um den Zug freizubekommen und weiterzufahren. Oft geschah das nicht. Mein Vater war jedoch besorgt, er fürchtete die Kontrolle. Die Spanier machten sich ein Vergnügen daraus, die Marokkaner zu demütigen und sie spüren zu lassen, daß dieses Land ihnen nicht gehört, weder im Norden noch im Süden. Die behandschuhten Zöllnerpranken fuhren gierig in unsere Taschen. Sie nahmen die goldene Armbanduhr meiner Mutter an sich. Sie führten auch einen der beiden uns gegenüber schlummernden Männer ab. Mein Vater atmete auf, er hatte, um den Leib gegürtet, sein ganzes Vermögen bei sich. Viel war das nicht. Etwas Geld. Meine Mutter war sehr aufgebracht, um so mehr, als er, um sie zu verspotten, bemerkte: »Das ist nicht schlimm, du kannst sie sowieso nicht lesen!« Das stimmte nicht ganz. Sie hatte allein gelernt, die Stunden an der Wanduhr zu Hause abzulesen. In Tanger kamen wir spätabends an.

Die Stadt war erhellt. Das Meer, ein großer schwarzer Fleck, lag da, vom Vollmond beschienen. Lichter blinkten vom Hafen bis hinauf zu den Bergen. Ein festlicher, fast künstlicher Himmel. Alles glitzerte in dieser Stadt. Das Ekelgefühl und die Strapazen, die mich auf der Reise geplagt hatten, waren vergessen. Ich sah in dieser Ausschmückung bereits die Bezauberung durch das Spiel, die Lüge und die Flucht. Ich sog tief den Geruch des Meeres ein. Das konnte mich trunken machen, konnte die Freisetzung vorbereiten. Mich von der schwammigen Gegenwart Fès' zu befreien, von seinen steinigen Straßen, von seinem Oued, der den Erdboden spaltet wie eine Schicksalsfügung oder wie ein Vorzeichen des Todes.

Ich war für das Abenteuer bereit, eine Art Freiheit, die mich dem Wagnis entgegentrug: das Meer schauen, den Gischt berühren, Frauenbrüste streifen, Bilder speichern, um die Nacht zu bewohnen und der Einsamkeit zu entkommen.

Geruch nach Algen, seltsamer, manchmal erstickender Duft der letzten Wellen des Mittelmeers, auf dem Zink der Schlachtbänke ausgenommene, in Stücke zerlegte große Fische, wilde Blicke auf der Suche nach neuen Eroberungen, flinke Hände, die in der Luft Bündel von Banknoten schwenken, Hände, die Geld kaufen und verkaufen, Juweliere, die Devisen tauschen, Seeleute, die unter ihrer Dschellaba amerikanische Zigaretten und Flaschen mit Alkohol verkaufen. Bürschchen, die das Hotel des Glücks anpreisen und Paquitas Liebeskunst, die augenblicklich einen außergewöhnlichen Zulauf erlebt, alle bei ihr unter zwanzig, blond bis rotblond, von den Kanarischen Inseln eingeführt, Touristen folgen einem bäuchigen Führer, grapschende Hände an den Hinterbacken der Ausländerinnen, ein Mann schlachtet am Eingang zur Moschee einen Hahn, eine Engländerin fällt in Ohnmacht, ein spanischer Polizist trinkt Bier im Café Central, ein amerikanischer Dichter raucht Kif und streichelt einen Jungen, der auf seinem Schoß sitzt, ein alter Mann, ganz in Weiß gekleidet, rühmt lauthals die islamische Tugend und Moral, ein anderer ruft zum Gebet und wirbt für den Boykott amerikanischer Waren, Coca-Cola an der Spitze, die von den Zionisten finanziert werden, ein Lautsprecher überträgt das Spiel des Jahres, Tanger gegen Tetuan, eine Frau im Nachthemd steigt aus einem Jeep der Polizei und schimpft: »Möse eurer Mutter!«, gemeint ist die Mutter der spanischen Polizei mit den zerlumpten Unterhosen, ein umherziehender Verkäufer preist die Minze und die Schoten aus El Fahs an, ein Inder zündet vor der Tür seines Ladens Weihrauchstäbchen an, eine Straße führt bergauf, ein Platz beschreibt ein Rund, eine hohe Pappel spendet dem Hundefriedhof Schatten, eine Horde Touristen läuft hinter einem unter Gedächtnisschwund leidenden Führer her, aus getrockneten Ziegeln ist ein Mäuerchen auf dem Boulevard Pasteur für die Faulenzer errichtet worden, ein Junge verkauft Schnürsenkel, *Ismail Yassine in der Armee* steht auf dem Plakat am Vox, Cinéma Roxy bringt nur MGM-Filme, kündigt den *Roman der Marguerite Gauthier* an, *La Violetera* läuft im Goya, ein Autowächter in Dschellaba und mit Melonenhut macht seine hundert Schritte auf dem Fußweg und wiederholt in einem fort: »Ich bin englischer Untertan, stehe unter britischem Schutz, bin heimlicher Gesandter Ihrer Majestät der Königin«, ein Schuhputzer wirft ihm Steine nach, eine Straße führt bergab, Palmen biegen sich, Fenster werden geschlossen, die Wäsche auf dem Balkon flattert davon, das hat diese Nacht angefangen, ein Matrose hat es gestern abend im Café schon gesagt, bei Vollmond immer, unvermeidlich, das kündigt sich mit den kurzen weißen Wellen in der Enge an, der Kaffeehauswirt ist nervös, der Strand ist leer, man erwartet es am Wochenende, es kommt, wie von den spanischen Küsten hergejagt, die Türen knallen, die Frauen von El Fahs halten sich den Strohhut fest, mit einer Hand, mit der anderen bieten sie Kuhkäse an, der Ostwind ist da, der Gebieter und Herr über die Stadt, er säubert Mauern und Straßen, er fegt die Plätze und wirft Sandkörner in die Augen, vernichtet die Mikroben und putscht die Verwirrten auf; der Ostwind stürzt in seinem Lauf alles um, er schafft Ordnung, verbreitet die Gerüchte und hält die Stadt im Wirbel gefangen; er ist keine Legende, seine Gewalt hat etwas von der Tollheit an sich, er überschwemmt den Hafen mit mächtigen weißen Wellen, seine Böen, bald anhaltend, heulend, bald kurz und peitschend, schlagen, stürzen, ohrfeigen, zerreißen die Luft und bringen die Gräber in Bewegung, selbst die Toten werden aus ihrer Ewigkeit gezerrt von dieser nicht sichtbaren, sturen Geißel, er wirbelt bis ins Unendliche, hält einen Moment inne und nimmt seinen Fortgang, zehn Tage lang tobt er entfesselt, wirft die Pläne der Schmuggler über den Haufen, manche behaupten, sie profitierten davon, um die Waren unterhalb der Klippe auszuladen, hinterher hat man es erfahren, man hat nach seinem Abzug zwei zerschmetterte Körper auf den Felsklippen gefunden, die Küstenwache wagt sich bei ihm nicht hinaus, zum Vorteil für den Schmuggel, auf dem Petit-Socco wird die Stange Amerikaner rar, alles wegen des Windes, das Faulenzermäuerchen bleibt unbesetzt. Man wartet auf das Abflauen, man betet um Beruhigung, am dreizehnten Tag beginnt man ihn zu verfluchen, wenn er vorüber ist, herrscht ein seltsamer, verdächtiger Frieden über der Stadt wie nach einem langen Sturm oder nach einem Schiffbruch, die Menschen werden mild gestimmt, sie ergehen sich in Höflichkeiten, der Wind hat sie ermattet, der Mond entfernt sich, man stellt die Tische und die Stühle wieder auf die Gehwege, die heimlich Liebenden umarmen sich im öden Gelände, man öffnet wieder die Fenster, zerschlagene Scheiben werden ersetzt, und man vergißt, andere haben so etwas wie eine Vorahnung und erwarten den nächsten Besuch, wird er ebenso schrecklich sein wie der vorhergehende, wird man diesen Eindringling, der alles zerschlägt, lange ertragen können? Wird er die Sommersaison verpatzen, die Touristen vertreiben? Der Ostwind ist der einzige, der in dieser kaufenden und verkaufenden Stadt Humor hat, er ist grausam und anhänglich, sät den Zweifel und reißt Löcher in die Routine, er ist das Unvorbereitete, das die Schleier der Nacht zerfetzt, und gewährt denen wenig Aufschub, die sich gern erhalten wollen, dabei mit ihren Leibern geizend und mit ihren Seelenregungen.

Gerüche von herausgerissenen Kräutern entströmen den Gärten und Friedhöfen; wenn sie sich mit dem Duft des Meeres mischen, führt das zum Schwindel. Ich hielt mir den Kopf mit beiden Händen, glücklich, mich um mich selbst zu drehen und von fernen Klängen mitgerissen zu werden. Ich ging in der Stadt umher mit der festen Absicht, sie zu verführen, sie zu besitzen oder doch zumindest mich von ihr als Ziehkind annehmen zu lassen.

In der Schule wurden wir, mein Bruder und ich, als räudige weiße Fèsbewohner angesehen, andere sagten uns, wir sähen ganz nach Hinternhinhalten aus, wiederum andere behandelten uns als Juden. Seltsamerweise berührte uns diese Streitereiensuche nicht. Wir ließen sie reden und schimpfen. Das einzige, was sie uns vorhalten konnten, war, daß wir gute Schüler waren, ordentliche Schüler, richtige Büffler. Wir waren also keine aufsässigen, sondern brave Schüler, anständig und niemals klapsig. Vom Schulhof war das Meer zu sehen. Es änderte stets seine Färbung und seinen Rhythmus. Statt zu spielen, betrachtete ich das Meer. Das Meer sehen und sich von seinem Mysterium bewegen lassen, das stand für eine schweigende Herausforderung.

Wir wohnten in einem düsteren Haus, das bröcklige Wände und rissige Zimmerdecken hatte. Um die Sonne zu sehen, mußte man auf das Dach steigen und warten. Ein tief ins Innere führender Raum neben dem Eingang diente meinem Vater als Laden. Unser unmittelbarer Nachbar war ein Milchhändler, der als solcher bekannt war. Gegenüber wohnte David, ein Schneider, ein Jude spanischer Herkunft. Eine vorsichtige, aber verläßliche Freundschaft verband uns mit David. Sie fand ihren Ausdruck nicht in ewigen Umarmungen oder in Höflichkeitsbezeigungen, sondern in dem wöchentlichen Austausch von Gerichten unserer beiden Küchen; freitags trug er Kuskus in einer Schüssel oder etwas in einer Bratpfanne zu sich nach Hause, und sonnabends schickte er uns durch seine Hausgehilfin, eine muslimische Alte, einen Topf Skhina. So standen wir in regelmäßigem Verkehr. Als sich der Angriff auf den Suezkanal ereignete, hielt er seine Werkstatt ein paar Tage geschlossen, dann besuchte er meinen Vater und sagte zu ihm: »Was auch kommen mag, wir bleiben Freunde, wie Brüder!« Der kulinarische Austausch setzte sich wie gewohnt fort bis zu dem Tag, an dem er verschwand, ohne jemandem etwas gesagt zu haben, was uns sehr überraschte und uns schmerzte. Der Milchhändler teilte uns mit, er habe ihn nachts ausziehen sehen.

Die Zeiten waren schwierig, mein Vater war nicht immer in bester Stimmung. Er hatte sein Leben lang gearbeitet, und nun, da er die Fünfzig erreicht hatte, war er so arm wie zu Beginn. Mit zwölf Jahren hatte er seine Eltern verlassen, um seinem älteren Bruder nachzufolgen, der nach Melilla ausgewandert war, der von Spanien besetzten marokkanischen Stadt. Er ging mit Schmugglern, die Zucker und Mehl aus der spanischen Zone in das restliche Marokko schafften. Hunger und Kälte lernte er kennen. Von jener Zeit spricht er noch heute voller Wut. Er hatte nach der Koranschule alles hinter sich lassen müssen, um sein Brot zu verdienen.

Mein Bruder und ich waren seine einzige Liebe. Meine Mutter behandelte er nicht gerade umgänglich. Sie hatte nichts zu sagen, sie steckte Geschrei und Zornesausbrüche ein. Wir waren stumme Zeugen des Schauspiels eines bewegten und kaum beneidenswerten Ehelebens.

Von Zeit zu Zeit kam ein ulkiger und ein wenig überspannter Cousin zu uns. Er stand immer etwas abseits, ein sympathischer Ausnahmefall in dieser Familie von Knausern und Berechnern. Er sagte, er habe seine Frau wegen ihrer großen Brüste geheiratet, zwischen die er sein Haupt bette, wenn er schlafen ging. Er brachte etwas Lust und Laune in diese Bruchbude, ein Haus, das düster und feucht war. Als Lehrer machte er sich einen Spaß daraus, den Koran mit erfundenen Versen zu spicken, sogar mit Kraftausdrücken. Er hielt nicht nur den Ramadan nicht ein, sondern trank auch Alkohol und spektakelte auf allen Dächern von Familienmitgliedern herum. Seine Kühnheiten und sein Eifer gefielen mir. Einmal kam er zu meinem Vater und sagte: »Du kannst mir gratulieren! Beglückwünsche mich! Mit den Schwierigkeiten ist es vorbei! Aus ist es mit Krämerei und Bude! Ich habe eine Stellung für deinen Sohn, die seiner Intelligenz und seinem ernsten Wesen würdig ist. Er wird am Anfang fünfzigtausend Francs im Monat verdienen, was beim heutigen Stand etwas über siebentausend Pesetas sein werden. Ein großartiger Beruf, dein Sohn wird Briefträger. Er wird Liebesbriefe und Ansichtskarten aus der ganzen Welt, auch aus China, austragen. Er wird ein beliebter, geachteter, in allen Häusern gern gesehener Mensch sein, und alle schönen Mädchen werden sich mit ihm verheiraten wollen. Was hältst du davon? Das ist doch hervorragend! Umarme mich ...«

Mein Vater sah ihn lange an. Diese Geschichte war nicht zum Lachen. Er sagte zu ihm: »Du hast schon am Morgen getrunken! Geh und komm erst wieder, wenn du deine Sinne beisammenhast ... Meine Kinder werden es weiterbringen ... Arzt oder Ingenieur!«

Der Arme. Er hatte das Beste gewollt. Nach dieser Abfuhr wagte er nicht mehr, zu uns nach Hause zu kommen. Seine Späße fehlten uns. Eines Tages kam er doch, nüchtern, in weißer Dschellaba, eine Gebetskette in der Hand. Es war am Mouloud-Fest. Er feierte mit uns den geheiligten Tag der Geburt des Propheten Mohammed.

Das Meer betrachten, wenn es keine Haube trägt, von den schwachen Lichtern der spanischen Küsten begrenzt, in ein weißes Tuch gerafft zwischen dem Kap Malabata und dem Felsen von Gibraltar, es in fleckenlose Bilder bannen und davontragen mit des Schlummers Überfahrt. Ich geistere über dem Meer, in eine feuchte Kammer eingesperrt, schütte über seinen Nacken die glühende Hitze des Sandes, herrlicher Körper, über den ich beim Umkehren der Jahreszeiten und beim Kreuzen der Düfte schreie, mein Mund, mit seiner Mähne gefüllt, hält sein Gewand zurück, ich gehe, Ufer, wo der Traum blinkt, wo der Zugvogel zittert, ich liege und strecke mich, Farnkrautgesicht, gestützt auf die gefurchte Stirn des Meeres, ich öffne den Frauen, die ich am Strand bemerkt habe, die Türen, ein und dieselbe Welle überspült mich bis zum frühen Morgen, in diesem Bett ist mir kalt, auf diesem Kissen aus Sand und Gischt.

Das Meer betrachten und den Mädchenkörper erträumen.

Ein Schulkamerad lieh mir für einen Tag ein Magazin mit nackten Frauen. Eine Peseta pro Tag. Ich hielt es unter meinem Hemd versteckt. In einer heimlichen Ecke, oben auf dem Dach, zeigte ich es meinem Bruder. Wir waren etwas enttäuscht, denn die Frauen hatten kein Geschlecht; statt dessen hatten sie ein kleines fleischfarbenes Dreieck, was uns nur in Erstaunen versetzte. Glücklicherweise blieben uns die vollen Lippen und die großartigen Brüste. Das Heft wurde weitergereicht, es machte die Runde, jedesmal mit längerem Verweilen auf der Toilette. Die Sexualität bestand aus solchen zurechtgestutzten rosigen Bildern, die ich in der Einsamkeit entzifferte und entschleierte. Sie fand sich auch im Beäugen all der Frauen, die auf der Straße vorübergingen und die ich mir abends vor dem Einschlafen ins Bett holte. Da war die Frau des Milchhändlers, jung und ordinär, die im Laden stand, wenn ihr Mann unterwegs war. Sie gab mir ein Glas Molke zu trinken. Ich hielt mich hinter dem Ladentisch auf, und sie kraulte mir mit feuchter Hand das Haar. Ich drängte mich auch in die Menge, um Frauen zu riechen. Meine Hände mußte ich zügeln, die mich verraten hätten, wenn sie unter eine Dschellaba oder ein Kleid gefahren wären. Darüber sprach ich mit meinem Bruder, den dieselben Vorstellungen plagten. Ich konnte nicht anders, ich mußte mich unter den Decken streicheln und Wünsche über Wünsche anhäufen, die stets zum Gipfel der Erwartung führten.

Damals entschloß ich mich, mich zu verlieben.

Ich wählte eine Blonde, eine Ausländerin. Ich entschied mich für ihr Gesicht und träumte. Ich war auf dem marokkanischen Collège, sie auf dem französischen Lycée. Ich lief alle Tage dorthin, um sie am Ausgang zu sehen. Sie sah mich überhaupt nicht. Ich wurde rot, wenn sie an mir vorüberging, stand da, unfähig, sie anzusprechen, auch nur ein Wort hervorzubringen, beispielsweise nach der Uhrzeit zu fragen. Mich hielt eine krankhafte Schüchternheit wie festgenagelt auf der Stelle. Die Wahl hatte ich getroffen, um meine sexuelle Raserei zu dämpfen, die regelmäßig mit wütendem Masturbieren endete. Man nannte das die »heimliche Angewohnheit« oder »Stroh«, eine wörtliche Übersetzung des spanischen paja. Ich erhoffte mir Beruhigung und entdeckte die Schande. Dieses Mädchen war für die »reine« Liebe geschaffen, nicht für den Sex. Sie hatte auch den bezeichnenden Namen Angèle. Ich wäre in jedem der denkbaren Fälle unfähig gewesen, sie zu berühren. Die Schande. Die Verfehlung. Ich fühlte mich ebenso schuldig, wenn ich mir auf den Toiletten ihr Angesicht vor Augen stellte, wenn ich sie langsam entblößte und meine Lippen über ihre Brüste und ihre Scham führte, wie wenn ich sie absichtlich vergaß und den unreinen, unvollkommenen Bildern des Magazins den Vorzug gab. Meine Träume wiederholten sich, und ihre Farben verblaßten. Ich konnte so nicht länger warten und ging zum Handeln über. Ich schrieb ihr einen Brief, den ein Nachbar, der in ihrer Klasse war, ihr überbringen sollte.

Liebe Mademoiselle,

ich bin ein junger Marokkaner, der Ihre Bekanntschaft machen möchte, um Ihnen seine Freundschaft anzutragen und die Ihre zu erlangen. Mich bewegt dabei kein schlechter Gedanke. In der Hoffnung, von Ihnen eine günstige Antwort zu erhalten, bitte ich Sie, Mademoiselle, den Ausdruck meiner Hochachtung entgegenzunehmen.

Natürlich erhielt ich niemals eine Antwort. Ich wußte, ich war ein lächerliches Etwas, aber hier hieß es, einen guten Abschluß zu finden. Zwar war ich enttäuscht, aber auch seltsamerweise erleichtert, ich hatte getan, was getan werden mußte, um verliebt zu sein. Der Reinfall kam mir recht, ich stieß ein Tintenfaß um, über meine Hefte, nur um mir zu beweisen, daß ich in Zorn geraten war.

Später reihte ich mich in die sorgenfreie, kosmopolitische Fauna des französischen Lycée ein in der uneingestandenen Hoffnung, irgendwelche amouröse Begegnungen zu haben. Die europäischen Schüler verkehrten untereinander; ich fand mich im Clan der Araber wieder. Das war zur Zeit des Krieges in Algerien. Algerische Kameraden fuhren fort, um sich der FLN anzuschließen; den französischen drohte das Gespenst des Militärdienstes in den Aurèsbergen. Die Beziehungen unter uns nahmen des öfteren einen aggressiven Charakter an. Ich, der ich geglaubt hatte, mit dem Übertritt in das Lycée einen gesellschaftlichen Aufstieg vollbracht zu haben, entdeckte vielmehr den Rassismus und die Brutalität in der Geschichte. Die algerischen Kameraden kamen nicht wieder zurück. Von ihnen erhielt man keine Nachricht. Ich dachte nicht mehr an die schönen Mädchen der französischen Kolonie. Ich schwärmte nun für meine Philosophielehrerin, eine bemerkenswerte junge Frau, die ihre politische Überzeugung nicht verhehlte. Sie war Marxistin und versammelte abends in ihrer Wohnung die arabischen Schüler um sich. Unter uns gab es zwei, drei Franzosen, die für Algeriens Unabhängigkeit waren. Zum erstenmal hörte ich bei ihr von der Dritten Welt sprechen. Sie las uns Seiten von einem gewissen Frantz Fanon vor. *Die Verdammten der Erde* ging von Hand zu Hand, und man schrieb sich ganze Kapitel ab. Gegen die Lehrerin wurde eine Verleumdungskampagne ins Werk gesetzt; die Eltern einiger Schüler bezichtigten sie der Subversion und der Unmoral. Die Kirche prangerte ihren Atheismus an. Und das nahm ein böses Ende, ein sehr böses. Denn sie starb. Wir waren verwaist. Ich heulte wie ein kleiner Junge. An ihre Stelle trat ein früherer Lateinlehrer, ein echter Schulmann und Konformist. Er ertrug unsere Trauer um sie und unsere Gleichgültigkeit ihm gegenüber.

Die Frau hatte genügend Zeit gehabt, einige Jahrgänge von Schülern zu prägen. Es gab einen, einen langen, dürren, der uns bei ihr ein paar Jahre voraus war und der sich sehr bald in den Maschen eines schmutzigen Netzes über dem politischen Sumpf verstrickt sah. Er war auf der Suche nach seinem verschwundenen Vater, den wahrscheinlich politische Gegner entführt hatten. Mit einer Unschuld und Heftigkeit rannte dieser intelligente Mensch schneller als die Zeit. Mit welcher Leichtigkeit hatte er uns doch überzeugt, eine Schülerassoziation zur Verteidigung der demokratischen Grundsätze zu bilden. Nach dieser schnellen Einführung in die Politik, die wir wie eine befreiende Erleuchtung empfingen, rannte er weiter, auf der Flucht vor der Polizei, vor gewissen Irrtümern, vielleicht auch vor sich selbst. Das Fehlen des Vaters, seine Kühnheit, sein Stolz und Ehrgeiz sollten ihn ins Exil treiben.

Zwanzig Jahre später rennt er noch immer, allerdings jetzt, ohne den Humor zu opfern, denn in der Zwischenzeit hat er sich von einigen Illusionen frei gemacht und ist unter dem Zwang der Dinge ein klarsichtiger und zutiefst verzweifelter Mann geworden.

Ich betrachte nicht mehr das Meer. Ein Schatten aus Stille, eine dicke Schicht Abwesenheit auf den Wogen, von dem nächtlichen Licht in der Starre gehalten. Nackte Hände verteilen ungelöschten Kalk auf bröckelnde Mauern, und artige Kinder tauschen Steine und Bilder auf der Schwelle der Häuser. In der Ferne schwimmt der Schatten dahin, um den Himmel zu besänftigen. Vom Friedhof in seiner Blütenpracht schwirren die Spatzen auf zu Ländern, wo die Asche noch warm ist. Die Hand des Winters steigt das kleine Gebirge herab und gerät in Bewegung, sobald ihr Wind begegnet. Der Ozean bewegt sich wie ein ruheloser Schlafender. Die Orte nehmen in meiner einsamen Sicht klare Umrisse an. Die Lieblichkeit der Dinge entfernt sich; sie fällt, mickrig, bleich, Lüge. Sie ist da oben, in einem Asyl, von Spiegeln umstellt.

Eine Hand legt sich auf meine Schulter. Die Hand meines Vaters.

4

Warum liebst du deinen Vater so wenig. Du hast mir viel von deiner Mutter erzählt und nichts über deinen Vater gesagt. Als ich dich mit ihm zusammen sah, ist mir bewußt geworden, wie hart du sein konntest. Diese Schroffheit vermutet man gar nicht an dir. Man errät deine Fähigkeit, sich gleichgültig zu verhalten, aber nicht die Dürre der Worte, das Fehlen versöhnlicher und beruhigender Gesten. Mit deinem Vater sprichst du nicht. Du schreist. Du wirfst ihm seinen Mangel an Zärtlichkeit deiner Mutter gegenüber vor, und gleichzeitig bekundest du vor ihm Respekt: Du küßt ihm die Hand; du rauchst nicht in seiner Gegenwart; du sorgst dich ernstlich um seine Gesundheit. Es kommt vor, daß du gemeinsam mit ihm lachst. Du fühlst dich gehetzt durch seinen Blick, gehemmt durch seine Gebärden, die den vom Heimweh nach Fès ausgehöhlten Mann verraten. Er wanderte nach Tanger aus, weil er anders nicht konnte. Das war eine Art Exil. Fès fehlte ihm und fehlt ihm noch. Er will es nicht wahrhaben, daß die Zeit weitergegangen ist und daß Fès in Fès nicht mehr zu finden ist. Er will bei seinen parfümierten, verschönten, unversehrten, von der Tradition beschienenen Erinnerungen bleiben. Er spricht von Verbitterung. Er versuchte, mir etwas auf spanisch zu sagen, ich hörte ihm zu. Er war glücklich. Ich, die Fremde, ich gab acht auf sein Wort. Plötzlich blickte er dich mit Zärtlichkeit und sogar mit Stolz an.

Du hast mich in den Laden geführt. Er war erfreut und wollte mir für meinen Besuch danken, mir irgend etwas anbieten. Du hattest es eilig. Du dachtest an etwas anderes. Er gab mir ein Zuckergebäck und Mandarinen. Du zeigtest dich ein wenig verlegen. Er sprach noch zu mir von Fès. Ist das eine Stadt, die euch trennt, oder ein Konflikt, der eure

Beziehungen blockiert? Ich habe darauf verzichtet, es zu erfahren. Du wolltest schnell diese Episode deines Lebens überspringen. Trotz meiner starken intuitiven Einsichten und meiner echt empfundenen Emotionen spürte ich, daß es da ein Geheimnis gab, ein Rätsel, in das schwer einzudringen war.

Du hast mir einmal Fotos von dir und deiner Familie gezeigt. Mir gefiel ganz besonders ein Bild, auf dem du im großen Empfangszimmer neben deiner Mutter sitzt. Sie, so schön, weiß gekleidet, schaut weit hinter das Objektiv. Du, mit einem Gesicht großer Heiterkeit, dem eines Kindes, blickst in eine andere Richtung. Die innere Bewegung ist da, verhalten. Du klebst nicht an deiner Mutter. Ein ganz kleiner Zwischenraum trennt euch. Das ist vielleicht das Schamgefühl: ein kleiner Raum, der voneinander wegführt und aufeinander zu. Du sitzt da, die Hände auf die Knie gelegt, bist ganz in deinem Schweigen.

Auf einem anderen Foto stehst du auf der Schwelle des Eingangs, neben deinem Vater. Du wirkst ernst und angespannt. Dein Vater hält sich wie ein Partriarch, den Kopf hoch erhoben, würdig. Du, du stehst ihm zur Seite; du mußt dasein; du langweilst dich; du bist anderswo, dein Körper zeigt den vollkommenen Statisten.

Von einem Foto zum andern ist es dir gelungen, das Meer zu überschreiten. Von einem heiteren Gegenwärtigsein, ein wenig komplizenhaft, bist du zu einer erstarrten Transparenz übergegangen.

An demselben Tag hast du mir ein anderes Foto gezeigt, du am Strand, ein braunes Mädchen umarmend. An diesem Zusammensein gab es etwas Rührendes. Ich betrachtete das junge und schöne Paar, und mein Blick blieb auf dir haften. Du hast dich sehr verändert. Nur deine Augen sind voller Licht geblieben. Du mußt zwanzig gewesen sein, sie siebzehn oder achtzehn. Den Kopf an deiner Schulter gelehnt, steht sie da und lächelt. Du in deiner Verlegenheit verkneifst ein leichtes Lächeln. Hinter euch das Meer. Die Spur eines glücklichen Augenblicks. Du hast dich zu mir gewendet und hast gesagt: Das ist sie, meine erste Verlobte.

In der Erinnerung hat der Zitronenbaum seine Blätter verloren. Als trockenes Astwerk von einem fernen Tod umlagert, der ihm Schatten zusendet, hält er stand im Hof des verlassenen großen Hauses, das auf Anordnung jenes Ingenieurs, der das ermattete und runzlige Antlitz von Fès verjüngen will, zum Abbruch bestimmt wurde. Vielleicht stürzen diese von einem dumpfen, unreinen Wasser durchzogenen Mauern beim Zugriff der Hand auf die Stille, die den Traum des Kindes umspült. Desselbigen, das den Geschmack der Tränen verloren hat, von der anmaßenden Ausbreitung neuer Lichter heute geplagt wird, auf einer Bank aus Sand sitzend, eine Rohrfeder zuspitzt, die es in Sepiatinte taucht, um Verse in umgekehrter Ordnung zu schreiben, umhergeisternde Buchstaben auf einem mit etwas Tonerde polierten Brett.

5

Meine erste Braut, meine erste Frau! Der erste, umarmte, liebkoste, umschlungene Körper. Geliebte. Ich habe gebebt nach diesem Körper, ich habe ihn zu dem meinigen gemacht. Ich habe ihn besessen und lange in meinen Armen gehalten. Ich habe ihm weh getan. Ich drückte ihn lange an mich, dabei schloß ich die Augen, preßte ihn, bis mir der Atem ausging, dann ließ ich los, dann begann ich wieder, ohne auch nur ein Wort zu sagen, ohne auch nur ihr in die Augen zu sehen. Sie sagte nichts, sie ließ mich gewähren. Sie hatte leicht gebogene Beine, aber den schönsten Busen der ganzen Nordzone! Feste und schwere Brüste. Ich streichelte sie nicht, ich quetschte sie, ich küßte sie nicht, ich biß, ich saugte. Wir trieben unsere Liebeleien in ödem Gelände, auch in der Nähe von Friedhöfen, mit Vorliebe in der Abenddämmerung in jenen Momenten, wenn das Licht seine Klarheit verlor, wenn unsere Leiber in den Schatten der ersten Schritte der Nacht eintraten. Wir mußten uns verbergen, uns mit dem dunklen Stamm des Baumes vereinen, um unsichtbar zu werden, fern der angestrengten oder neidischen Blicke. Ich nahm diesen Körper mit gierigen Händen, ich knetete ihn, ich warf mich gegen ihn, als wollte ich eine Tür eindrücken, mit Füßen den Boden fortstemmen, ich versuchte, mit dem Kopf dagegenzurennen, als müßte ich dort eindringen, mich aufnehmen lassen, schlucken lassen, dort eine Zuflucht finden, mich dort einrichten, um im vollen zu genießen, vor Blicken geschützt, ich wollte, daß sie mich in sich trüge und daß aus ihrem Innern meine Hände herausragten und ihre Brüste faßten. Ausgehungert, dürstend, seit Jahrhunderten entwöhnt, der Freude beraubt, an meinen Bildern hängend, auf meine feuchten Träume verwiesen, in spermabefleckte, nun mit verkrusteten Ergüssen gezeichnete Tücher gehüllt, in Erwartung gehalten, wobei in der Ferne ein ganz kleines Licht blinkt, auf mich selbst zurückgezogen, bis daß ich meine Hände und meinen Leib haßte, mich ihm vor einem alten blinden Spiegel überlassend, herabgewürdigt auf ein und dieselben Gedanken, täglich in mir, ein und dieselben Vorstellungen sammelnd, die ich in der Menge aufgeschnappt hatte, von einem Kinoplakat oder auf den Seiten der Magazine, so war ich ein Jüngling mit schwerem Kopf, der ein Behältnis für Klischees geworden war, die sich stießen, sich verfärbten, sich mengten, verschwanden, verblaßten, um verändert zurückzukehren, unkenntlich, schmutzig, gewagt, verformt durch diesen Aufenthalt in der Mechanik des Traums, nicht des erotischen, sondern des schlicht pornographischen.

Ich trat nun auf dieses junge Mädchen zu, das nicht ahnen konnte, was sich alles hinter diesen ungeduldigen Händen und in diesem stürmischen Kopf verbarg. Ich kannte keine Scham. Nein, ich hatte nicht die Zeit, zu überlegen, um nachzudenken und mein wildes Betragen zu analysieren. Bedenkenlos verzehrte ich diesen Körper. Das war kein Lieben. Wir schlichen hinter Bäume, ich rieb mein Glied an ihrem Leib, im Stehen, in der Kühle, immer fürchtend, überrascht zu werden. Ich ejakulierte gleich, atemlos, lautlos, dabei hatte ich eine Hand auf ihr Geschlecht gelegt. Gegen eine Eiche gelehnt, erfüllten wir uns unsere ungleichen Wünsche. Sie hielt mich umklammert und begann zu weinen. Heiße Tränen flossen auf meine Hände. Ich verstand nicht, warum. Ich interessierte mich mehr für ihre Brüste als für ihre Augen. Schwarze, schöne, ein wenig traurige. Ihr Blick war oft schwer, von Melancholie erfüllt. Sie bebte vor innerer Erregung, wenn ich auf sie zukam. Ich zeigte vor lauter Stolz Gleichgültigkeit. Ich versuchte, sie zum Lachen zu bringen. Sie lachte, um mir den Gefallen zu tun oder um sich über mich lustig zu machen, ich war nicht gerade spaßig, etwas plump, vor allem sehr ungeschickt. Sie wußte es – das war leicht zu erkennen – und forderte mich gern heraus, um hinterher zu lachen. Sie lachte, das machte die Erniedrigung und die Erwartung nur noch größer; sie weinte stumm, den Kopf zum Baum gewandt, gegen den rauhen Stamm gelehnt, nach etwas Zärtlichkeit verlangend, nach einer Hand, die ihr das Haar streicheln, die sich leicht und liebevoll auf ihren Nakken legen würde, nach einem Mund, der ihr Gelispel aufnehmen, und nach einem Blick, der dem ihrigen begegnen würde, gerade in dem Moment voller Gleichgültigkeit, voller Stummheit.

Wo war ich damals? Ich ging einfach darüber hinweg. Ein schlechtes Beginnen.

Wir machten Ausflüge in das alte Gebirge, zu zweit oder mit anderen. Wir suchten die Natur, um uns liebzuhaben. Sie war jungfräulich, und sie wollte es bleiben. Wenn wir, was sehr selten geschah, in einem Bett lagen, liebten wir uns in den Grenzen des Tabus. Unsere Körper verquickten sich, umschlangen sich, begegneten sich, entnervten sich, dann gaben sie sich mit dem Erlaubten zufrieden. Die Allgegenwart von Tradition und gesellschaftlicher Übereinkunft bewirkte, daß unsere Sexualität angeknackst war, unvollkommen und enttäuschend. Auch ich, der ich weniger Grund zur Klage hatte, empfand im Innersten diesen Mangel und seine Folgen. Ich wollte drauflosslieben, und ich fühlte mich gehindert, gehemmt, ich war der Hauptzensor meines eigenen Ungestüms. In mir schwand die Kühnheit zum Handeln. Ihr Widerstand war ganz natürlich, so war es nun einmal. Nicht aus Achtung vor ihrer Person oder vor ihren Überzeugungen bewahrte ich ihre Jungfräulichkeit. Ich selbst steckte im Sumpf von Konventionen. Ich wußte, ich konnte über sie verfügen, sie zeigte sich hingebend und in meinen Augen verloren. Sie erzählte mir von ihrer Familie, die bescheiden lebte, zurückgezogen. Sie wohnte von ihrer Mutter getrennt, die Christin oder Jüdin sein mußte; darüber sprach sie nie.

Ich versuchte auch nicht, es zu erfahren. Mich beschäftigte einzig diese Liebe, auf die ich mit hochmütiger Miene hinabsah. Ich herrschte über die Frau, als männliches Wesen arabischer Art zog ich Nutzen aus ihr und verbot mir jeglichen Ausdruck von Zärtlichkeit, der schnell dem der Schwäche glich. Auf lächerliche Weise, mit uneingestandener, weil unbewußter Anmaßung ließ ich mich von ihr lieben. Diesen meinen Ansprüchen und meinem stupiden Egoismus entsprach mein ganzes ungeschicktes Verhalten.

Sie nahm die Risiken auf sich, widerstand der Autorität eines strengen Vaters, baute Lüge und List auf, um mit dem Zuhause auszukommen. Während des Ramadan traf sie sich mit mir spätabends in einer verlassenen Gegend hoch oben auf einer Klippe, von wo wir die Lichter von Tarifa sahen. Sie weinte, während sie mich in einer Gefühlsanwandlung heftig in die Arme schloß. Wollte sie mich ersticken, mir weh tun, mir sagen, wie sehr sie litt? Sie stemmte mir die Hände gegen die Brust, als wollte sie denjenigen, der da drinnen schlief, wecken. Sie liebkoste nicht meinen Körper, sondern stupste ihn. Sie nahm ihn nicht auf, sie rüttelte ihn.

Ich war abwesend und wußte es nicht. Ich entfernte mich von mir selbst, ohne mir darüber klarzuwerden. Ich ging auf Zehenspitzen davon und ließ mich in einem entfernten Land nieder, auf einem Hausdach aus der Kinderzeit. Ich war, was mich anging, schon vom Gedächtnisschwund befallen. Je mehr die Dinge ihren Fortgang nahmen, um so mehr verlor ich meine Sicherheit und entdeckte meine Schwächen. Ich hatte mich in ein hauchzartes Gespinst gehüllt, und mein kleines Territorium hatte ich mit einem Gitterwerk umgeben. Mit solcherart Gerätschaft versetzte ich mich überallhin und deutete die Kluft zwischen mir und den anderen an. In einem gläsernen Käfig sitzend, beharrte ich auf der Gebrechlichkeit, die mir die Krankheit in die Knochen gelegt hatte, und folgte ihr wie einer unsicheren Spur. Ich konnte nicht erreicht werden. Die Hände, die sich nach mir ausstreckten, hätten durch Glas dringen müssen. Da verletzten sie sich manchmal. Nur der gewalttätige Wind schüttelte mich, stürzte meinen Käfig um und zerbrach das Glas, das ich nicht wieder ersetzte. So ließ ich Körper an mich heran, aber unfähig, sie zu warnen. Sie hätten das Hemmnis erahnen müssen. Sie kamen, und selbst wenn sie sich verletzt hatten, blieben sie bei mir.

Gegen Ende des Jahres liebte ich eher ihre Augen als ihre Brüste. Ihr Körper lockte mich immer, aber ich spürte, aus meinem Käfig mußte ich hinaus. Ich dachte an sie, weil mich ihre Empfindungen, ihr Schweigen und ihr Wagemut rührten. Um auszugehen, hatte sie Kämpfe mit ihrer Familie zu bestehen, das wußte ich, sie mußte Ausflüchte finden und riskierte jedesmal, von ihrem Vater geschlagen oder von ihrer Stiefmutter verpetzt zu werden. Das alles wußte ich, erriet ich. Da nahm ich eine andere Haltung ein. Ich schrieb ihr Briefe, Liebesgedichte. Kleine zärtliche, liebenswürdige Texte, ohne literarischen Anspruch. Jeden Tag sandte ich ihr ein Gedicht. Die Poesien waren schlecht, aber aufrichtig. Unsere Beziehungen waren bald etwas anderes als die Heimlichkeiten auf dem öden Gelände. Wir spazierten Hand in Hand, verliebt, fürs Leben versprochen, für eine Heirat aus Liebe.

Sie besuchte mich für ein, zwei Nächte in meinem Studentenzimmer in Rabat. Sie machte die Reise nachts, um keine Zeit zu verlieren. Unsere Körper, entblößt, erkannten sich, leidenschaftlich, und streiften sich, berührten sich, aber drangen nicht ineinander. Wir erlebten mehrere Vertrauenskrisen, Eifersuchtsszenen, Mißverständnisse. Sie äußerte sich mehr als zuvor, wurde fordernd, selbstsicher, herrisch. Sie drohte, mich zu verlassen, notfalls mich zu töten. Ich erinnerte mich in diesem Augenblick an eine Alte, die sie oft in Tetuan aufsuchte, eine Frau, die sich ihrer drei Männer nacheinander entledigt hatte, einen traf der Hirnschlag, der andere war erstickt, als er sich verschluckt hatte, und der dritte war an einer Speisevergiftung gestorben. Verdächtige Todesfälle, aber keiner kam auf den Gedanken, dieser Frau die Ruhe zu rauben. Wie alle Welt sagt, liegen Leben und Tod in Gottes Hand. Wer weiß, wie viele in der Ehe geschlagene Frauen auf solche Weise sich rächen, irgendein Pulver in das einsame Mehl schütten und den Mann in den Wahnsinn oder in den Tod treiben.

Ich wies diese Bilder heftig von mir. Ich sagte mir in meiner unbefangenen Art, daß, wenn man liebt, man nicht tötet! Ich sagte es mir, ohne es zu glauben, einfach um mich zu beruhigen. Das war es, sie liebte mich leidenschaftlich, wahnsinnig. Eine Panik. Wie sollte ich ihr entkommen? Wie sie bremsen? Was war zu tun, um ihr klarzumachen, daß ich ein braver Bursche war, ein schlechter Raufbold, schwach ausgestattet, nur eben angeberhaft. Sie wurde von Mal zu Mal strenger, tauchte, wann auch immer, in meiner Behausung auf, durchwühlte meine Sachen, beroch sie, las meine Briefe, verhörte mich bis ins kleinste. Sie zog sich aus, öffnete das Fenster und drohte, es zu einem Menschenauflauf kommen zu lassen und ihre Nacktheit zur Schau zu stellen. Ich wurde fast verrückt und wußte nicht, wie ich sie davon abhalten sollte, wie ihre Hysterie besänftigen. Sie ging auf mich zu, verbot mir, sie anzurühren, und spielte mir einen Liebesakt vor. Sie reichte mir Gebäck mit Mandelpaste und sagte: »Das kannst du ruhig essen, es ist nur aus Mehl und Mandeln, die Alte hat es für dich gemacht.« Sie versetzte mich in Angst und Schrecken. Als sie fortging, war ich erleichtert. Ich warf die Törtchen weg und versuchte, mir einen Plan zurechtzulegen, um aus der Not herauszufinden. Sobald sie nicht mehr da war, litt ich unter ihrer Abwesenheit, ich stellte mir vor, sie könnte mit einem angegrauten Verführer im Bett liegen. Einmal gab sie mir zu verstehen, daß sie nichts gegen die Liebe von Frauen untereinander habe. Ich meinte, sie würde mit ihrer besten Freundin schlafen. Diesen Gedanken fand ich noch weit unerträglicher. Ich schrieb ihr Briefe, in denen ich tobte, in denen ich sie anflehte, wieder jenes zarte und rührende Mädchen zu sein, das ich vor Jahren kennengelernt hatte. Sie antwortete niemals auf meine Briefe. Sie ließ ihre Schüler im Stich und kam, um mir zuzusetzen. Um alles völlig zu verwirren, fiel sie vor mir auf die Knie und bat weinend um Verzeihung. Ich glaubte ihr, sagte ihr, daß ich sie liebte, daß ich mit ihr leben, sie nie verlassen, sie heiraten wollte. Sie brach in Gelächter aus und machte sich über mich lustig. Eines Tages war sie aufgestanden, nackt, hatte die Hand auf ihre Scham gelegt und mir ohne Umschweife gesagt: »Jetzt bin ich nicht mehr Jungfrau, ich bin nichts mehr für dich!« Damit hatte sie mich tief verletzt. Ich verlor den Kopf. Hatte sie einem jener berufsmäßigen Schürzenjäger nachgegeben? Ich war zu sehr getroffen, als daß ich hätte zweifeln und es spaßig finden können. Gern hätte ich solche Szenen ins Lächerliche gezogen, aber ich hatte mich in die Maschen einer rasenden Leidenschaft verstrickt.

Ihr Vater war ein Proletarier, er arbeitete im Hafen. Meine Eltern stellten sich nur Ungünstiges unter einer Verbindung mit dieser Familie obskuren Ursprungs vor. Wir lebten vielleicht ebenso bescheiden und waren ebenso arm wie diese guten Leute, aber wir kamen aus Fès, aus der Stadt der Städte. Nach Auffassung meiner Familie berechtigte das zu einer Art Überlegenheit. Sich mit »Fremden« einlassen, sich mit ihnen abgeben, also Heim und Herz der Familie vor anderen auftun, das Innere der Familie, ihre Geheimnisse und Traditionen enthüllen, das kam nicht in Frage. Jeder hatte an seinem Platz zu bleiben. Der gesellschaftliche Unterschied bestand nicht nur in wirtschaftlicher Ungleichheit, er lag auch in der Herkunft, in den Ansprüchen und in der Geschichte einer jeden Familie.

Im Grunde hatte keiner etwas mit diesem Verlöbnis im Sinn. Ich beging Ungeschicklichkeit über Ungeschicklichkeit. Ich war hin und her gerissen zwischen dieser Liebe, die mich vollkommen überforderte, und meiner Familie, die mir sagte, sie wolle mich vor einer schlimmen Sache bewahren. Es wurde monatelang verhandelt. Die Verlobungszeremonie wurde zu einem Moment bedrückender, erniedrigender Traurigkeit. Die Hochzeitsakte wurde eilig abgefaßt. Allem fehlte die Glaubwürdigkeit und die Ergriffenheit. Das Essen verlief frostig, ohne Gesang, ohne Freude. Ich hätte weinen und mich davonstehlen können, ich hätte in einer Versenkung verschwinden mögen, in einem Brunnen oder in einem Labyrinth, das in einen langen, endlosen, blauen, lichtüberfluteten Weg mündet.

Die Hindernisse waren hoch aufgerichtet, unüberwindbar, die beiden Familien nahmen voneinander keine Notiz. Jedermann hatte seine Zweifel, niemand war in der Stimmung, etwas zu feiern, egal, was.

Ich war unglücklich. Meine Braut war eher wütend. Ein totales Fiasko. Wir erlebten zum erstenmal, jeder für sich, der Demütigung ausgesetzt zu sein. Mir blieb gar nicht die Zeit, mit ihr zu sprechen, ihr zu sagen, daß ich ihr meine Liebe beweisen würde, daß ich bereit war, bis ans Ende zu gehen, die Umstände erlaubten es nicht. Tags darauf wurde ich früh am Morgen von den Gendarmen aufgefordert, mich bis Sonnenaufgang in einem Besserungslager einzufinden, in dem aufsässige Studenten zusammengefaßt wurden. Mir schien, daß ich mit dieser Verlobung das Schicksal herausgefordert und den Finger in das Räderwerk des Unglücks gesteckt hatte.

Man möge mir gestatten, beim Ablauf der Ereignisse eine Pause einzulegen. Ich habe den Eindruck, daß ich das Gesicht dieses Mädchens ausgelöscht habe. Ich höre noch ihre Stimme, ich errate noch ihre Gedanken. Briefe habe ich nicht mehr gefunden, aber ein Tagebuch. Mir schrieb sie kaum, aber sie trug in ein Schreibheft Gedichte, kurze, empfindsame Sätze, Notizen ein, auch waren da Zeichnungen, mit Rotstift umrandete leere Flächen, durchgestrichene Daten, Fragezeichen ...

Dezember: Wie die Erde, die sich über einen Körper schließt, so bin ich allein. Wenn ich Atem hole, schmerzt es mich. Ich bin siebzehn, und ich erkenne mein Gesicht nicht im Spiegel in der Nacht der Nacht.

Ich verstecke mich, um zu schreiben, aber ich habe Lust zu schreien. Ich habe niemanden, dem ich den Brief übergeben könnte, diktiert von den langen, kalten Nächten.

Tanger ist eine einzige Straße: eine Gerade zwischen Haus und Lycée.

Ich weiß, mein Vater überwacht mich.

Warum habe ich einen Mann erfunden, der meine Bilder und meine Gedanken beschäftigen soll. Seltsam! Ich habe ihn in Granit gemeißelt. Eine schöne Statue. Seine Augen habe ich blau gemacht, sein Haar habe ich mit Asche und Goldstaub bestreut, seine Schultern sind sehr breit. Er ist von anderswoher. Ich habe ihn als Fremden gewollt, um besser zu träumen. Wenn er zu mir spricht, ist es meine Stimme, die ich höre.

Es ist Zeit, diese unmöglichen Träume zu verlassen. Meine Traurigkeit gerät in Bewegung.

11. Januar: Ich bin ihm begegnet. Ich habe ihn gesehen. Fleißig studierend. Den Kopf über ein ernstes Buch gesenkt. Er ist verloren. Vielleicht ist er eingebildet. Er hat nichts von meinem Blonden, der Statue. Er rührt sich und sieht mich von der Seite an. Der ist verloren! Ich werde ihm leicht ein Bein stellen. Er ist schüchtern, errötet, sobald er mich sieht. Ich nehme mir vor, ihn nächstens anzusprechen. Gelingt mir das, dann bin ich stolz und stark!

13. Januar: Ich fand ihn an demselben Tisch sitzend. Er saß mit gekreuzten Armen da. Die Augen auf ein Buch gerichtet oder nur scheinbar darauf gerichtet. In der französischen Bibliothek ist es ruhig. Ich habe mit ihm gesprochen. Ein Vorwand: Könnten Sie mir Ihre Feder borgen? Er hat mir dabei nicht in die Augen gesehen. Mein Busen hat ihn beeindruckt. Er scheint kein Mädchen zu kennen. Hier sind die Burschen verklemmt. Ich fühle mich viel freier, selbst wenn mich mein Vater überwacht.

Ich bin gern in der Stille, die dem Schlummer vorausgeht; ich spüre, daß ich die Zeit und alle Freiheiten habe, der Nacht anzugehören und dem Mann, den ich auf den leeren Flächen meiner Einsamkeit erwählt haben werde.

14. Januar: Heute bin ich nicht ausgegangen. Ich habe mir die Haare gewaschen. Ich habe versucht zu schreiben. Den ganzen Tag war ich von ein und demselben Gedanken besessen: Der arabische Mann geht gewalttätig mit der Frau um, weil er weiß, daß er der Verlierende ist.

17. Januar: Ich schaue in die Bibliothek herein. Er ist nicht da. Als ich gehen will, treffe ich ihn auf der Treppe. Ich rempele ihn etwas an und lache. Er geht mit mir die Treppe hinab und begleitet mich auf meinem Weg. Er sucht meine Hand. Ich lasse ihn gewähren. An einer dunklen Stelle, wo es zum Ödland geht, bleiben wir stehen. Er streichelt mir die Brüste, er tut mir weh. Ich küsse ihn.

19. Januar: Zur selben Zeit, am selben Ort. Ich komme etwas später, nur um zu sehen, wie er sich verhalten wird. Er scherzt. Er drückt mich gegen einen Baum und greift nach meinem Geschlecht. Ich presse die Beine zusammen. Er wird ungeduldig. Er erzählt mir Geschichten, die er lustig findet. Er macht mir Spaß. Der Typ könnte mich interessieren.

2. Februar: Am Abend versuche ich, ihm zu schreiben. Unmöglich. Wenn er mich doch streichelte! Ich schlafe ein, die Hand zwischen meinen Beinen.

3. Februar: Ich treffe ihn im Kino. Seine Hand streichelt mir zum erstenmal das Geschlecht. Ich stehe auf und gehe. Ich glaube, ein Freund meines Vaters hat mich gesehen. Ich eile und bin zu Hause, noch ehe mein Vater heimkehrt.

4. Februar: Mein Vater verabreicht mir zwei Ohrfeigen, ohne ein Wort zu sagen. Ich habe Zahnschmerzen. Mit dem Abdruck, den seine Hand auf meiner Wange hinterläßt, kann ich nicht aus dem Haus gehen. Ich schäme mich. Der Typ verdient es nicht, daß ich mich seinetwegen von meinem Vater ohrfeigen lasse. Das wird er mir bezahlen.

8. Februar: Er kommt und paßt mich bei Schulschluß ab. Ich habe Angst, bin aber stolz, daß ich mit ihm gesehen werde. Er ist wütend. Ich sage ihm, daß mir mein Vater Ausgangsverbot auferlegt hat. Wir verabreden uns für Sonntag. Ich lasse ihn eine halbe Stunde warten. Ich verstecke mich hinter einer Tür und beobachte, wie er auf mich wartet. Er versteht nicht zu warten. Sehr ungehalten geht er hundert Schritt auf und ab, ganz nervös. Mir gefällt es, ihn so auf mich warten zu sehen. Ich erscheine gerade in dem Augenblick, da er die Geduld verliert und sich zum Gehen entschließt; siebenunddreißig Minuten. Nicht übel. Das nächstemal hoffe ich mit sechzig Minuten Verspätung zu kommen. Wenn er eine Stunde auf mich wartet, heißt das, daß ich ihm etwas bedeute.

15. März: Er hat eine Stunde und fünf Minuten gewartet. Als ich kam, schaute er mich an und ging. Ich hatte den Bogen überspannt. Das bedauere ich. Nun war ich wieder allein.

16. März: Ich habe ihn angerufen. Am Telefon antwortete seine Mutter. Unangenehm. Ich rufe noch einmal an. Er sagt, wir sollten nicht so oft telefonieren. Ich lege auf und nehme mir vor, ihn eine Woche lang nicht zu sehen. Er fehlt mir. Ich glaube, ich bin verliebt. Aber es wird nicht so ablaufen, wie er es sich erhofft.

Die Monate April, Mai und Juni sind ausgelassen. Ein paar Zeichnungen. Herausgerissene Seiten.

4. Juli: Wann wird er mich mal richtig rannehmen?

15. Juli: Eine Nacht in Ceuta. Ich hatte meiner Mutter gesagt, ich würde nach Tetuan zu meiner Tante fahren. Von meinem Vater wurde sie gedrängt, sich davon zu überzeugen. In einem Café in Ceuta wurden wir überrascht. Er tat, als gehörte er nicht zu mir. Meine Mutter wollte ihn aus seinem Unbeteiligtsein locken. So war das abgemacht. Er spielte großartig den Gleichgültigen. Mein Vater schlug mich und beauftragte meinen Bruder, meinen Ausgang zu überwachen. Er ließ eine Hebamme kommen, die sich von meiner Unberührtheit überzeugen mußte. Diese Heimlichkeiten können nicht fortgesetzt werden. Ich habe es satt, mich zu verstecken, verkleidet auszugehen, hinter einem Schleier, in einer häßlichen Dschellaba, um meinem Vater zu zeigen, daß ich gehorsam bin, ich habe oft genug meine Dschellaba in einer Ecke einer menschenleeren Straße ausgezogen, um ein anderes Mädchen zu werden, sozusagen ein mit der Zeit gehendes, nicht untertäniges. Wäre die Lösung etwa, eine normale Situation herbeizuführen, etwa eine Verlobung mit Hinblick auf die Vorbereitungen für eine Heirat? Ich fürchte nur, daß das eine schlimme Sache werden wird ...

Meine Träume sind düster. Mir liegt der Winter in den Augen und etwas Sand im Herzen. Ich atme schwer. Meine Gedichte sind traurig. Mein Leben läuft falsch. Warum bin ich so unglücklich? Ich bin nicht einmal eine Aufbegehrende. Ich bin eine launische Kleinbürgerin, die gern ein verzogenes Kind geworden wäre. Er ist der Kleinbürger, der ehrgeizig, eingebildet und nicht besonders mutig ist. Mein Leben ist fad. Alles von Anbeginn vorgezeichnet: Ich gehe von zu Hause in die Schule, von der Schule nach Hause. Glücklicherweise geben mir meine Schüler Kraft mit ihrem Lächeln und ihrer Freundlichkeit. Ich würde gern nach Europa reisen. Ich warte auf einen schönen Fremden, einen zivilisierten, starken und verführerischen, der mich nimmt. Ich würde eine andere werden. Ich würde etwas anderes erleben.

Herbst: Gestern gegen Ende des Tages hatte ich an der Straßenecke, von wo es zur Kasbah hinaufgeht, eine Erscheinung. Eine alte Frau, eine Bettlerin oder Verrückte, kam auf mich zu mit gequältem Gesichtsausdruck, das eine Auge von einer gelben Kruste bedeckt, die eine Hand in meine Richtung gestreckt, die andere hinter sich auf dem Rücken. Sie hinkte oder tat so, als hätte sie ein kürzeres Bein. Sie hielt sich, wie ein schlechter Akrobat, auf der linken Fußspitze und schleppte den anderen Fuß geräuschvoll nach. Ihre Dschellaba bestand aus einer über und über geflickten Militärdecke. Sie blickte mich aus einem Auge an, bedrohlich, den Finger wie einen Pfeil auf mich gerichtet. Ich hatte Angst und wußte sofort, daß ich dem Auge des Schicksals nicht entgehen könnte. Das Entstehen dieser Zwangsvorstellung, dieses gewalttätigen Gedankens, der mich physisch erschütterte, kann ich mir noch nicht erklären. Ich zitterte und fühlte mich umstellt. Die Straße war dunkel, und wie zufällig kam niemand vorbei; selbst die Kinder, die üblicherweise auf dem benachbarten Platz spielten, waren verschwunden. Das Auge des Schicksals, ist das der Tod? Ist der Tod diese hinkende Frau, die einen auf einer verlassenen Straße festhält? Aber der Tod ist nichts, hatte man mir gesagt. Mich mit ihrem starren Finger an die Wand heftend, sagte sie auf arabisch, mit Rifdialekt durchsetzt: »Geh, geh an die Quelle, lege dein Haar auf dem linken Stein ab, iß die Leber einer Eidechse aus der Sahara, verbringe eine ganze Nacht im Bad von Dar Baroud, sprich zu niemandem ... dann wird er der Deinige sein!« Beim Weggehen fuhr sie mir mit der Hand über die Brust, dann verschwand sie, sie lief davon. In der Nacht hatte ich die

Hier endete, was im Schreibheft stand. Sie mußte den Satz fortgeführt haben, ihr Tagebuch mußte woanders weitergehen. Ich blieb im ungewissen, auf dem Höhepunkt des Geheimnisvollen. Was sollte ich zwanzig Jahre danach denken? Der Gedanke, von einem bösen Geschick geschlagen oder in das Labyrinth des Scheiterns hineingezogen zu sein, überkommt mich von Zeit zu Zeit, aber ich weigere mich, an solche Dinge zu glauben, einfach weil ich ein schicker, moderner junger Mann bin mit der fixen Idee, sich schützen zu müssen, zur Flucht bereit, sobald sich eine Bedrohung oder eine Gefahr zeigt, also genügend mit den Beinen auf der

Erde stehend; zwar die Launen und die Tollheit bei den anderen bewundernd, aber sich in einen gläsernen Käfig einsperrend, von einem solchen Zeigefinger ferngehalten, das Leben durch ein Fernrohr betrachtend und die Regungen der Blätter und die Gemütsart der Bäume in Heften festhaltend, die später zu Büchern werden.

Ich nehme hier meine Geschichte wieder auf, ehe sie sich mir entzieht oder verdreht wird von irgendeinem jener gewitzten Erzähler, die fähig sind, einem Erinnerungen aus fernen Ländern, aus China oder vom Nordpol, zu erfinden.

6

Auf einer hölzernen Bank im Zug sitzend, spürte ich, wie sich mein ganzer Körper aufbäumte, meine Muskeln sich verkrampften und mein Blick sich auf eine Piste aus Schottersteinen richtete, wo ich barfüßig mit gebundenen Händen, mit einem Seil an einen Wagen gebunden, entlanggeschleift wurde, um in einen Abgrund gestürzt zu werden. Ich zerrte an dem Seil, als könnte ich die Schnelligkeit des Wagens, in welchem ich meine Peiniger nicht sah, abschwächen, ich brüllte, ich spürte meine Füße nicht mehr, so geschunden waren sie, aufgerissen, von den aufeinanderfolgenden Klingen der eigens dafür zurechtgehauenen Steine aufgeschnitten. Meine Handgelenke waren genauso zerfetzt, und die Sonne blendete mich.

Das also war der mit den scharfen Steinen und Flaschenscherben bepflanzte Garten, den es zu durchqueren galt, bevor die Heiterkeit der ewigen Stille erreicht wurde. Der Tod kam noch einmal auf mich zu in dieser Vision, gesteigert durch den Lärm des alten Zuges und die etwas langsamere, vielleicht unwirkliche Abfolge der Bäume längs der Strecke.

Mit einer Handbewegung, als wollte ich eine Fliege verjagen, vertrieb ich dieses Bild und zog meine Schuhe aus, um den Zustand meiner Füße zu betrachten. Sie waren rot, etwas geschwollen, sie brannten, ich konnte sie aber nicht länger hochhalten, eine Dame, die mir gegenübersaß, aß gekochte Eier, die zu früh aus dem siedenden Wasser herausgenommen worden waren. Das Eigelb klebte an ihren Lippen, an ihren Händen, sogar an meinem rechten Schuh entdeckte ich einen Tropfen. Auf ihren Knien schlief ein Kind mit offenem Mund, das ein Geldstück fest in der Hand hielt; etwas Weißliches floß aus seiner Nase.

Jetzt hatte ich den Krampf in den Beinen und das Kribbeln in den Füßen. Ich wollte mich bewegen, aber ich war zwischen meinen Nachbarn zur Rechten und zur Linken eingeklemmt. Beide quetschten mich derart, als wäre ich ihr Gefangener. Ich machte einige Anstrengungen, um mich freizubekommen, aber die Einkeilung gab nicht nach. Da war nichts zu machen, ich konnte glücklicherweise hinaus auf die Landschaft sehen und hin und wieder die Augen schließen, um vor mir das Gesicht meiner Braut erstehen zu lassen.

Meine Mutter hatte nicht aufgehört zu weinen, nachdem die Gendarmen die Aufforderung zugestellt hatten. Wie üblich sah sie nur Schlimmes, den Tod und das Fehlen, ihren Tod und mein Fehlen oder meinen Tod und ihr Fehlen. Beim Trocknen ihrer Tränen sagte sie: »Daß ich sterben soll zu deinen Lebzeiten ... Möge Gott es fügen, daß ich den Tag nicht erlebe, da du nicht mehr da bist!« Das nächstliegende Problem war für sie, zu wissen, was ich im Lager essen würde. Essen ist nur das, was die Mutter zubereitet. Sie hätte es durchaus normal gefunden, daß die Mütter ihren Sprößlingen an diese Orte folgen, damit ihnen nichts mangelt. Da sie über die Gesetze nicht bestimmen konnte, füllte sie einen Beutel mit Trockengebäck, ein paar harten Eiern, zwei runden Broten, Dörrfleisch in der Büchse, einem Topf Honig und legte ein gesticktes Taschentuch hinzu, das mit Parfüm getränkt war, um an ihm in schwierigen Augenblicken des großen Heimwehs zu riechen. Dieses tränenreiche Abschiednehmen: mein Vater, der mir die Hand auf den Rücken legte und eine Koransure vorlas, damit mich Gott behüte und wohlbehalten zurückführe, und der mir mit der anderen ein Blatt in die Tasche steckte, auf dem ein Hadith des Propheten in Kunstschrift stand; und die Hausgehilfin, die meine Mutter tröstete und selbst zu weinen begann, obwohl ich wußte, daß sie weinte, weil ich sie nun nicht mehr mitternachts wecken würde, um zärtlich in sie einzudringen und ihr dabei mit der Hand den Mund zuzuhalten, damit sie nicht vor Lust aufschrie; und unser Nachbar, der Krämer, der für seinen großen Geiz bekannt war und aus seinem Laden heraustrat und mir eine Dose Sardinen anbot mit den Worten: Man weiß nie, im Fall, daß die Nahrung nicht ausreichend ist, nimm dieses Geschenk, es ist umsonst; und der Pfleger aus dem gegenüberliegenden Krankenhaus, der die Hausgehilfin auch hatte, der steckte mir eine Schachtel Aspirin zu, er schloß mich in die Arme, als wären wir alte Freunde, und schwitzte und stank nach Medikamenten; und der hinkende, schieläugige Wagenwächter, der mit seinem Schleppfuß zu mir kam und mir eine Clementine gab, genau in dem Moment, als das Telefon klingelte; meine Schwester und meine Tante aus Fès waren am Apparat, die mir versicherten, sie würden zum Mausoleum des Moulay Idriss gehen und eine bescheidene Geldsumme spenden, damit die Söhne des Heiligen und der Geist des Heiligen mich schützten, mir eine Art Schutz gegen alles gewährten, eine unsichtbare Panzerung, stets zuverlässig. Und meine Braut? Wo war sie übrigens in diesem Augenblick, was machte sie, warum war sie nicht da, um mich zu umarmen und zu weinen wie in den Filmen, um schließlich hinter dem Taxi herzurennen und mir zu sagen: Ich warte auf dich mein Leben lang. Meine Braut hatte andere Tränen zu trocknen, die der Desillusion. Und mein Bruder, der sich abseits hielt, er war innerlich bewegt und wollte es nicht zeigen, er war aufs Dach gestiegen und betrachtete das Meer ...

Seither ist mir das Abschiednehmen zuwider.

Ich wollte ein Hörnchen, ein sogenanntes Gazellenhörnchen, essen, aber der Beutel lag genau über mir, und ich konnte nicht an ihn heran. Mit der Zeit befiel mich, durch das Schaukeln und Holpern des Zuges und den Hunger und die Befürchtungen verursacht, der Kopfschmerz, das Familienübel. Ich merkte, wie er hochkam, und wußte mit Bestimmtheit, daß ich ihn nicht würde verdrängen können. Ich hatte zwar das Aspirin des Pflegers in der Tasche, aber wie sollte ich es herausholen und woher ein Glas Wasser nehmen? Der Zug kroch dahin, Holzbänke im Waggon dritter Klasse, vom Atem und Qualm beschlagene Fensterscheiben, die Dame mir gegenüber, meine unerschütterlichen Nachbarn, der Kleine, der aufgewacht war und mit einer Art Klöppel spielte, die Militärperson ebenfalls mir gegenüber, ordentlich und streng, das Herannahen der Nacht, die langen Haltezeiten zwischen den von der Hitze verbrannten Feldern, der bereits gepeinigten Körper und das von einem müden Lid halbgeschlossene Auge, auf all das war ich nicht vorbereitet gewesen, und ich erduldete es in bedrückendem Schweigen.

Wieder erschien mir meine Braut, in ein durchsichtiges Seidengewand gekleidet. Ihre schwarzen, tiefschwarzen, glühenden Augen starrten mich an. Ich saß auf der Marmorplatte eines Grabes, den Kopf an die Stele gelehnt, die Beine leicht gespreizt. Langsam glitt sie zwischen meine Beine und begann zu lesen: »Hadj Abdeslam Echerif, geboren in Tanger im Jahre 1301 der Hedschra, gestorben am zweiten Scha'ban des Jahres 1373. Gott möge ihn in Seiner Barmherzigkeit halten und ihm auf ewig das Paradies schenken ...« Das las sie mit einer Art krankhafter Wollust und einer sinnverwirrenden Ironie, während ihre Hand mir das Gesicht zerkratzte. Ihr Kopf lag auf meinem Leib, bewegte sich leicht, so als suchte sie ihre kalten Wangen zu wärmen. Ich schämte mich, denn ich hatte eine Erektion, doch ich ließ sie gewähren. Eine kurze, heftige Bö, der Ostwind, veranlaßte mich, mein Quartier aufzugeben. Der Friedhof war leer, in der Ferne bemerkte ich eine Schattengestalt, die über die niedrige Mauer des Mausoleums stieg. Vor meinen kaum geöffneten Augen war alles verschwommen. Die Dame mir gegenüber aß wieder. Der Zug schien etwas schneller zu rollen. Ich mußte mich wachhalten, um den Bahnhof Meknès nicht zu verpassen, dort sollte ich aussteigen und mit einem Auto oder einem Gemeinschaftstaxi in die Garnison fahren.

Das Dorf Daw Teït liegt etwa dreißig Kilometer von Meknès entfernt. Ein armes, unwirtliches Dorf in reiner Luft, oben am Felshang klebend, am Rande eines Pinien-

und Zedernwaldes. Die Franzosen hatten dort Anfang der
dreißiger Jahre ein Militärlager eingerichtet.

Unaufhörlich vertauschte ich die Hügel und die Türen.
Ich mußte mir das Dorf in allen Einzelheiten ausmalen. Ich
baute, ich wischte aus, ich riß ein. Ich war tief in meine Arbeit versunken, als sich auf einmal eine Hand auf mein linkes
Knie legte. Der Soldat wollte etwas. Er bedeutete mir, in den
Gang hinauszutreten, er stand auf und wartete. Ich ließ ihn
mit einer Bewegung wissen, daß ich eingeklemmt war. Mit
beiden Händen schob er meine beiden Nachbarn zur Seite,
und ich konnte mich befreien. Ohne Umschweife sagte er
zu mir als erstes: »Da willst du hin.«

»Ja, woher weißt du das?«

»Deine mutlose Zivilistenschnauze, hast Schiß ...«

»Nein, ich bin nicht mutlos, ich weiß, wohin es geht, aber
etwas Schiß ... etwas schwächlich ... schwächlicher Bursche ...«

»Du meinst, verhätschelter Bursche!«

»Nein, nein, wirklich schwächlich, krank, wenn du willst.«

»Wie alt, glaubst du, bin ich?«

»Dreißig, vierzig ...«

»Fünfzig minus Indochina ... das macht neunundvierzig.
In Indochina, das war kein Leben ... ich habe gepimpert, aber
nicht gelebt ... in der ersten Woche verwundet, da, am Bauch,
noch etwas tiefer ... Nein, gepimpert habe ich nicht. Ich lag
im Lazarett und sah den Himmel und das Grün. Ich hasse den
Himmel und das Grün. Als es mir schlechtging, sah ich vom
Himmel Riesenspinnen herunterkommen und mir ihre vielen Fänge entgegenstrecken, die mit den Ästen der Bäume
eins wurden ... Das war schrecklich ... Das sage ich dir nicht,
um dir angst zu machen, aber gerade jetzt habe ich in unserem
Abteil Arme sich vorstrecken sehen, ich wollte hinaus, wollte
weg von ihnen, wollte reden ... Hast du keine Zigarette ...?
Ich habe mit Rauchen aufgehört, als meine Frau auf und davon war, nein, das ist nicht wahr, ich habe keine Frau, und ich
bin nicht Soldat ... Egal! Der Tod wird kommen und Ordnung

in all das bringen, ich werde schon die Rechnung begleichen, ich habe es nicht eilig ... ach, du rauchst nicht, frag doch mal deinen Nachbarn, der raucht amerikanische. Die kosten mehr ... Gut, hör zu, da oben sei ein Mann, laß nicht mit dir umspringen, mach es gut, beim nächsten Halten steige ich aus. Nein, warum sollte ich aussteigen, ich bin weder ein Mann, noch bin ich ein Soldat, nicht einmal das. Ich werde vom Fluch meiner Eltern verfolgt ... Ich war Weltmeister im Ungehorsam! Hast du eine Zigarette? Ach, du rauchst ja nicht ... Sprichst du berberisch? Das würde mich erstaunen, du mit der weißen Haut eines Wohlgenährten, eines Hätschelkindes aus Fès ...«

»Nein, ich spreche nicht berberisch, aber das hat nichts mit der Farbe meiner Haut zu tun ...«

»Vermeide den Fluch deiner Eltern ... das ist das Schlimmste ... Seit mich mein Vater verflucht und verjagt hat, bin ich ohne Seele, wie eine hohle Zeder. In meinen Adern fließt kein Blut, nur Wasser, unreines Wasser ... Ich wäre so gern Dieb geworden, aber ein großer Dieb, nicht einer jener Gassenjungen, die sich an die Greise heranmachen ... doch fehlt mir der Mut.«

»Warum fragst du mich, ob ich berberisch spreche?«

»Ich wollte dir Sätze der Verwünschung sagen, die mir eines Nachts eine Stimme diktiert hat, als ich in einem Bergbordell schlief. Da sagte die Stimme:

Nfel-n gim tamadunt (wir lassen dir die Krankheit),
nfel-n gim zzeld (wir lassen dir das Elend),
nfel-n gim taula (wir lassen dir das Fieber),
nfel-n gim tilkin (wir lassen dir unsere Läuse),
nfel-n gim taykra (wir lassen dir das Übel).«

»Aber warum erzählst du mir diese Geschichte?«

»Damit du endlich was erlebst! Nicht was Ernstes, aber das Leben beginnt manchmal spät ... ich weiß, es kommt auf dich zu, du wirst dich rühren, du wirst dich ändern, du wirst etwas verlieren, vielleicht das Gleichgewicht ...«

»Du bist ein Bote des Unglücks!«

»Wenn ich das sein will, brauche ich nur ein Wort zu sagen, einen Namen auszusprechen, dir ein Geheimnis anzuvertrauen, und allein schon, daß dieser Name, den du nicht wirst buchstabieren können, in dir haust, wird dich verrückt machen ...«

»Und warum hast du dir ausgerechnet mich zum Reden ausgesucht?«

»Weil sich die ersten Liebkosungen auf deinem Gesicht niederlassen werden und du sie vielleicht überhaupt nicht wahrnimmst. Du verstehst, ich bin nur ein hohler Körper, an den der Name angebracht wurde. Es genügt, daß ich ihn ausspreche, und ich sterbe. So ist es, nun weißt du alles. Jene Stimme hat mir die fünf Verwünschungen genannt. In Wahrheit sind es sieben. Mir bleibt es vorbehalten, die fehlenden zwei zu finden. Und es scheint, daß, wenn ich sie finde, in einer Vollmondnacht, ich gerettet sein werde, denn die siebte ist, wie es heißt, eine Segnung, die befreit; sie bringt die tiefe Freude und die ewige Stille mit sich. Deshalb treibt es mich umher, ich reise, rede, suche. Als ich dich in den Zug einsteigen sah, spürte ich es wie einen lauen Wind durch meine Brust wehen. Schon seit Jahren webe ich die Straßen, verknüpfe die Wege mit den Pfaden, die zufälligen Bahnen mit den Bächen, die Berge mit den Gebirgen, die Bäume mit dem Himmel. Ich möchte haltmachen, mich am Wegesrand niederlassen und die Steine betrachten. Ich fühle mich von Worten, Sätzen, Gleichnissen überschwemmt; die Bilder stoßen sich in meinem Kopf, und ich spreche ganz allein. Lange genug war ich wandernder öffentlicher Schreiber. Ich zog von Dorf zu Dorf mit meiner Schreibplatte, meinen Federn und meinen Tintengläsern. Ich schrieb Briefe der Liebe, Briefe des Hasses, Briefe kleiner Rechnereien ... Ich habe so vieles geschrieben, viele Leben, viele Stückchen Leben ... Ich habe Sterben und Geborenwerden angezeigt, ich habe mich oft getäuscht, zuweilen bereitwillig, andere Male, ohne daß ich mir dessen bewußt war. Jetzt ist mir der Kopf schwer, denn tief in meinem Hirnkasten haftet ein Wort, ein Name, zwischen zwei Äderchen eingeklemmt, und wenn ich den befreie, wenn ich den ausspreche, lasse ich meine aufeinanderfolgenden Tode los. Also geh, geh fort, besser, du verschwindest, ich habe dir zuviel gesagt, du weißt schon zuviel, verschwinde und vergiß unsere Begegnung ... ich gehe auch meiner Wege, nur weiß ich nicht, wohin, aber das macht nichts, ich bin der ewige Reisende, heute als Soldat verkleidet, morgen als Lehrer in einer Koranschule oder als Flieger in der amerikanischen Armee ...«

Ich erinnere mich noch an das Gesicht dieses Mannes ohne Alter, ein Gesicht, von Unruhe und Qual gezeichnet. Nach seiner Hautfarbe zu urteilen, hätte man sagen können, daß er aus der Wüste kam; ich kann mich noch ganz genau an seine beharrenden Blicke und an seine Stimme erinnern. Er sprach ein fast literarisches Arabisch, ein etwas gesuchtes. Ich erinnere mich an seine Hände, die waren lang, feingliedrig, zum Tätigsein bereit. Seine Augen waren klein und zwinkerten unaufhörlich. Ich fühlte mich von ihm angezogen und hatte gleichzeitig Angst. Man hatte mir immer geraten, die Begegnung mit Fremden zu vermeiden. Als er gegangen war, fühlte ich plötzlich meine Ratlosigkeit, Bangigkeit, aber auch, daß ich von irgend etwas erfüllt war. Seine warme, heisere Stimme sickerte immer noch in meinen Kopf, so daß das Geräusch des Zuges nebensächlich wurde. Ich ging ins Abteil zurück und setzte mich. Seinen Platz hatte ein junger Offizier eingenommen, ein Leutnant, glaube ich, der Zeitung las und blaue Casa-Sport rauchte. Ich blickte nicht mehr in die Gesichter um mich herum, ich träumte, ich war anderswo, als hätte ich Kif geraucht. Bekannte oder nie gesehene Gesichter glitten an mir vorüber. Darunter war ganz bestimmt auch das Gesicht meiner Braut mit dem Leuchten in ihrem Blick, mit den regelmäßigen Zügen, der matten Haut, dem schlanken Hals, den feinen, weichen Lippen, den kleinen weißen Zähnen, dem schwarzen Haar, in dem sich ein rötlicher Widerschein von Henna hielt, und den Brauen, die zart geschwungen waren und sich kaum berührten. Dieses bekannte, geliebte, mir oft zugeneigte traurige Gesicht beugte sich herab und lehnte sich an meine Schulter, nach ein wenig Zärtlichkeit, ein wenig Freude verlangend. Und ich in meiner Gleichgültigkeit war auf der Suche nach anderen Empfindungen.

Der Zug hielt. Eine Stunde. Vielleicht zwei. Meine Nachbarn erhoben sich, um aus dem Fenster zu sehen. Ein Esel hatte sich quer über dem Schienenstrang niedergelassen. Unmöglich, ihn vom Fleck zu bewegen. Reisende waren ausgestiegen, um den Eisenbahnern zu helfen. Nichts war zu machen. Der Esel leistete mit all seinem Gewicht Widerstand. Einer meiner Nachbarn empfahl ein unfehlbares Mittel: dem Tier eine Portion Sudanpfeffer, von dem besonders scharfen, in den Hintern zu blasen. Er wird aufspringen und erst zwei Tage später in seinem wilden Lauf einhalten. Der andere Nachbar fand die Idee ausgezeichnet und erklärte sich bereit, mit den Eisenbahnern zu sprechen. Gerade in diesem Augenblick stand der Esel auf, als hätte er die sadistische Absicht geahnt, und ließ von seinem selbstmörderischen Ausharren ab. Vielleicht wird ein Schäfer ihm eines Tages behilflich sein, sich zu erhängen.

»Soldat sein, der Traum von einem Soldaten sein, Baum sein mit hohlem Stamm, der sich vorwärts tastet, sich neigt und ins Gras legt, aber ein Soldat legt sich niemals hin, er schreit, brüllt, befiehlt, schafft Ordnung und lacht nie über sich selbst ...«

Das waren die Worte einer heiseren, heiteren, fernen Stimme. Ich hörte sie bruchstückhaft und wollte an ihrer Echtheit zweifeln. Der Mann, der sie gesprochen hatte, war nicht mehr da. Ich konnte, wie ich wollte, träumen, Situationen erfinden, mich auf den von meinen unruhigen Blicken vorgezeichneten Wegen verirren, das Ende der Reise stand jetzt bevor. Die meisten Mitreisenden waren schon aufgestanden und hielten ihre Koffer in der Hand. Im Spiegel der Fenster flogen die Lichter der Stadt vorüber. Ich erhob mich auch und griff nach meinem Beutel. Der Bahnhof von Meknès, klein, unheimlich, provisorisch. Die Menschen drängelten sich beim Aussteigen, Hände von Gepäckträgern streckten sich ihnen entgegen. Polizisten beobachteten ungerührt das Schauspiel. Ich nahm Platz in einem großen Gemeinschaftstaxi, das die Tour zwischen der Stadt und den Dörfern machte. Ich sagte: »Daw Teït«, und der Chauffeur antwortete: »Ach, du auch«, weiter nichts. Die anderen Fahrgäste betrachteten mich mit mitleidigen oder entsetzten Blicken.

Am Abend kam ich im Lager an, mit ein paar Stunden Verspätung. Das war schon eine Regelwidrigkeit! Man entledigte mich meiner Zivilsachen und gab mir ein Bündel. Dann schor man mir den Schädel mit einem Messer, das fast ausgedient hatte. Ich blutete schweigend. Ich sah mein Haar büschelweise fallen und den Boden bestreuen. Dieses Haar, das ich pflegte und aus Faulheit oder der Mode wegen hatte wachsen lassen.

Der Himmel war voller Sterne. Ich streckte mich auf ein Feldbett hin und versuchte meine Gedanken zu sammeln. Sie schwirrten nach allen Seiten, verhedderten sich und quälten mich. Ich verbrachte die Nacht, indem ich die Schatten verjagte, die mich bedrängten. Sie verhöhnten mich, sie zerrten meinen Körper in die Richtung der Steine. Armer kleiner Mann mit einer verzärtelten Kindheit, nun bist du brutal auf den kalten Zementfußboden gestürzt. Ich griff mit der Hand nach meinem Schädel. Er war kalt. Ich zog von einem Körper in einen anderen um. Aus einem Leben, in dem ich etwas Kühnheit besaß, verstoßen, fand ich mich in eine lange Nacht geworfen, die erst begann, nun mir selbst überlassen.

Aus was für einer Wahrheit, aus was für einem Anspruch war diese Nacht gemacht? Er fühlte, wie er zu einem undurchsichtigen, tauben, blinden Etwas wurde. Gleichzeitig berührte er wie aus einer Offenbarung heraus, einem Umwälzen seiner Sinne, mit den Gliedmaßen seines Körpers die Welt und die Dinge. Er bekam sie voll ins Gesicht, öffnete die Augen: Er hatte nichts zu geben. Er empfing mit Geduld. Seine zwanzig Jahre waren in Schattenflecken eingesperrt. Seine Worte drehten sich um sich selbst und wurden sodann zum Gras auf dem Friedhof geschickt. Er war ausgeschlossen. Sein Bild mußte aufhören, ihn zu beschäftigen. Man mußte sich anpassen, mußte scheinbar leben, mußte schweigen, nicht mehr denken, gehorchen, vergessen.

Er wollte sich nicht anpassen. Er wählte den protestlosen Widerstand, er entfernte sich. Sein Gesicht war da. Seine Gedanken waren anderswo. Er sah den Mann im Zug wieder, hörte noch seine Stimme, er glaubte sogar, ihn unter den Unteroffizieren wiederzuerkennen, die die Ordnung im Lager aufrechterhielten. Würde man ihn isolieren und ihm seine Erdichtungen konfiszieren? Er wurde frühmorgens geweckt und einer Gruppe zugeteilt, zu der verschiedene seiner Kameraden gehörten. Er wollte unbemerkt bleiben, in der Menge der anderen aufgehen, nicht mehr dieses Kind mit der weißen Haut sein, das man nur mit Vorsicht zur Schau stellt und dessen Leben mit zahllosen Glasscheiben und Spiegeln umstellt worden war. Besser als vorher verstand er, seine Gleichgültigkeit zu pflegen, nicht den anderen, sondern sich selbst gegenüber. Dennoch konnte er es nicht verhindern, daß er an seine Braut dachte. Er schrieb ihr verzweifelte Briefe. Sie antwortete nicht. Nach ein paar Monaten kam sie an einem Sonntag nachmittag zu Besuch. Sie erkannte ihn nicht. Sein Äußeres hatte sich so sehr verändert: der Schädel geschoren, der Bart abrasiert, mager und von der Sonne wie mit dem Grabstichel bearbeitet, in kurzen Leinenhosen und plumpen Sandalen, er war ein anderer geworden. Auch sein

Lächeln, das sie gern hatte, konnte sie nicht von ihrem Zweifel befreien. Da ließ er sie seine Stimme hören. Sie brachte es zu einem knappen Lächeln und wandte den Kopf ab. Sie hatte ihm Konfitüre und Mortadella mitgebracht. Unter dem Vorwand, daß die Zeit zur Rückfahrt gekommen sei, brach sie hastig auf, ohne etwas zu sagen. Er sah sie aus dem Lager gehen, und in diesem Augenblick wußte er, daß sie nicht mehr seine Braut war. Jetzt war er an der Reihe, nicht mehr geliebt zu werden.

Eingesperrt zu sein gab seinem Leiden eine melodramatische Dimension.

Fünf schwere Steine in einem grauen Leinwandsack, fünf Brocken auf dem Rücken tragen, von einem Hügel zu einem Berg am andern Ende des Lagers. Fünf Brocken wenigstens, die andere Arme am Felshang hochheben, eine nutzlose, dicke Mauer, die es auf einem leeren Gelände aufzubauen hieß, bloß um die Männer zu beschäftigen, bloß um sie der Sonne auszusetzen, die Haut zu gerben, die Muskeln zu stählen, sie im Absurden festzuleimen, sie im Staub herumzuscheuchen, zu schinden, ein enges, kratziges Trikot nimmt den Schweiß auf, ein ausgehobenes Grab in der Sonne, von einer schweren Plane überdeckt, am Boden liegt ein Mensch, das Gesicht entblößt, sonnenverbrannt, regungslos, still, vierundzwanzig Stunden unter der Plane, ein anderer steht Wache, und die Gedanken begegnen sich unfreiwillig, auch wenn ihre Blicke umherschweifen, selbst wenn der liegende Mann allmählich sein Sehvermögen verliert, je länger er in die Sonne starrt, keine Hand wird sich ihm auf die Augen legen, kein Körper wird zu ihm hintreten, um ihm Schatten zu spenden, um ihm eine Schale Wasser zu reichen, die Erde hält die Hitze, und die Gedanken drehen sich im Kreis, drehen sich, bis daß sie der Schwindel ergreift, fünf schwere Steine zu einem Haufen anderer Steine getragen, der Rücken krümmt sich, die Schultern verziehen sich, die abgeschürften, schwieligen Hände heben das Stück graue Leinwand hoch, die flinken

Beine nehmen wieder den Weg zum Hügel, die Sandalen füllen sich mit Sand, Worte fallen selten, sind unnütz, man sieht sich an und setzt das Hin und Her fort. Man macht halt, um zu essen. Ein Viertel Brot und eine Dose Sardinen. Die trockene Zunge leckt Luft, fährt rauh über den Himmel. Die wundgescheuerten Hände tasten.

Er saß gegen den Baum gelehnt, hielt sich den Kopf, der größer und dürrer wurde und Wind, Staub und ein Bündel dürres Gras abbekommen hatte, anschwoll und abschwoll. Das war wegen ... wegen der Wunde. Unnennbar. Wenn sich eine Wunde ausbreitet, kann sie über sich hinauswuchern, den gesamten Körper durchziehen und in andere Körper eindringen, denen sie die Zeit zum Reifen entziehen wird, auch wenn es gilt, in Räumen des Vergessens irgendwelche verschmähte, nicht begriffene oder ganz einfach gemordete und in die Stille, in die Schande eingehüllte Liebe um und um zu wühlen. Das Umhertragen der Steine verschaffte ihm Erleichterung, verdrängte seine Gedanken, der physische Schmerz über den ganzen Rücken beschäftigte ihn zur Genüge, ließ ihn sogar träumen, in kurzen Augenblicken, in Momenten hellen Aufblitzens von außerhalb: ein Himmel voller Farben, eine Seite Geschriebenes, unterm Kopfkissen liegengeblieben, unter der Matratze versteckt, ins reine geschrieben, hingemalte Wörter, ein offenes Buch, von rechts nach links gelesen, seine in Wasser getauchte Hand fuhr auf dem geschorenen Schädel hin und her, das verkrustete Blut schloß die kleinen Wunden, er dachte, die Seele würde durch diese schmerzenden Öffnungen entschlüpfen, er bildete sich fest ein, daß die Seele buntschimmernder Staub sei, der die Form eines luftigen Insekts annimmt, ohne Namen, und der sich von dem Wind in die Himmelshöhen tragen läßt, er wußte, das war lächerlich, er wollte zur Unbefangenheit der Kindheit zurückkehren, er betrachtete den weißen Himmel, in eine einzige Wolke gehüllt, das Himmelslaken, die Seele durchflog diese weiße Leinwand, sie kam gereinigt aus der Wolke, gewaschen, von einer Hand oder einem Finger in weitere Bezirke gestoßen, er hatte sich mehrere Wohnungen im Himmel errichtet, wo die Seele schließlich ruhen würde, wenn der von ihr verlassene Körper völlig leer, ausgedörrt, vernichtet sein würde, bis daß er zu jenem Staub auf jenem lichten Insekt werden würde; so war er mit den Rätseln des Lebens und des Todes ins reine gekommen, zu der Zeit, da er im Korb lebte; er saß, gegen den Baum gelehnt, sein leicht gewordener Kopf pendelte, seine Hinterbacken hakten sich in die Erde, im Zustand der Schläfrigkeit; er ließ sich von den Wurzeln des Baumes hinabziehen; allmählich verschluckt werden; die Erde würde steigen, die Oberfläche würde sich heben, er würde sich nicht rühren. Er träumte schon nicht mehr; mit geschlossenen Augen suchte er ein Gesicht, eine Hand, eine Stimme. Er hörte Schreie, Röchellaute, dann ein regelmäßiges Atmen. Die Stimme, welche schrie, mußte von einem jungen Burschen kommen, einem Jüngling mit weißer Haut und gegen die Erde gepreßtem bartlosem Gesicht, seine Hände riefen nach Hilfe, krallten sich an Grasbüschel, die andere Stimme bedrohte ihn: »Schweig, oder du kriegst noch mehr ... Schnauze, oder ich fahr dir an die Gurgel!«

Die Hitze brannte Löcher in seine Haut, machte sie noch empfindlicher: verstörter Blick, von unnützen, aufgetürmten, sich überlagernden Bildern, von einer dicken Schicht Bilder getrübt. Das war die schwere Prüfung. Würde er standhalten oder stürzen? Diese Stimme des Jünglings im Busch verfolgte ihn. Später erfuhr er, daß die Sache ernst gewesen war, sie wurde schnell unterdrückt. Der junge Bursche wurde ins Lazarett gebracht; der Verursacher der Mißhandlung war verschwunden. Niemand sprach mehr von der Angelegenheit. Offensichtlich Halluzination bei der erstickenden Hitze.

Andere junge Burschen, die ihn hatten schreiben sehen, kamen und baten ihn, ihnen bei ihrer Korrespondenz behilflich zu sein: Briefe nach Hause, Liebesbriefe, Anstellungsgesuche, Sätze verbessern, andere Sätze finden, Gedichte durchlesen, die oft kindlich waren, aber zuweilen auch bestürzend. Er fühlte sich diesen jungen Männern nahe, die meist aus den Bergen stammten. Sie halfen ihm, die Prüfung durchzustehen. Er schrieb ihnen gerne ihre Briefe.

Mein sehr lieber Vater,
 im Namen Gottes und Mohammeds, seines Propheten, ich komme zu Dir, um Dir die Hand zu küssen und um Deinen Segen zu erhalten. Ich hoffe, daß Dich dieser Brief bei sehr guter Gesundheit vorfindet. Mir fehlt der Anblick Deines Gesichts, aber ich bin bei guter Gesundheit, und alles ist gut. Ich beeile mich, damit dieser Brief zu Dir kommt und Dir sagt, daß die Natur hier schön ist und der Himmel oftmals klar. Es ist sehr heiß, und meine Haut wird hart. Sei unbesorgt. Wir essen gut und machen viele Übungen, um den Körper zu stählen. Man sagt uns, wenn wir von hier herauskommen, werden wir Männer sein, bis jetzt seien wir nur Weiberchen gewesen. Ich bin mit Abdeslam, einem älteren Sohn unseres Nachbarn, zusammen. Er läßt Dich grüßen. Ich füge eine Nummer bei, damit Du mir schreiben kannst, sei unbesorgt, alles geht gut. Wir lernen auch singen, und wenn wir ausmarschieren, singen wir. Die Luft ist rein. Mir fehlt der Anblick Deines Gesichts und des Gesichts meiner Mutter. Möge das Heil auf ihr ruhen, grüße auch meine Brüder und Schwestern, meine Tante und ihren Sohn, grüße auch den Briefträger und sage ihm, daß ich ihm verzeihe. Zum Schluß nun grüße ich Dich, küsse Dich auf Deine Schulter und auf Deine Rechte. Dein gehorsamer Sohn: Abdel Kader.

Das war ein scheuer Junge, der ihm beinahe jeden Tag Papierfetzen brachte, auf die er flüchtige Sätze gekritzelt hatte:
 Donnerstag: Ich werde auf den Berg steigen und das erste Schiff nehmen ...
 Freitag: In die Kapuze seiner Dschellaba werde ich Kirschen und Feigen legen ...

Ein anderer Tag: Ich durchreise die Nacht auf den Augenlidern.
Dienstag: Ich bin allein, ich schlafe allein, ich träume allein.
Sonntag: Ich bin auf dem Baum; ich bin zu spät da; das Schiff ist schon fort. Ich kann mir den Sack halten, das ist alles, was mir bleibt. Ich bin auf dem Baum und pisse hinab.

Es gab einen mit Namen Bouchaïb, der wollte unbedingt brieflich an eine Frau geraten, denn auf eine solche Weise, durch den Austausch von Fotos und Briefen über die ägyptische Filmzeitschrift *Kawakib*, hatte sich sein Cousin mit einer Frau aus Constantine verheiratet.

Ich bin ein junger Marokkaner, bin zweiundzwanzig, bin bei guter Gesundheit, habe eine gute Karriere vor mir. Ich würde Sie gern heiraten, das ist ernst gemeint. Ich liebe Sport, indische und ägyptische Filme. Ich trinke und rauche nicht. Ich bin elternlos. Meine Familie lebt hier. Ich wäre glücklich, liebes Fräulein, mit Ihnen vor den Kadi zu treten. Ich erwarte eine günstige Antwort, Ausdruck Ihres äußersten Wohlwollens.

Es gab einen hochgewachsenen Schnauzbärtigen, den man Volkswagen nannte, weil er eine verwirrende Ähnlichkeit mit dem deutschen Auto hatte, und der außerhalb der Dienststunden mit seinem großen Transistorkasten umherspazierte. Er schickte gern leere oder mit etwas Erde gefüllte Briefe an wen auch immer, er schrieb sich die Adressen von Umschlägen ab, die er aus dem Müll hervorgezogen hatte. Er war ganz nett, ein wenig naiv, leicht reizbar. Eines Tages wollte er an Gamal Abd el Nasser schreiben und ihm seine Dienste anbieten als Minister oder Botschafter oder, wenn es sein mußte, als Spion. Er trug ein Foto des Raïs bei sich mit einer Widmung, die er selbst verfaßt hatte. Er sagte, Nasser werde die arabische Nation retten und man müsse ihn zum obersten Chef aller Araber machen. Er sprach mit leiser Stimme im ägyptischen

Dialekt, den er sich in den vielen Filmen von Farid el Atrache angeeignet hatte.

Die Tage waren lang, und Schlaf war schwer zu finden. Es lagen fünfundzwanzig Mann im Saal, und beim Einschlafen gab es zunächst vieles zu überwinden: an erster Stelle das Gemisch aus Schweißgeruch und Gefurze; dann dieses Durcheinander von Menschen, die die Nacht zubrachten, wie sie eben konnten. Träume mit Alpdrücken, mit aufgeregtem Erwachen, mit Angstgewinsel, mit Lustgeschrei. Er dachte an all diese Träume in diesen übereinandergestockten Betten, die sich zu bestimmter Zeit in der Nacht begegnen mußten, im sinnbetäubenden Ruhm der Farben und der Steine, hoch oben auf dem Berg, der von am Himmel aufgehängten Scheinwerfern angestrahlt wurde, ein Gebiet, das von einer schlitz- und triefäugigen alten Kamelstute bewacht und von wilden Rosensträuchern und Kakteen mit reifen Früchten umgrenzt wurde, seine tintenbekleckste Hand, die sich am Boden abwischte, ein Tal oder eine Ebene, zu einer Terrasse hinführend, wo alle Frauen aus der Kindheit schwatzten, das Haar gelöst und auf die schweren Brüste fallend, er würde nicht begreifen, wie all diese durch die ewige rohe Disziplin gestraften, irregemachten, ihres Seins entleerten Männer dieses Geheimgebiet haben erreichen können, wo sie glücklich und friedlich in geordneter Erwartung der sublimen Liebkosung einer jener Frauen harrten, nicht achtend der Ruinen, auf denen jene mit leicht gespreizten Beinen sitzen würden, einige ihre Riesenbrüste in den Händen und ihre ausgedörrten Lippen darbietend, die Männer würden sich ihnen auf Knien nähern, mit entblößtem Haupt, mit leuchtendem Auge, sich dann den Mund mit den Blütenblättern wilder Rosen abwischend, sie würden dann durch die Schlucht hinabsteigen, hinabsegeln auf luftige Art, herrlich, als wären sie zu beschwingten, anmutigen, ihres Fluges sicheren Störchen geworden, er würde sie beobachten, wie sie sich gleich Kindern, in die Felder hinausgeschickt, aufführen würden, das

Gesicht gezeichnet, das Herz ein wenig närrisch, er würde sie nacheinander davongehen sehen, ihn allein auf der Terrasse zurücklassend, oben auf dem Berg, ihm würde kalt sein, er würde vor Kälte oder vor Furcht zittern, auch vor Verlangen, und diese Hände und tätowierten Arme würden ihn umfangen, ein dichtes Haargewirr würde sich über seinen kahlen, gemarterten Schädel herabsenken, es würde einen Sessel in diesem Garten geben, wo ein Blinder bis zum frühen Morgen singen würde, Gesänge, nach denen die Frauen aufbrechen würden, eine nach der anderen, so, wie sie gekommen waren, er würde nach den letzten Klängen der Guembri davongehen, würde nicht in die Schlucht hinabsteigen, sondern auf der Kamelstute dem Morgen entgegenreiten, in den Glanz des feuchten Grases, noch vor Sonnenaufgang, er würde wieder in der von so vielen Reisen, so vielem Kommen und Gehen zerknitterten, rauhen grauen Decke liegen. Das da wäre der Schlummer mit den strahlenden Farben, mit dem Jasminhauch, mit den Amaranten- und Fresiendüften. Das wäre das Gebiet des Geheimen am Ende einer tiefen Nacht wie eine Straße, die sich zu einer düsteren Medina hin auftut, eine Strecke, von Mysteriösem umgeben und von Licht mit den Freuden der Kindheit und des frischen Sommers, mit dem Augenblick der Liebe, mit der Beklemmung des Vergessens. Das wäre das Fenster, das von der Hand eines jungen Mädchens langsam aufgestoßen würde, um ihn hinauszulassen; nicht etwa, um zu flüchten, sondern einfach um durchs Fenster wegzugehen, weit wegzugehen, so weit, daß, wenn im Saal der Weckruf gebrüllt würde, er anwesend wäre und doch abwesend, von der Wiesenlandschaft in die Arme genommen, ans Gesicht gedrückt; er würde ohne Weigerung aufstehen, seinen Schädel dem Nachbarn zum Rasieren hinhalten oder mit dem des Nachbarn beginnen, noch ehe sie hinknien und den Kopf senken würden, die Klinge, auch wenn sie alt war, würde über den Kopf gleiten, ohne daß sie verletzte, er würde singend Toilette machen und bereit sein, seinen gemäß dem Reglement bekleideten, aufrecht stehenden, unbeweglichen Körper an seinem Platz Aufstellung nehmen zu lassen in Erwartung des Antretens, des großen Appells, des Chefs, er würde dessen Hand sich über den Schädel fahren und zu sich sagen lassen, es ist gut, ebenso dessen Finger an die Hosentaschen, die zusein würden, mit festem Garn zugenäht, der würde nochmals sagen, es ist gut, nicht die Hände in den Taschen, du bist auf dem besten Weg, ein Mann zu werden, keine Angst vor der Kälte, nicht faul, pünktlich, stramm, diszipliniert, du stehst mit den Beinen auf dem Boden und wirst dich nie wieder um Politik kümmern, er würde den Abhang hinaufklettern, immer ohne Hast, die Arme vor der Brust gekreuzt, würde den Sack und die Steine auf dem Rücken tragen und weit gehen, so weit, daß eine jede Wache staunen und über so viel Disziplin ins Zweifeln geraten würde.

Auf diesem Foto versuche ich zu lächeln, aber ich bin fern. Aus meinen Augen löst sich eine unendliche Traurigkeit, eine Naivität auf der Suche nach dem Vergessen. Auf meinem Gesicht liegt der Schatten meiner Haare. Auf meinem Schädel links ist eine kleine Schramme, in der Mitte eine kahle Stelle. Mein Körper wurzelt mehr denn je in der Erde.

Auf einem anderen Foto nehme ich Haltung für die Behörde an. Um den Hals hat man mir eine Schiefertafel gehängt, auf der eine Nummer steht, ein Schrägstrich, ein Buchstabe und ein Datum. Ich bin blaß. Meine Haare sind ein paar Millimeter gewachsen. Mein Blick geht ins Leere, oder vielmehr, man spürt, daß er auf den Zugang zu einem Friedhof gerichtet ist. Er ist abwesend. Ich bin ernst und nachdenklich. Ich fühle mich gehetzt, von irgendeinem Tier gestellt. Der Blick, von Trauer durchzogen. Nichts ist daraus zu schließen. Also, dieses Foto wurde am Tag vor meiner Entlassung aufgenommen. Ich wußte nicht, würde man mich freilassen oder anderswohin schicken, um die Arbeit an meinen Muskeln, an meinen Gedanken und an meinem Willen zu vervollkommnen. Ich war bereit, mich mit derselben Trauer, derselben Leere in den Augen eines neuerlichen Entzuges, einer weiteren Kur, Abgeschlossenheit, Abwesenheit zu unterziehen. Man gab mir meine Kleider zurück. Ein Hemd, eine Sommerhose. Es regnete. Ein unfreundlicher Winter. Der zweite Winter. Das Lager verließ ich am späten Vormittag. Ich war nicht einmal glücklich. Abwesend. Gleichgültig. Ich sah auf meine Hände, sie hatten sich verändert, waren hart, waren groß geworden.

Ich bin zu meinen Eltern zurückgekehrt und blieb mehrere Tage schweigsam. Mein Körper war da, und meine Seele irrte noch am Fuß des Berges umher.

Die ganze Zeit verging ohne Liebesfreuden. Eine erzwungene Enthaltsamkeit von fast zwei Jahren. Es ist seltsam, wie man sich abfinden kann, selbst mit dem Fehlen von Zärtlichkeiten. Man vergißt. Das Leben verläuft nicht mehr im Rhythmus des Verlangens. Man spürt nicht einmal mehr die Sehnsucht. Eines Abends bin ich mit meinen Kameraden über den Zaun gestiegen, und wir sind in ein Hurenhaus gegangen. Es war kalt, und ich hatte wirklich keine Lust, mich mit einer von denen zu beschäftigen. Der Zufall aber teilte mir die Jüngste zu. Sie war mager, ihre Hautfarbe ziemlich fahl, sie hüstelte und malmte beständig ihren Kaugummi. Man löschte alle Lichter, und eine jede zog ihren Kunden an sich. Meine zerrte mich gewaltsam zu sich, legte sich auf den Rücken und, ohne daß sie sich entkleidete, spreizte sie die Beine und wartete. Ich merkte, wie sie den Atem anhielt und den Kaugummi weiter bearbeitete. Die Hände hatte sie auf die Knie gelegt und drängte mich voll Ungeduld: »Was zögerst du noch?« Ich streckte mich neben sie hin und fuhr ihr über die Schenkel und die Scham. Ihre Haut war ziemlich zart. Ich hörte die anderen bei ihrem Treiben und mit ihren Bemerkungen. Sie griff in meine Hose und streichelte mich ohne Empfinden, ohne Zartheit, und ich ejakulierte zwischen ihren Fingern. Sie sprang fluchend auf. Ich hatte kein Vergnügen, sondern ein heftiges Verlangen nach einem großen Glas Wasser oder nach gründlichem Ausspeien. Ich war verlegen, verwirrt, traurig, ich konnte nichts sagen. Meine Kameraden waren stolz. Als wir hinausgegangen waren, stellten sie sich längs einer Mauer auf und urinierten unter Gesang. Eine Stimme sagte: »Nach Gebrauch den Strahl an die Wand, da gehen die Mikroben und Seuchen weg!« Aber das hinderte nicht, daß sich zwei von ihnen einen schlimmen Tripper geholt hatten ... Ich brauchte die Probe nicht anzustellen, weil ich überhaupt nicht zur Sache gekommen war. Ich hatte kein Bedürfnis. Ich tätschelte manchmal mein Glied. Es regte sich nicht. Es war kalt. Einige behaupteten, man hätte uns Brom in den Kaffee oder in die Suppe getan, um uns ruhig zu halten und nicht die Spur eines Verlangens aufkommen zu lassen. Andere verkrochen sich, um zu masturbieren, ich versteckte mich, um zu schreiben. Ich schrieb die Geschichte von Orpheus und Athene vor dem Hintergrund einer Erhebung. Ich liebte diese beiden Namen. Den Text widmete ich meiner Braut. Ich versuchte nicht, sie wiederzusehen. Ich fürchtete, ihr zu begegnen. Unsere Verlobung war gelöst worden. Da passierte es, daß ich auf der Straße plötzlich ihrem Vater gegenüberstand. Ich schlug die Augen nieder und ging weiter. Ich schämte mich. Nach meiner Entlassung hatte ich erfahren, daß sie undurchsichtige Beziehungen zu irgendeinem Boß von außerhalb unterhielt. Ich wollte davon nichts Näheres wissen. Eines Tages sind wir uns in einem Teesalon in Tanger wiederbegegnet. Sie war schön und traurig. Ich habe ihr meine Gedichte gezeigt. Sie schaute kaum hin. Wir haben uns wenig gesagt. Es war peinlich. Sie war mir sehr böse. Sie stand auf, um zu gehen, zögerte einen Augenblick, dann schrieb sie in ihren Kalender unter das Datum vom 13. Januar 1968 einen Satz, riß das Blatt heraus und legte es mir auf den Tisch: »Statt zu schreiben, solltest du leben ...«

7

Und du hast dich entschlossen zu schreiben!« sagte mir D. auf der Terrasse eines Cafés im Hafen von Chania.

Es gibt welche, die schreiben aus Angst, sie würden sonst verrückt werden, andere, weil sie einfach nicht anders können, weil sie nichts anderes zu tun verstehen, manche aus dem Muß der Illusion oder der Nichtigkeit heraus, andere schließlich, um dem Tod ein Schnippchen zu schlagen und der Zeit zum Trotz ein Kind in die Welt zu setzen. Du, du schreibst, um kein Gesicht mehr zu haben. Nicht mehr erscheinen. Deinen Körper auflösen, um deine Worte nicht mehr zu verhüllen. Zu jenen Worten werden, die sich zueinandergesellen, sich widersprechen und sich aufteilen in eine Unendlichkeit kleiner Bilder oder in Aschehäufchen, verstreut oben auf einer Klippe.

Die Worte bedrängen dich. Du sagst, daß sie gefährlich seien, daß sie dich oftmals hindern, Schlaf zu finden, daß sie zu Sandkörnern in deinem Kopf werden, was dir schreckliche Migräne verursacht. Du schreibst, um über das Leben hinwegzuschreiten, um dich auf die andere Seite zu stellen (frag mich nicht, auf welche), um dich in Sicherheit zu bringen. Reine Illusion! Die Worte sind ein Schleier, ein feines Gespinst, zart, durchschimmernd. Du wünschst, daß man hinter diesem zwischen dir und der Welt gespannten Gewebe keinen findet, jedenfalls kein anderes Gesicht erkennt. Eine Statue, deren Antlitz von der Zeit hinweggerafft wurde. Eine Statue, die auf dem unzugänglichen, umfriedeten Feld deiner Bilder auf und ab geht. Es würde genügen, daß du dich bückst, um ein paar davon aufzuheben, herauszuputzen und denen entgegenzuschleudern, die am andern Ufer leben. Dieser Schleier, du willst ihn nicht als Spiegel. Er ist vielleicht eine Glasscheibe, denn du bist trotz allem zu sehen, man sieht dich, in einer Ecke sitzend, die Ohren gespitzt, die Hand an die Wange gelegt. Du schaust zu, wie sich die Dinge bewegen, du beobachtest die Leute, wie sie kommen und gehen, jene, die an dem Stein kleben, jene, die ihren Körper dem Wucher hingeben, jene, die ein unsichtbares Pferd antreiben und die Geschichte von Antar und Abla erzählen, eine unbeendete, unendliche Geschichte, jene, die Hyänen, auf eine wütende Menge losgelassen, nähren, jene, die Stiefel wichsen und Zigaretten einzeln verkaufen, jene, die sich oben auf dem Minarett absondern und das Morgenlicht erwarten, um sich vorzubeugen, bis sie auf den Asphalt hinabstürzen. Du lauschst, um zu hören, wie Herzen schlagen, Brüste Beklemmung erleiden, eine Erde in Bewegung ist, ein Friedhof seinen Platz verläßt, die Erde atmet, erstickt und Hände von sich weist, die von den Steinen zurückgehalten werden. Du raffst deine Glieder zusammen, du wühlst sie in den Sand, du bringst sie zur Starre durch das Begraben. Allein dieses Gesicht, das du dir abwesend wünschst, taucht auf, als das Irren. Es liegt auf ebener Erde. Es dreht sich um sich selbst. Als ich dich las, bin ich dir begegnet, ich habe mit meinen Händen deine Brust berührt; ich habe deine heiße Stirn gespürt; ich war von großer Wärme überflutet, wie sie dem Wahnsinn oder dem Tod vorausgeht. Deine Worte haben sich auf meinen Körper niedergelassen, und einige haben mich verbrannt. Ich liebte diesen fleischlichen und berauschenden Kontakt mit dir, den ich kaum kannte. Ich fragte mich, ob du das erlebt hast, wovon du sprachst. Ich war neugierig, es zu wissen. Ich hatte Zweifel, denn deine Heiterkeit, deine Ruhe beunruhigten mich.

Ich habe nur Fabeln geschrieben. Und die Worte kamen mir immer blaß vor, dürftig im Vergleich zu den aufstörenden Gefühlswallungen, die vom äußersten Leben bis zum äußersten Nichts reichen. Ich habe dich gesehen. Ich habe dich beobachtet, wie du die Natur betrachtest, zum Beispiel. Du reagiertest nicht oder nur wenig. Du bliebst teilnahmslos. Es genügt aber, daß ich einen Bach höre oder das Rauschen des Windes in den Bäumen, und mein Körper erschaudert; diese Geräusche, diese Musik, sie dringen in mich ein, durchziehen mein Inneres und erschüttern meinen Körper in der Tiefe ... Das ist Liebe. Solche Erregungen, wenn sie sich meines Seins gänzlich bemächtigen, lassen mich genießen. Die Natur kommt in mich, und ich in sie, was mir den Atem nimmt und die Besinnung raubt. Du, du schaust. Du bist ein von der Ästhetik eingenommener Betrachter. Du verstehst, von der Natur zu reden, und hast vielleicht deshalb nicht mehr die Energie, die Natur zu leben, überhaupt zu leben. Je weiter ich dich lese, desto mehr begegne ich dir, und desto mehr entfernst du dich. Eigentlich wäre es besser gewesen, dich nicht zu lesen, um dir ohne den Schleier der Worte zu begegnen. Das ist die Zwangslage. Ich bemühe mich, von dem einen zu dem anderen zu gehen, von dem, der schreibt und mich anrührt, zu dem, der sich mir nähert und den ich nicht wirklich empfinde. Ach, ich bin mir keiner Sache sicher! Gleich nach unserer Begegnung habe ich dir einen Brief geschrieben. Ich habe ihn nicht abgesandt. Ich hatte Bedenken, vielleicht auch Gewissensbisse. Diesen Brief, in meiner Küche in Athen geschrieben, lese ich dir heute vor:

Ein Tag, so beschwingt. Es ist sechs Uhr morgens. Ich denke an Dich. Was könnte ich Größeres, Richtigeres anfangen, als zu leben, wie mir zu leben möglich ist, zu empfinden, wie ich mich empfinde. An dem Tag, als Du zu mir zum Essen kamst, habe ich folgendes in mein Tagebuch eingetragen: Ich hätte am liebsten mein schönstes Kleid getragen, aber es war noch nicht genäht. Es ist wahr, es ist noch nicht genäht, aber jeder Moment meines Lebens läßt die Arbeit daran vorankommen. Dieses Kleid wird alle Farben haben, und da sich mein Leben beständig dreht – in einem Tanz, der dem der tanzenden Derwische sehr ähnelt –, erschafft es das Weiß für die Augen der Sterne, für die Augen der Dichter.

Ich würde Dir gern eines Tages entgegentreten, wenn ich dieses Kleid trage. Dafür gibt es nur eins: mich das Leben führen lassen, das ich in mir habe. Der Rhythmus, die Musik, wonach ich tanze, das alles ist in meinem Körper, in meinen Gedanken und in meinem Tun. Manchmal improvisiere ich, und ich bin erstaunt. Aber, glaube mir, ich bleibe im Rhythmus, oder es ist der Rhythmus, der mich zum Dabeibleiben zwingt und mir die Schritte diktiert. Ebenso gibt es die Leben, die den Dichtern die Gedichte diktieren. Denn für mich ist ein reiner Dichter derjenige, der sich an seinem eigenen Dasein bereichert und der sich mit dem Leben anderer, das er zum Ausdruck bringt, anfüllt. Die Dichter sind jene, die den Gesang des Lebens erklingen und widerhallen lassen, so wie eine Blume oder ein Stein in sich die Existenz des großen Alls, Gottes zum Beispiel, widerhallen läßt.

Ich wollte, wir könnten zusammen tanzen. Wenn das möglich wäre. Die Liebe, Deine Liebe, ist in mir eingezogen. Ich spüre es. So kommt es zum Improvisieren. Sie läßt mich auf andere Weise tanzen. Ich weiß es: Ich habe eine reine Freude in mir. Ich bin glücklich, daß ich Dir begegnet bin.

Für mich ist Marokko ein Land, das sich wie ein sich gerade in die weiß-dunkelbraun-goldfarbene Wüste eingrabendes Gestirn bewegt, und ich trete zagen Schrittes darauf zu. Ich liebkose Deinen so milden, so leuchtenden Blick ... Auf bald.

Aber die Worte ...

Vielleicht ein Schleier, doch kein Sichentschuldigen, keine Zuflucht.

Meine ersten Sätze entsprangen einer Wunde. Mit Ungeschick und Melancholie. Teile des Gedichtes haben sich in meinem Kopf, auf meiner Stirn an jenem Tag im März 1965 eingeprägt, als junges Volk und Männer und Frauen ohne Arbeit auf die Straßen von Casablanca gingen. Eine spontane Erhebung, von Schnellfeuerwaffen gestoppt.

Ich konnte nichts anderes als das Depot von Worten voller Erde und Blut sein, Worte, die mir wie Kugeln im Brustkorb steckten. Als Ausgleich für das fehlende Mittun mußte ich den Schrei des Volkes aussprechen, weitertragen.

Ich habe versucht, Zeugnis davon abzulegen, was ich gesehen, gehört, gefühlt habe in jenen Märztagen, als wir von Rabat aus die fiebrige Lage, die in Casablanca herrschte, verfolgten.

Hätte ich diese Tage des Schreckens und der Ängste nicht erlebt, als sich vor mir das gewöhnliche, alltägliche, brutale Gesicht der Ordnung und Ungerechtigkeit enthüllte, vielleicht hätte ich niemals geschrieben.

Denn alles kehrte schnell zur Ordnung zurück. Die Toten waren in der Namenlosigkeit und im Schweigen dieser Ordnung begraben.

Mir blieben aber die Worte. Solche, die das Papier aufkratzen, solche, die eine maskierte Landschaft zerreißen können, die Kratzer auf einem Spiegel sein können, wo es weiße, leere, blinde Stellen geben dürfte.

Ich habe immer in der Vorstellung das Bild dieses schadhaften, nutzlosen Spiegels gehabt, durch den die Worte hindurchschimmern; das Schreiben ist für mich diese Schramme in der Reinheit des Anspruchs.

Ich schrieb *Morgenröte der Steinplatten*, meinen ersten Text, in der Fieberglut des bedrängten Körpers. Ich fühlte mich schlecht. Ich hatte Angst, mich im Schlaf zu verschlucken und zu ersticken. Ich hatte zuviel Speichel, der mir die Kehle überschwemmte. Ich schlief mit aufgerichtetem Kopf. Die Worte mußten hinaus, eins nach dem anderen. Der Umstand, in einem Lager eingesperrt zu sein, von betäubenden, unverständlichen Geräuschen der Brutalität umgeben zu sein, die Dichtung und die innere Bewegung, die Emotion, verneinend, drängten die Worte, damit sie geschunden hinausträten. Wir waren da, um die Emotion zu verstoßen, um uns von ihr zu heilen. Ich weiß nicht, ob ich schrieb, weil mich die Liebe verwundet hatte oder weil ich gebrochen war im Körper jener, die unter den Kugeln gefallen waren.

Ich habe mich ganz klein gemacht, bin hinter die Worte getreten. Ich wurde unwichtig, die Dichte des Gesichts opfernd. Ich legte den Narzißmus in die Hoffnung einer unendlichen Demut, in die Selbstaufgabe, das Verlassen meines eigenen Bildes. Der abgenutzte Spiegel warf nicht mein Bild zurück, sondern stellte mich der Schande gegenüber, diesem Gefühl, das bewirkt, daß das Gesicht sich verrät, sich entblößt, mit jener roten Farbe belädt, die wie ein Fieber ansteigt und den Blick der anderen auf sich zieht.

Nicht gefällig sein, sondern auf der Höhe seiner Einsamkeit sein, seines Todes würdig, nicht der endgültige Sturz, sondern dieser grundlegende Tod, mit Silben, die das Gedicht zusammensetzen, in die Zeit eingeschrieben.

Ich schrieb in der Stille. Ich schrieb im geheimen. Ich trug bei mir die Zettel, auf die ich Sätze und Verse notiert hatte. Ich las sie immer wieder, auf den Toiletten. Damals hatte ich die Chance, krank zu werden. Was für ein Gewinn! Das Lager verlassen dürfen und ein Bett im Lazarett bekommen! Ich litt an Schmerzen in den Hoden und in der Beckengegend. Eine innere Verletzung? Ich litt oft unter Schmerzen. Eingebildete oder wirkliche Schmerzen? Das könnte ich heute nicht sagen. Ich las und schrieb viel im Bett, in meinem Zimmer, wo mich Sterbende umgaben. Ich las den *Ulysses* von Joyce und betrachtete das Meer.

Abgemagert und bleich, so verlor ich mich in einem riesigen Pyjama. Meine Haare wuchsen, aber ich wußte, daß man mir vor meiner Rückkehr ins Lager den Schädel wieder kahlscheren würde.

Ich schrieb sitzend im Bett, auf den Knien. Um mich herum ermattete Gesichter, glasige Blicke. Wir lagen zu acht in diesem Zimmer. Wir sprachen wenig miteinander. Ich versuchte, das Leben dieser dahingestreckten Körper zu werden. Sie waren traurig und hoffnungslos. Sie hatten den Krieg kennengelernt, in Italien, in Indochina ... Sie sammelten ihre Gedanken in langem Schweigen, höflich, sich ergebend. Sie kehrten dem Meer den Rücken zu und warteten, vielleicht auf einen Besuch. Niemand kam.

Ich wurde eines Morgens von einem durchdringenden Gestank geweckt. Mein Nachbar, ein Mann ohne Alter, lag mit offenen Augen und offenem Mund da. Ich beobachtete gespannt seine Brust. Er atmete nicht mehr. Mich ergriff Panik. In meiner Angst lief ich auf den Gang, um die Wärter zu rufen. Da war keiner. Alles schlief. Seit dem Tod meines Onkels hatte ich keinen Toten mehr gesehen. Ich blickte nach ihm, dem reglos Daliegenden, Haarbüschel lagen auf seinem Kissen. Er war in der Nacht gestorben, neben mir, während ich träumte, während ich den Bildern, die sich aus den Dunkelheiten lösten, zulächelte.

Ich ertrug weder das Lazarett noch die Idee, ins Lager zurückzumüssen. Man rasierte mir den Schädel, und alles begann wieder wie zuvor.

Ich wählte mir also das Schreiben und die Verborgenheit. In meinem Körper hatte ich mir eine Falle ausgehoben. Die trug ich in mir nicht als Wunde, sondern als eine Zuflucht, als Schutz vor Blendungen und Besudelungen der Wörter, die mitbeteiligt an der Einsamkeit und großmütig dem Tod gegenüber waren. »Der Tod – der Tod, von dem ich zu dir rede«, sagt Genet, »ist nicht der, welcher deinem Sturz folgt, sondern welcher deinem Erscheinen auf dem Seil vorausgeht. Bevor du es erklimmst, stirbst du. Wer tanzen wird, wird tot sein, zu allen Schönheiten entschlossen, zu allen fähig.«

8

Alles da ist versiegelt: die Türen und die Herzen. Tetuan, die weiße Stadt, ist von zwei Gebirgen in die Klemme genommen. Eine asthmatische Stadt, dem Anschein nach eine Zitadelle, ein hochmütiger Körper, sich jenseits des Blickes und der Hände hinter Erdwällen verschanzend. Dort eindringen ist eine Kühnheit, eine Illusion. Selbst der Wind, wenn er herankommt, dreht sich nur im Kreis. Die Türen und die Gesichter verschließen sich, ohne Hast, ohne gewaltsame Bewegung. Zur Stunde der Siesta, zur Stunde der Liebe wirft der Wind die leeren Stühle in den Cafés um; er stößt gegen die Mauern, gegen die Stille. Er heult, wirbelt und macht sich davon: Die Stadt ermüdet ihn.

Rundum Straßencafés, auf Terrassen oder auf Balkonen. Dorthin kommt man, um Spiegel aufzustellen und sich in das Durcheinander eines genau und eng gefaßten Wirklichen einzuschreiben. Auge und Hand, beide grämlich wie Zeigefinger auf das Geschehen gerichtet. Vergebliche Gegenwart von Körpern, eingehüllt in Schande, abgesondert, selbstverstümmelt, nervös und reglos, der Ästhetik verlustig gegangen, entleibt, weil sie unbedingt dauerhaft sein wollen und weil sie die stumme, trügerische Ewigkeit der grauen, gegen den blauen Himmel angeordneten Steine, der beruhigenden, der zusammenhaltenden, beneiden. Die weißen Stimmen, die umhergehen und dabei den an dem allersüßesten Minzentee klebenden Wespen folgen, verwirren sich in einer Mechanik von Reflexen und stoßen an die vergoldeten Wände eines Hauses, das sich auf Ruinen mit verriegelten Türen und Fenstern erhebt und das seinen Platz wechselt, indem es auf der fernen Linie eines Ozeans oder einer Wüste verlöscht.

Eine Paradegegenwart: so viele leere Krüge, unbewohnte, einsame, unheilschwangere.

Die der Finsternis entkommene Hand legt sich auf eine andere, mit sehr feinen Sandkörnern und einem leichten Rückstand von Meersalz bedeckte Hand, drückt sie und weicht. Die andere hält sie zurück und führt sie sich an die feuchten Lippen, die sie küssen, lecken, waschen, daß sie sich öffnet, wie ein Gesicht über einem anderen Gesicht.

Das ist die Stunde der Siesta, die Stunde der Liebe, die Stunde des Fluges, den der Tod eingraviert, vorbereitet, festgesetzt hat, auf einem leeren Platz, von wo sich die Stadt zurückgezogen hat, wo der Mann, der sich bückt, um das breite Blatt des Feigenbaumes aufzuheben, ein Blinder ist, der die Grausamkeit der Tränen im Innern der Dunkelheiten verströmt, die ihn umhüllen, ihn nähren und herumstoßen bis hin zur Sonne. Von der Macht der Dunkelheiten überwältigt, schreitet er voran, ohne zu tasten, läßt die Hand längs der Mauer schleifen und bleibt genau vor dem Gesicht des eingeschlafenen Liebenden stehen, der sein Haupt auf den wackeligen Tisch eines verlassenen Terrassencafés gelegt hat.

Das ist die Stunde der Stille und der Rache, da die Liebe ein Jüngling ist, ein Gassenjunge, schamloser, über den Tod geneigter Körper, umgeben von einer Masse dichten, warmen, stinkenden Qualmes, mit einem geblendeten Gesicht, von Unruhe gewaschen, in die zitternde Hand, die ihn zur Falle zieht, gegeben, wo er hausen wird, fern von Fliegen und Ameisen, wo er sich langsam zersetzt, in der erhabenen Metamorphose bis zur unerwarteten und ungezwungenen Geburt, grausam von der Gnade in dieser Stadt getroffener Körper, die, je mehr man sie durchquert oder sie schreibt, sich entfernt und sich verwischt.

Sie schlägt ihre schweren Lider nieder und löst ihre Arme, die seit einem Jahrhundert ein Efeu umschlingt; ein alter Offizier der Spanier hatte ihn dort achtlos wachsen lassen. Sie schließt ihre Augen über einer schweren Decke aus Rauch (Dampf), sie kehrt sich ab und trennt sich allmählich von ihren Legenden. Eine nach der anderen fällt. Die Stadt leert die

Nacht von ihren Schatten und liest ihr Flitterzeug noch vor der Morgendämmerung auf. Tetuan schweigt und steigt leise zum Meer hinab. Ein weißes Haus mit blaugestrichenen Fenstern bleibt erhalten, wie eine Stele, da, wo der Sand beginnt. Hier haben verwünschte Liebende gewohnt. Dieses Haus ist ihr Friedhof. Sie hatten sich dort verborgen, um sich zu lieben und um zu sterben.

Das ist die Stunde, da sich die Bilder zurückziehen und die Worte zwischen die Steine fallen und entgleiten. Die erwähnte Stadt ändert ihr Antlitz, ihr Licht und ihre Farbe. Die Stadt vollendet sich im Bericht des Reisenden, der sich allein gelassen findet, verwaist, ohne Gedächtnis, ohne Sprache, völlig entblößt, allein gelassen mit der Angst. Er benennt die Stadt, als Herausforderung oder aus Verzweiflung, und wartet. Wie durch ein Wunder füllt sie sich mit ihren Narren und Bettlern, ihren Frauen und ihrer Sonne; sie belebt sich, öffnet den Markt und die Cafés, hebt die Rollläden der Geschäfte, bringt die alten Bäuerinnen auf dem kleinen Platz am Eingang zur Medina unter; sie verkaufen Baumwolldecken, bestickte Tischtücher und Halstücher und linnene Taschentücher.

Tetuan kehrt zu seinen Steinen zurück und richtet sich für gewisse Zeit in seinen Wohnungen, in seinen Moscheen, auf seinen flachen Dächern ein. Es schmollt nicht mehr mit der Nacht, sondern gibt die Worte dem Erzähler ins welke Gesicht zurück, der sich in einer Ecke des großen Platzes niedergelassen hat und altes Brot, in Wasser getaucht, ißt. Er spricht nicht mehr. Er schaut.

Ich habe in Tetuan die Langeweile, die Leere und die Düsternisse kennengelernt. Ich habe die Angst vor den maßlosen Nächten kennengelernt, wenn der wilde Wind sie mit Schatten bevölkert. Nächte, die herabsteigen, gewalttätig, mit feuchtem Dampf beladen, und die sich in einer winzigen Kammer auf dem Dach eines alten Gebäudes einrichten. Dort wohnte ich; ich verbrachte meine Nächte damit, mit vorgestreckten Armen die dicke Schicht des nächtlichen Stoffes zurückzudrängen, die mich, wachhaltend, einhüllte, die mir den Atem nahm. Am Morgen war ich erlöst, aber völlig ermattet, von meinen Kämpfen erschöpft. Ich kletterte durchs Fenster und setzte mich auf das Dach, um tief Luft zu holen. Von da sah ich den Gipfel des Mont Darsa. Schwarz, hochfahrend, unzugänglich. Ich wußte, von dort kam die Nacht.

Ich war als Philosophielehrer an einem kleinen Lycée der Stadt angestellt und war entschlossen, mich ganz meinen Schülern zu widmen. Das wurde mir zur Leidenschaft. Die Schüler stammten zumeist aus dem Rif, Söhne und Töchter armer Bauern. Deren Lust zum Lernen, deren Eifer, wenn es ums Begreifen und Erörtern ging, ließen mich die Vereinsamung nicht mehr spüren, und die Nacht erschien mir weniger lang und vor allem ihrer Schatten ledig. Ich war von dem aufmerksamen Dabeisein der Schüler erfüllt, sie ließen mich ihr Land kennenlernen, Unterricht und ihr Leben gingen ineinander über. In ihren Augen gab es nur Philosophie, die ihnen beim Verständnis für die unmittelbare Wirklichkeit, für das tägliche Leben helfen könnte. Sie waren für Sokrates, Marx und Freud. Ersterer verlockte sie durch die Wahrheit, die aus seinen Gesprächen leuchtet; der zweite, der Marx des *Manifestes der Kommunistischen Partei*, interessierte sie, weil er zu ihnen von etwas Geläufigem, von einer Lebenslage und von Umständen, denen sie verhaftet waren, sprach; Freud öffnete ihnen Fenster zu einem Universum, von dem sie niemals zu reden wagten, der Sexualität. Beim Kommentieren der *Fünf Psychoanalysen* erröteten die Mädchen, und die Jungen unterdrückten ein nervöses Lachen. Eines Tages fand sich eine Schülerin dazu bereit, die Tabus anzugehen; sie hielt vor mehreren Klassen des Lycée einen Vortrag über die Lage des marokkanischen Mädchens in der traditionellen Umgebung. Ein kleiner Skandal. Manche Eltern sahen in mir ein umstürzlerisches Element, das Zweifel verbreitete, zum Widerspruch ermunterte, Erörterungen und Infragestellungen auslöste in einer in sich geschlossenen, ruhigen, friedvollen Stadt, die wegen ihrer frommen Ehrerbietung gegenüber den gesicherten und überlieferten Werten bekannt sei, in einer Stadt, wo sich nichts ändern dürfe, einer Stadt des Unwandelbaren, als Bildschirm aufgestellt, und dahinter die heimlich gelebten Schimpflichkeiten. Ich hatte mich mit einem Kollegen des Lycée angefreundet, einem gründlichen Kenner dieser Stadt, mit großzügiger Gesinnung, aber eine Randfigur. Er verabscheute Tetuan. Er verfluchte es. Und Tetuan gab es ihm vollauf zurück. Ich begleitete ihn auf seiner Tour durch die Bars. Sein Traum war, fortzureisen und nicht wiederzukommen. Nach China oder zu den Antillen zu fahren. Weit weg, und diese Stadt war für allemal vergessen.

Damals war mein Liebesleben von einer alarmierenden Dürftigkeit. Es kam vor, daß ich hin und wieder ein Mädchen hatte, das sich eine freie Studentin nannte und einen Vorbereitungskurs für eine Schule in Spanien absolvierte. Das glaubte ich, im Grunde wollte ich nicht viel über sie erfahren. Sie traf sich mit mir an Nachmittagen, immer fröhlich, sogar komisch. Sie hatte es gern, sich zu verkleiden und mich während der Siesta zu überfallen. Einmal kam sie, in einen riesengroßen Haïk vermummt, verschleiert, die Augenpartie toll geschminkt. Sie bat mich, ihr aus dem Haïk zu helfen. Als ich an einem Ende zog, drehte sie sich wie eine anschmiegsame Puppe und war splitternackt. So stand sie vor mir, die Füße in dem weißen Tuch, gleichsam aus einem unvollendeten Bildhauerwerk erstehend. Dieser Anblick, eine Statue der Liebe, ließ mein Verlangen sich überstürzen. Wie ein Junge ejakulierte ich in die Hose und errötete dabei. Sie merkte es, breitete den Haïk auf dem Boden aus und legte sich bäuchlings darauf, die Füße in die Luft. Sie riß mir die Kleider vom Leib und streichelte mich. Das dauerte einige Zeit. Dann stand sie unvermittelt auf, hüllte sich eilig in ihren Haïk und ging, um vor der Rückkehr ihres Vaters zu Hause zu sein. Ich blieb liegen, nackt, nachsinnend, dem, was sie mir soeben gesagt hatte, zur Hälfte Glauben schenkend. Später erfuhr ich, daß sie sich für reiche Männer prostituierte.

In Tanger hatte ich eine lockere Verbindung zu einer jungen Lehrerin unterhalten. Etwas an ihr war mir rätselhaft; sie sprach, sooft wir uns begegneten, kein einziges Mal auch nur ein Wort. Ich redete für zwei. Ich stellte die Fragen, und ich gab die Antworten. Sie schüttelte den Kopf und bot mir ihre vollen, bebenden Lippen. Sie war nicht stumm, aber weigerte sich zu sprechen, jedenfalls mit mir zu sprechen. In einem Brief hat sie versucht, mir die Gründe ihrer Stummheit zu erklären. Ich erinnere mich an diesen Brief, mit Bleistift geschrieben, das heißt geflüstert, Sätze zum Ablesen von den Lippen, nicht zu hören, sondern zu erraten, die man auslöschen, ausradieren konnte, so als wären sie nie geäußert worden:

Aus welchem Wort fürs Schweigen wird mein Leben bei Dir gemacht sein? Was ich in Dir sehe, aus welchem Bild wird es mich machen? Bis ans Ende meines Seins, die Stille ... Ein Hirte läuft hinter einer Herde Lämmer her in meiner Brust, und der aufgewirbelte Staub erstickt mich, aber die Freude ist auf diesem Pferd, das Du nicht siehst, und mein Gesicht ist gepflügt von der Liebe, die Du überhaupt nicht siehst. Ich bin erstarrt, von hohen Flammen umzüngelt, nach denen ich mit offenen Händen greife, und ich warte, beglückt, da aus Deinen Augen die Gnade herabsteigt, die mir den Tod bringt ... Glaube mir oder glaube mir nicht, so ist es, wie ich Dich liebe, und meine Stimme ist längst begraben in dem Abgrund einer etwas größeren Seele als dieser Körper, den Du umschlingst ...

Das zweite Jahr in Tetuan war für mich qualvoll. Ich verlor meine Begeisterung und wurde träge. Die Stadt war in meinen Nächten und bedrückte mich. Ich sah sie wie ein Haus aus Gemäuer, Grotten und Kellern, ein Haus, bei dem man es unterlassen hatte, für Öffnungen zu sorgen, Türen und Fenster. Dennoch hieß mich etwas, dort zu bleiben, vielleicht die Angst vor der Nacht, vor ihren Herausforderungen. Manchmal stand ich mitten im Schlaf auf und versuchte die Anwesenheit eines Eindringlings mit Händen zurückzustoßen, eine dichte Masse, die herankam, um sich auf mich zu legen, mich zu umgeben, mich zu ersticken. Eine immaterielle Masse, die mit solch einer Kraft wirkt wie Blei, zu schwarzer Gußmasse geschmolzen, das den Körper umschließt und die Luftröhre verstopft.

Selten gab es Feste. Wie sollte man sich vergnügen und diese Bedrückung vergessen? Einmal wurde ich zu einer Hochzeit eingeladen. Nicht gerade ein Fest, aber etwas Anschauenswertes; eine Unterbrechung der Eintönigkeit.

Ein bescheidener Mensch, farblos. Ein Kollege vom Lycée. Ich habe seinen Namen und sein Gesicht vergessen. Das hat mit gutem oder schwachem Gedächtnis nichts zu tun. Es gibt ausdruckslose Gesichter, die in der Anonymität untergehen. Sie sind weder schön noch häßlich, aber von etwas Fehlendem durchzogen. Ich erinnere mich an eine zierliche Silhouette in grauem Gabardine und an eine alte Aktentasche, die schlecht schloß. Dieser Mensch war unauffällig, er war sparsam, sauber, ordentlich. Er hatte seine Gewohnheiten. Wie sollte er ihnen entrinnen? Tetuan hält für den Menschen Gewohnheiten bereit. Und das ist eine wesentliche Bedingung, will man dort leben und ruhig schlafen. In der Tat, man hat die Wahl zwischen Gewohnheiten und der Angst, der Beklemmung. Er hatte sich wie viele andere in die Ordnung und in die Befriedigung allerkleinster Bedürfnisse gefügt. Er fand sich jeden Tag zur selben Stunde, nachmittags zwischen halb sechs und sechs, auf der Terrasse des Café Nacional ein, bestellte ein großes Glas Kaffee mit Milch und zwei belegte Brötchen. Er aß und trank, allein an einem Tisch, rauchte zwei Zigaretten, die er verstohlen aus der Tasche zog (auf keinen Fall legte er die Schachtel auf den Tisch), las die Zeitungen, die er nicht kaufte, sondern von den Austrägern lieh, wechselte ein und dieselben ausweichenden Sätze mit ein und denselben Personen und ging dann nach Hause. Wohnte er allein, bei seinen Eltern oder in einer spanischen Pension? Keiner wußte es.

Eines Tages fand ich in meinem Wandfach eine Einladungskarte zu seiner Hochzeit. Er hatte alle seine Kollegen eingeladen, auch einen alten Homosexuellen, einen Gelegenheitsdichter und Vater von fünf Kindern, an die er aber selten ein Wort richtete.

Ich war neugierig, gespannt. Wieso brach dieser in seiner Unauffälligkeit und Schweigsamkeit so beispielhafte Mensch plötzlich die Harmonie eines vollkommen gewohnheitsmäßigen Ablaufs und öffnete sein Haus und sein Leben einer Fremden? Später erfuhr ich, daß sie eine Cousine war, bei ihrer Mutter lebte und daß beide seit fünf Jahren verlobt waren.

Bevor ich zu ihm ging, bat ich einen Freund um Rat, welches Geschenk wohl am geeignetsten sei. Er sagte mir, ich solle mir nicht den Kopf zerbrechen. Es würde genügen, ihm zwei, drei Banknoten in einem Briefumschlag mit meinem Namen darauf zuzustecken. So werde es in den bescheidenen Kreisen gehalten.

Am Hauseingang, den Glühbirnen in Form eines Sternes erhellten, empfing uns der Bruder des Bräutigams. Mit einer Hand begrüßte er uns, mit der anderen griff er nach dem Umschlag, wobei er einige Höflichkeitsfloskeln wie »Gott möge es vergelten« oder »Gott möge Euch Gutes und Freude gewähren« sprach.

Ein kleines Orchester dieser Gegend spielte nicht gerade überzeugend *Sonnenuntergang*, ein klassisches andalusisches Stück. Man bot uns Tee und Gebäck an. Es war trist. Man langweilte sich wirklich. Manche gähnten, andere bemühten sich, nicht einzuschlafen. Ich beobachtete alle Einzelheiten, um nicht in der Langeweile zu versinken. Mein Freund machte Bemerkungen wie: »Die Frau des Kerls, der da kommt, ist sehr schön, aber sie ist lesbisch.« Wohlverstanden, es waren nur Männer in der Runde. Die Frauen, so war es zu vermuten, hielten sich im Nachbarhaus auf. Jeder empfand es als eine Last, und ich wollte schon weggehen, aber mein Freund hielt mich zurück. »Wenn du vor der Abendmahlzeit gehst, würde das bedeuten, daß du dich diesem Unglücksmenschen überlegen fühlst. Du mußt bis zum Schluß bleiben!« Um Mitternacht wurde das Essen aufgetragen. Es war lauwarm. Und Lauwarmes ist mir ein Greuel. Hände griffen mit gleichförmiger Bewegung zu, und Finger bohrten sich in die Hühner. Als Getränk wurden große Gläser Coca-Cola und Fanta gereicht.

Gegen ein Uhr mußte die Braut geholt werden. Der Bruder begann den Schauzug der Wagen zu organisieren. Meiner, ein alter Simca 1000, wurde auch mit Beschlag belegt. Ich habe diese Art des Ergötzens immer verabscheut. Ich saß in meinem Wagen zusammengepfercht mit Unbekannten, die bei dem Gedanken, die Frau des anderen zu holen, ganz erregt waren. Glücklicherweise ist Tetuan eine kleine Stadt. Der Umzug war schnell getan. Ich betrachtete mich als zum Dienst abgestellt, folgte den übrigen Wagen ohne Freude, ohne irgendein Vergnügen. Ich bedauerte es, mit dem Auto gekommen zu sein. Die Nacht war verdorben. Die Stunde des Schlafens war vorüber. Mir blieb nur, das Spiel mitzuspielen und mit den anderen die rituelle Formel mitzuschreien: »Er hat sie heimgeführt, ich schwöre euch, er hat sie heimgeführt und hat sie euch nicht gelassen ...« Ich fühlte mich lächerlich. Ich brüllte. Ich war auf der Suche nach etwas Ausgelassenheit und fand nur Mattigkeit. Ich feierte die Hochzeit eines Unbekannten oder beinahe Unbekannten. In meiner Gereiztheit scherte ich heimlich aus dem Zug aus, setzte die Insassen meines Wagens an einer Straßenecke ab und fuhr zum Schlafen nach Hause. Aber ich schloß kein Auge. Ich kochte mir einen Kaffee und machte mich an die Lektüre des *Ulysses*. Das war die einzige Möglichkeit, diesen unheimlichen Hochzeitsabend hinter mir zu lassen und weit weg zu reisen.

Ich war entschlossen, dieser Stadt den Rücken zu kehren und ihre Mauern und Gebräuche zu vergessen.

Ich bat um Versetzung. Ich begann mein drittes Jahr in einem großen Lycée in Casablanca. Dort gab es mehr Streiktage als Unterrichtsstunden. Einmal griff die Polizei innerhalb des Gebäudes ein, verletzte ein paar Schüler und verhaftete andere. Hier wurde meine Begeisterung als junger Lehrer endgültig ausgelöscht.

9

Dienstag, 8. Juli 1982: Vor drei Tagen ist die israelitische Armee in Südlibanon eingefallen. Vor zehn Jahren, acht Monaten und acht Tagen bin ich in Frankreich angekommen.

Am 11. September 1971 kam ich an einem Nachmittag in Paris an. War das eine Stadt, eine Insel oder ein Körper? Ein graues Bild, von einem Bündel geläuterten Lichts hin und wieder durchstrahlt. Dem war ich schon begegnet: das erstemal beim Filmesehen; das zweitemal, als ich meine Braut vergessen wollte; das drittemal, als es die Ruinen und die Spuren des Mai 68 in Augenschein zu nehmen galt. Dorthin kam ich mit meinem Gepäck, um meine Studien fortzusetzen und um zu schreiben.

Äußerliche Erscheinung des Hochmutes, die mir eine lange Nacht bescherte und dabei Träume von meinem Land erzeugte; die mir einen ziemlich matten Spiegel gab, in dem sich noch Spuren ephemeren Lebens hielten; das mußte ich entziffern, mußte mich erinnern, mußte schreiben. Wie die Trägheit, wie der vom Licht vergessene Tag, wie die gespaltene Wand, wie der Tod und der Mond, so war ich verfügbar.

Freitag, 11. Juni 1982: Ein Hohn das Schreiben.

Israel belagert Beirut und wirft Bomben auf Libanesen und Palästinenser. Ich fühle mich in Frankreich schrecklich fremd. Es handelt sich nicht um einen Seelenzustand, sondern um eine kalte Wirklichkeit. Der Ekel kann die Worte schlecht ertragen.

Also dieser Körper, Libanon, hat nur Löcher voller Asche und Sand, um uns zu sehen, um unsere Nächte der Schlaflosigkeit scharf anzusehen und in unser Leben hinabzusteigen wie der von einem zu heftigen Licht zu Boden geschmetterte Baum. Dieser Körper, den so viele Hände aufgerissen haben, erreicht uns also heute, mit seinen gewaschenen Wunden, um den Tod, den alten Begleiter der kurzen Tage, zu empfangen, und unsere sich vorstreckenden Hände tasten die blinden, unkenntlichen Bilder ab. Also ist dieser Körper keine Bleibe mehr, auch nicht ein Land des Exils: eine Kerbe im Nacken und der Stille.

Sich zu dem Mut jener erheben, die in diesen dunklen Tagen, da so viele Gewissen sich abseits halten, vom Tod gezeichnet sind. Ich möchte denen, die heute die Worte abgemessen und die Stille auf die Waagschale legen, denen mit den wählerisch vorgenommenen Entrüstungen im Augenblick, da andere aufstampfen, fest auf der Erde, um nicht zu sterben – ich möchte denen ins Gedächtnis rufen: Frankreich, das sind diese abgewandten Blicke, diese offenen, aber grausam ungerührten Augen, diese krämerhafte Aufgeblasenheit, die sich in der Überzeugung wähnt, daß das Leben eines Arabers weniger gilt als das eines Israeli.

Ein Hohn das Schreiben in diesen Tagen ohne Licht, da der Araber in Frankreich oder sonstwo derjenige ist, der den Zorn, mit Haltung, in sich trägt, den Zorn darüber, daß er die Erniedrigung der Identität und die Hinmetzelung der libanesischen und palästinensischen Bevölkerung miterleben muß. Der Zorn und die Schande. Die arabischen Staaten unternehmen nichts; sie warten das Ende der »Säuberung« des Libanon und der Palästinenserlager ab. Sie wissen nur, wie sie gegen ihre eigenen Staatsangehörigen oder wie sie untereinander kämpfen sollen. Sie erringen Siege nur gegen Zivilbevölkerungen, deren einzige Waffen die Verzweiflung und Steine sind. So haben sie der israelischen Armee den Weg nach Beirut gebahnt.

Man überrascht sich dann dabei, von Frankreich zu verlangen, einer Vorstellung zu gleichen, die man sich in der Hochstimmung und Einbildung gemacht hat. Man verlangt von Frankreich, zu verurteilen, Sanktionen zu verhängen und, warum nicht, sich für andere zu schlagen. Das ist Einfältigkeit oder der Mißbrauch von Vertrauen. Man möchte es in Taten wiederfinden: etwas weniger kalkulierend, etwas mehr den anderen zugekehrt, großherziger. Dieses Frankreich fehlt uns. Doch mit welchen Rechten und in wessen Namen sollten wir von Frankreich erwarten, ein anderes Gesicht zu haben? Weil wir in seiner Sprache reden und schreiben, mit welcher wir oft strittige Beziehungen unterhalten? Weil wir uns in seiner neueren Geschichte aufgehalten und an demokratischen Prinzipien Geschmack gewonnen haben? Weil man in der arabischen Welt um dieselben Prinzipien kämpft, die eines Tages walten sollten, und am Erreichen dieses Ziels verzweifelt?

Also am 11. September nachmittags bin ich in Paris eingetroffen. In der ersten Zeit bemerkte ich das Licht des Himmels nicht. Ich sah die Wände und die Gesichter. Die einen waren grau, die anderen mürrisch und verschlossen, gänzlich von einer Art Spannung zwischen dem Abwesendsein und dem Vergessen eingenommen. Auf diesen Gesichtern suchte ich Spuren der Zeit, die extremen Zeichen des Mysteriums. Nur Mattigkeit, Abnutzung und Gleichgültigkeit zeigten sich bei meiner naiven Suche. Die innere Dauer, der großzügige Umgang mit der Zeit fehlten diesem Landstrich. Es fehlten auch die Freigebigkeit der Gebärde, das Geben, die Leidenschaft, das Streben nach Leidenschaft, das Verweilen in der Zeit, um den anderen, den Fremden, anzuschauen, vielleicht auch um ihn anzusprechen oder einfach zu erkennen, der Wunsch, ihn zu hören, den Wind der Sandflächen in seinem Kopf zu hören, das Brodeln der heißen Erde, das Geschrei der kleinen Jungen, die auf einem öden Gelände mit einem Lumpen Ball spielen.

Allmählich entdeckte ich, daß die Bewohner von Paris ein Problem mit der Zeit hatten, das heißt mit dem Geld, auf jeden Fall mit sich selbst. Die Großzügigkeit, eine Form der

Bereitschaft, schien verurteilt zu sein, verbannt, nicht in die Wirklichkeit zu versetzen. Das erschütterte mich.

Diese selbe Stadt war voller Körper des Heimwehs, die sich in der Menge verloren. Sie unterschieden sich durch ihre graue oder dunkle Kleidung oder durch die Art, sie zu tragen; sie bedeckten sich damit, um zu verschwinden, um sich im Gedränge zu vergessen. Da war auch ihr Gang: zögernde Schritte, die Haltung des Sichentschuldigens. Auf Zehenspitzen. Sie wußten, daß sie unerwünscht waren. Sie waren von der Furcht besessen, sie könnten Zorn erregen oder Haß erwecken. Sie wollten unbedingt den Förmlichkeiten entsprechen. Arbeiten. Sparen. Geld nach Hause schicken. Schweigen.

Wer hat diesen Blicken ihren Stolz und ihre Sonne geraubt? Wem ist es gelungen, sie leer zu machen, die Demütigung hinuntergeschluckt, ins Innere verbannt?

Ich begegnete diesen Gesichtern jeden Sonntag in einem Saal des Arbeitsamtes in Gennevilliers. Ein paar von uns brachten ihnen Lesen und Schreiben bei. Nebeneinander in die Bänke gedrängt, so betrachteten sie uns eher, als daß sie uns zuhörten. Manche erschienen statt mit ihrem Schreibheft mit Bündeln von Papieren und suchten praktische Hilfe bei den brennenden Problemen, von denen sie nichts verstanden. Andere blieben fern, weil sie sich an ihrem arbeitsfreien Tag um den Haushalt oder die Wäsche kümmern mußten oder den fehlenden Schlaf nachholten. Unsere Beziehungen zueinander waren von Unbefriedigtsein gekennzeichnet. Wir gestanden uns das nur nicht ein. Nützlich sein; eine Schuld abtragen; ein gutes Gewissen haben; auf alle Fälle handeln, etwas machen. Die rauhe Wirklichkeit wurde nie erörtert, nie wurde etwas dazu gesagt. Das Unbehagen hätte schließlich zu einer Art Krise geführt. Eine Vertrauenskrise: Was kann ein kleinbürgerlicher Student für einen entwurzelten, unverstandenen, in Unwissenheit gehaltenen und in die Ausbeutung eingespannten Proletarier tun, der Gegenstand des täglichen Rassismus ist, von seinem Land vergessen wurde, ein austauschbarer Körper im Kampf um ein schwieriges Überleben?

Ich stellte mir diese Fragen und schwieg. Am Schluß der Kurse kamen einige Studenten, um ihnen die Zeitung einer politischen Partei zu verkaufen. Das war grotesk. Und lächerlich erschien mir, was man für sie tat; aber nichts zu machen wäre auch unsinnig gewesen. Ich wollte mich umsehen. Ich suchte sie auf. Ich begleitete einen Angestellten der Volksbank von Marokko auf seiner Runde, der sie überzeugen sollte, ein Bankkonto zu eröffnen. Ich beobachtete. Ich war nicht immer mit den Worten des jungen Mannes einverstanden. Nun sah ich sie mitten in ihrem großen Elend und erkannte, daß eine Art, ihnen zu helfen, darin bestehen könnte, diese Lage in äußerster Entblößung zeugnishaft festzuhalten und sie denen, die sie nicht ahnten oder nicht wissen wollten, zur Kenntnis zu bringen.

Paris, das war zunächst dieses Grau auf diesen verschnürten Gesichtern, in diesen abgehetzten Körpern, in diesen verzweifelten Blicken. In Marokko kannte ich das nicht. Die Ausgewanderten waren weit weg. Von ihnen sprach man nie. Man sah sie im Sommer auf Urlaub kommen, in großen, hochbeladenen Wagen. Man beneidete sie. Keiner bedauerte sie. Sie selbst schwiegen, was die Wirklichkeit ihres Lebens und ihrer Arbeit anging. Sie sprachen nur von den guten Seiten. Sie erfanden sich einen Traum, strahlend leuchtende Erinnerungen. Dieses so verschönte Bild sollte sie vor einem unglücklichen Geschick bewahren. Darin bestand ihr Beharren.

Die Einsamkeit, die physische Vereinzelung, übte einen schrecklichen Druck auf mich aus. In meiner Bereitwilligkeit, Ruhelosigkeit und auch Gleichgültigkeit trachtete ich nach Begegnung auf Begegnung, nur um zu vermeiden, daß ich mich mir selbst gegenüber fand. Mir ließ ich wenig angedeihen, der Verlust für mich war arg, doch die Hauptsache war, daß ich immer auf den Füßen stand. Ich brauchte diese Körper von Frauen, um die Nacht durchzustehen. Lange Zeit habe ich darauf verwendet, diese Ängstigung zu analysieren und zu verstehen: Diese Körper, die ich mit Zusagen verführte, wollte ich leben sehen und unter meinen Liebkosungen Genuß empfinden wissen, ich wollte sie aufgeblüht und glücklich haben. Ich schuldete niemandem etwas, ich sah mich im Zustand des Abgeltens oder legitimen Sichverteidigens: Mich befiel zuviel Verlangen, in der Zeit verscharrt, auf dem Grund meines Lebens aufgestaut, mich bedrängten zu viele unbefriedigt gebliebene Bilder. Mein Anspruch, vielleicht auch mein Zynismus, bestand darin, diese Körper mengenweise zu erleben, um mich von dem Gefühl des Ungenügens und des Fehlens zu befreien.

Ich habe ausnahmslos alle diese Frauen geliebt. Ich habe sie geliebt, vielleicht eine Nacht lang oder länger. Schlecht geliebt. Oftmals hat mich ihre alleinige Gegenwart in Bewegung versetzt. Zu dem Verlangen, dieser kurzen Liebe, gesellte sich die Melancholie. Ich fand mich unbeschadet, aber einsam, gehemmt durch diesen Egoismus, der schrecklichen Kopfschmerz hervorbringt. Ich bildete mir ein, eine Schwäche zu verspüren, die Unfähigkeit zu lieben. Meine früheren Wunden brachen wieder auf. Mir drohte eine besondere Form des Vergessens, der selektive Gedächtnisverlust: Mein Blick begegnete eines Tages in der Metro dem eines jungen Mädchens. Ich fand sie hübsch. Ich betrachtete ihr Profil, und eine Verwirrung überkam mich. Ich kannte sie. Ich war ihr schon begegnet. Ihren Namen habe ich vergessen. Ich überraschte mich dabei, daß ich mir die Frage stellte: War was mit ihr? Zu zweit in die Zeit zurückzugehen, das wagte ich nicht. Die Tatsache, daß man sich so etwas fragt, und sei es auch nur eine Sekunde lang, war für mich ungeheuerlich. Ich stieg bei der nächsten Station aus voll Bitternis, Traurigkeit und Zorn. Ekel erfüllte mich. Das war der Abscheu vor einem selbst.

Seit dieser Erfahrung glaube ich an die Geschichte von

dem Double; demnach wäre ich von einem anderen, nicht notwendigerweise sympathischen, bewohnt, von dem ich die Gebärden habe, nicht aber die Erinnerung, von einem, der ohne mein Wissen in mich geglitten ist und ein wenig sein Leben und ein wenig mein Leben führen würde. Wegen der mich verratenden Anwesenheit machte ich es mir nun zur Gewohnheit, die Orte zu räumen und ihn Herr über diese Bleibe zu lassen. Hier in dieser Geschichte würde ich es sein, der schreibt, und er, der vergißt. Er stünde für den Gedächtnisschwund in den Büchern und ich für den Gestus des Schriftstellers.

Oft geschieht es mir, daß ich meine Texte nicht wiedererkenne. Das kommt vielleicht daher, daß ich es niemals vermochte, eines meiner Gedichte auswendig vortragen zu können. Nicht nur, daß ich mich nicht erinnern kann, sondern wenn ich sie vorlesen soll, massakriere ich sie. Ich lese sie, als würde ich sie gerade erst entdecken. Ich lese sie schlecht, weil ich versuche, das Gezische des Eindringlings, der in mir feixt, aus meiner Stimme zu verjagen. Ich lese schlecht, weil ich anderswo bin, mit läppischen Gedanken beschäftigt.

Einmal, als ich mich anstrengte, um bei der Sache zu sein und mit meinen ursprünglichen Empfindungen zu lesen, wurde ich geräuschvoll gestört, nicht vom Publikum, sondern von einem Alten, der sich vielleicht zum letztenmal auf der Bühne sehen ließ und seinen Rheumatismus kaum unter Kontrolle hatte. Dieser Mann war Louis Aragon! Er erregte Aufsehen, merkte es aber nicht. Man bat ihn, still zu sein. Von seinen Freunden gestützt, verließ er den Saal. Das geschah im Dezember 1981 im Kulturhaus in Aulnay-sur-Bois. Meistens sitzt der Eindringling in mir. Damals saß er hinter mir. Das war das dahingehende Jahrhundert, Opfer einer unschicklichen Taubheit ...

Ich gestehe, das Double hilft mir viel: Es rettet mir das Gesicht. Ich bin eigentlich kein schwieriger Mensch. Meine Einbildung und meine Verrücktheiten verlege ich in das

Schreiben. Ich kleide alles, was ich nur kann, in Worte und glaube, dabei ungeschoren wegzukommen. Auf diese Eigenheit halte ich mir etwas zugute. Ich verberge mein Gesicht und schreite voran, wie eine blinde Statue, die ein anderer führt. Das macht mir Spaß und Angst zugleich. Mir geht die Poesie des täglichen Lebens ab. Auch die Verrücktheit. Ich bewahre die Haltung des kleinen Philosophieprofessors, nicht übermäßig, gerade so, um unauffällig durchzukommen. Manchmal packt mich die Lust hervorzutreten, aufsehenerregend. Ich lasse mich verleiten. Ich lasse mich gehen. Aus Eitelkeit. Aus Schwäche.

10

Ich bleibe nicht auf der Stelle. Ich habe es auch satt, die Dächer meiner Kindheit aufzusuchen, abzusuchen und zu überspringen. Ich träume davon, den gehetzten Menschen zu verlassen und mich zurückzuziehen an den Rand einer Quelle, an den Hang eines Gebirges und sein Leben zu erfinden. Aber ich fürchte, daß ich, einmal dort angelangt, die Gründe dieses Traumes aus den Augen verliere und mich sehr langweile. Ich werde mich also weiterhin von der Stelle bewegen und mir überall, wohin ich komme, die Frage nach den Wurzeln vorlegen.

Als ungeduldiger Mensch, eiliger Liebender, erledigte ich das Lieben im Dahinjagen, auf der ständigen Flucht. In diesem Lauf kann ich mir noch ein Gesicht auswählen und mich an eine innere Bewegung erinnern, die es in mir auslöste. Ich denke noch an jene Siebzehnjährige, die, aus einem Nichts geboren, ihr Leben bereits gelebt hatte. Ihr Schicksal hatte mich neugierig gemacht, es war mit etwas Tragischem befrachtet gewesen. Ich war überhaupt nicht überrascht, als sie mich eines Tages, nach sieben Jahren Schweigen, an ihr Krankenbett rief und mir in fast banalem Ton mitteilte, daß sie sich wegen eines Krebsgeschwürs habe operieren lassen. Obwohl die Zeit weitergegangen war, hatten sich meine Gefühle für sie bewahrt. Dieses Mädchen, das davon träumte, »etwas, was Musik macht«, zu sein, war in einem Winkel meiner Erinnerung noch geblieben. Ich sandte ihr einen großen Strauß Rosen und wagte nicht, an den Tod zu denken. Ich war ganz heftig in sie verliebt, aber kurz; wie eine Freisetzung wurde sie mir von einem gemeinen Kerl entzogen, der sie später in einem Appartement in Marokko einsperrte, der im Namen einer krankhaften Leidenschaft in ihr das töten wollte, was sie zu einem zerbrechlichen Gestirn machte.

So ließ ich die Dinge an mich herankommen, und wenn sie mich wieder verließen, unternahm ich nichts, um sie zu halten und sie in mein Leben wieder einzugliedern. Meine Beziehungen haben selten an Breite gewonnen. Ich begebe mich nie in Gefahr. Mich erhalten, die Zerbrechlichkeit, die ich mir legendär wünschte, ineinander verschlingen, der Gewalttätigkeit aus dem Wege gehen, ebenso der Entblößung. Ich zeigte oft das Betragen eines lebendig Geschundenen, aber ich zählte nicht zur Kategorie jener, die das Leben zutiefst gemeuchelt hat. Ich war ein friedlicher Mensch voller Heiterkeit und Streben nach Harmonie. Ich hatte ziemlich viele unnütze und verfehlte Beziehungen wegen dieser Angst, die mich von Körper zu Körper wandern ließ. Ich habe das Ungestüm, die Triebhaftigkeit an dieser Frau gemocht, die meine Träume mit schreienden Farben auf das Malbrett brachte. Sie flüchtete sich in meine Einsamkeit, um sich von einem rohen Liebhaber zu erholen und einem zynischen Ehemann zu entgehen. Sie verließ mich eines Tages, weil ich allmählich dem einen oder dem anderen glich. Ich bedeutete keine Zuflucht mehr, keinen Augenblick der Freiheit, und meine Träume interessierten nicht länger. Ich habe sie geliebt, ohne Leidenschaft, mit meinen schüchternen Gefühlen, mit den von meinem Körper, der schon andere Rücksichten verlangte, zur Ordnung gerufenen Gefühlen. Unter diesem brutalen Bruch habe ich gelitten. Ein Fehlschlag, der mir zu denken gegeben hätte, aber ich verhehlte mir meine Lage, und es brauchte zwei Jahre des Umhertreibens und des Willfährigseins, ehe ich vor einem Gesicht stehenblieb, das mein neues Heimatland sein sollte.

Der Krieg hatte sich im Libanon festgesetzt, und die Liebe wurde zu einem zweitrangigen Engagement, einer zerknüllten Seite in einem uns entrinnenden Leben. Dieses Land, in das ich nie gekommen war, brach in mich ein; es füllte mich mit seinen klaffenden Wänden und seinem Mysterium und riß meine Worte ein. Es bot mir Erinnerungen an, verbrannte Momentaufnahmen, vertraute Bilder, ein Gemisch von Gerüchen, Düfte aller Jahreszeiten. Ich trug in mir ein Land, das der Verheerung preisgegeben war, und meine Sätze verloren an Bedeutung, einer um den anderen. Schweigen und Schande. Dieses Land war zu mir gekommen wie eine gischtgekrönte Woge. Ich hielt die Augen offen und sah nur zerfetzte Gesichter. Ich suchte die Bläue des Meeres in den Büchern und fand nur zerstörte Häuser, Mauerreste. Ich wußte nicht mehr, wo meine Heimat ist, auch nicht, wie ich dieses Antlitz wiederherstellen sollte, das mich erhellt hatte, genau vor Ausbruch des Krieges. Ich ging mit meiner eingesperrten Passion von Haus zu Haus und wartete auf das Ende der Erdumwälzung.

Beirut war vom Krieg auserwählt worden, von einem scheinbaren Bürgerkrieg. Wie viele arabische Staaten hätten sich wegen eines Stücks schwächlichen Landes ein wenig bekriegen können! Da war ein Gebiet, aus Zweifel, Unsicherheit, Kühnheit und Großzügigkeit gemacht, das sich dem Zwang der stammelnden, aber bereits von den Nachbarn und arabischen »Brüdern« begeiferten Systeme entzog und ihm trotzte.

Und Mahmûd Darwisch, der Dichter, der in einer Reisetasche, nicht einmal in einem Koffer, wohnt, sucht eine Heimat, um Spatzen aufzuziehen, Liebesbriefe zu versenden, mit seiner Adresse auf der Rückseite des Umschlags für den Fall der Unzustellbarkeit. Er ist das ewige Wesen des Fernseins, derjenige, welcher nur im Vorüberkommen ist; er durchquert fremdländische Ebenen, geht über Straßen, die er zeichnet, und je weiter er geht, zieht er dabei die Linien, die Kurven, das Auf und Ab. Wenn er sich entschließt haltzumachen, zeichnet er eine steinerne Bank, stellt seine Tasche darauf, legt seinen Kopf darauf und schläft. Er schläft und träumt, der Kopf ist ihm leicht, der Körper auch, der Schlaf auch; er ist stets bereit aufzubrechen, sein Weg ist endlos, und er ist des Weges Baumeister, ist Archäologe und ist Vermesser.

Aufrecht stehend an den Feuerlinien, hat er seine Schiffe verbrannt. Mit seinem Volk weckt er die Erde und ruft ins Gedächtnis zurück, daß »von unserem Blut zu unserem Blut hin es das Land gibt und seine Grenzen«.

Der Libanon blutet weiter. Durchreisende Freunde sagten mir mit witziger Laune, in banalem Ton, wie der Tod nicht mehr als jene schreckliche Sache empfunden wird, wie das tägliche Leben ganz natürlich mit den Zerstörungen und Massakern lebt. Ich begann, meine Erinnerungen, die ich diesem Land schulde, zu verlieren. Ich spreche davon, als hätte ich dort gelebt. Ich nutze dieses ganze Durcheinander, um mich seiner auf meine Art zu bemächtigen und meine Wurzeln in es hineinzusenken. Ein Land, das sich den Worten entzieht. Ich weiß nicht, heute noch nicht, ob das Einzelstücke sind oder das Wesentliche, was dem Abbild gefehlt hat, das ich mir im Kopf von dieser Erde gemacht habe, die mich mit ihrem Aufgebrachtsein und ihren Ausschreitungen bezauberte. Der Libanon ist eines der Länder, das sich nicht ins Schreiben fügt, das einer Bestimmung mehr widersteht als einer Wunde.

Von dem zerstörten Beirut habe ich eine Luftaufnahme: durchlöcherte Häuser, unfertige Gebäude, entvölkerte Hügel, leere Straßen, andere mit Ruinen übersät, und immer das Meer, das leuchtet. So habe ich es gesehen von einem Flugzeug aus, das langsam darüber hinwegflog, als sollte einer Gruppe gleichgültiger Reisender das Meer in seiner Nacktheit gezeigt werden. Und das Leben, das heißt das Atmen der Erde, geht weiter, selbst wenn es von Blut und schwarzem Wasser getränkt ist. Der Tag beginnt mit Milde auf diesen Hügeln, von wo das Feuer emporbricht. Der Tag geht dahin, während das Aufflammen blendenden Lichts den Himmel aufreißt. Beirut wechselt von einem geschundenen Körper hinüber in eine blinde Erinnerung.

Und alles verquickt sich in mir: die Liebe, der Krieg, die Empörung, der Tag, die Verzweiflung und die wilde Lust, die Wut gegen ein Stück Traum zu tauschen.

Ohne daß ich es will, richtet sich also Beirut auf den Flachdächern von Fès ein, in den Straßen von Tanger, auf den Höhen des alten Gebirges. Alles vermengt sich mit der vollkommenen Abfolge des Zufalls: ein Land und seine Besatzer, Friedhöfe und Olivenhaine, die Bläue des Meeres und die Massengräber des Todes, der Blick eines kleinen Mädchens, das aus den Ruinen befreit wurde, und der Hilferuf einer sich in die Erde krampfenden Hand, ein Mann mit bloßem Oberkörper, der auf dem Weg von der Küste hinauf zur Kasbah von Tanger kommt und Vater, Mutter, Gott, die Sonne und die Propheten verflucht. Man sagt, er sei verrückt, keiner nähert sich ihm, man schaut ihn an und wartet darauf, daß die Polizei ihn abführt, er muß vernommen, verurteilt und ins Irrenasyl von Beni Makada gesteckt werden, man verflucht nicht ungestraft die heiligen Werte des Landes, der bleibt stehen, belästigt einen friedlichen Passanten, spuckt ihm ins Gesicht und geht weiter, dieser Mensch ist jung, hellseherisch, vom Wahnsinn solcher Art befallen, der tötet, wenn aus der Verzweiflung der Zorn der Tat entsteht, der Steine des Hasses aufhebt, den Körper trägt man voran, der den tausend Wunden ausgesetzt ist, die Stimme allein brüllt, und dieser Mensch, der durch die Stadt geht, verlangt nicht mehr nach Gerechtigkeit oder Liebe, sondern einfach nach dem gewaltsamen Tod, mit entschlossener Gebärde, klipp und klar, seine Augen mit einem Mantel aus Sand bedeckend, einen großen Stein gegen den Leib gepreßt, dieser Körper geht in Tanger um, ein Gerücht, ein Riß, ein Bruch in diesem friedlichen Sommer, ein altes Rentnerehepaar sitzt auf der Terrasse des Grand Café de Paris, es sind Ausländer, sie schauen zu, wie sich die Stadt langsam bewegt, sie lesen die Zeitung, halten inne und beobachten den Mann in seinem Zorn, wie er mit geballter Faust dem Himmel droht, sie verstehen nicht, was er sagt, er spricht nicht, er brüllt, sie hören, daß das Wort »Passeport« öfter vorkommt, ach so, er will ins Ausland, aber das ist doch ein Verrückter, der Kellner des Cafés erklärt ihnen, daß das ein schändliches Schauspiel sei, eine Ausnahme in der heiteren Gegend von Tanger, der da beschmutzt das Antlitz Marokkos, schauen Sie nicht hin, er ist im Fieberwahn, und nun bleibt eine Frau vor dem Café stehen, sie schreit nicht, nervös verlangt sie Zigaretten, der Kellner beschwichtigt sie und versucht, sie vom Café abzudrängen, sie wehrt sich und sagt, sie und ihre Mutter seien auf den Strich gegangen, der Kellner setzt sein Tablett ab und schlägt sie, keiner rührt sich, keiner regt sich auf, das Rentnerehepaar fordert die Rechnung, Tanger sei keine friedliche Stadt mehr, ein Junge schleppt seinen Schuhputzkasten mit sich und will unbedingt die Mokassins des Alten auf Hochglanz bringen, der Kellner erscheint wieder, ein harter Tag für alle. Vom Boulevard Pasteur aus sieht man den Hafen. Alles ist ruhig. Ein Schiff fährt ein, ein anderes fährt aus. Von den Höhen von Aschakar sieht Tanger wie Beirut aus: weiß, dichtgedrängt, von der Bläue des Meeres umgeben. Aber so wie Beirut sieht nichts aus. Der Krieg hat es entstellt. Kein Verlangen mehr, das Meer zu betrachten oder von Liebe zu träumen. Beirut – eine Erinnerung, aufgelöst im Dämmerlicht, das zu früh, brutal auf eine in Zersetzung befindliche Ebene herabgestiegen ist.

Jenseits der Ruinen und gemeuchelten Gesichter erhebt sich das Grollen eines maßlosen Stolzes; das ist der Körper eines Wesens, welches bebt; es hat gesehen, wie sich seine Haut abtrennte, sich bewegte, sich aufhob, wie ein dichtes Gewand von den Füßen. Ein Gewand aus sprühenden Wörtern und einschneidenden Sätzen. Wie hat ein Buch es entkleiden, es entblößen können, so daß seine Hände nicht mehr wissen, was sie von diesem sich selbst überlassenen Körper, aufrecht auf einem Aschenhügel, verdecken sollen? Dem Wind ausgesetzt, hält es stand. Hin und wieder beugt es sich. Hat es der Krieg so verändert oder die Erbitterung der Wörter und der Stimmen?

Wenn es sich von seinen Leidenschaften weit entfernt weiß, dann weiß es genau, daß der Stolz, der es untergräbt, es von den nahen und bekannten Gesichtern mehr und mehr hinwegführt. Gesichter nicht der Liebe, sondern der Hoffnung. Es hat sich in die Tragödie des verlorenen Landes hineinziehen lassen. Auf sich gestellt, bebt es nicht länger. Es lauscht den Geräuschen: eine Bombenexplosion in einer Beiruter Straße; die Lachsalve, untermischt von dem Schluchzen einer namenlosen Stimme; ein Wagen, der plötzlich bremst; das Telefon, das läutet; der Himmel, der kaskadenweise herabkommt; ein Freund, der schweigt; ein anderer, der sich aufregt; die Wände, die sich auf einen zubewegen. Das da ist sein gesteigertes Leben. Es wohnt in ihm. Sein Körper ist dessen einzige Wohnstatt. Die Liebe, die sich da nähert, stößt gegen eine Scheibe. Der Krieg hat ihn keineswegs verlassen.

11

Matar
Welche Falle aus Azur
tat sich auf, den Blitz hinauszulassen
am Ende einer fernen Pilgerfahrt
Mekka des brausend, rauschend Fleisches
Knochenminarett für die Schreie
des frischen Blutes.
                                  Michel Leiris

Meine Füße sind rissig, meine Hände sind schwielig, und mein Kopf, den ich auf die angezogenen Knie lege, ist schwer. Ich sitze auf einer sehr kleinen Schaumstoffmatratze. Meine Hinterbacken spüren den harten, kalten Boden. Das Zimmer ist winzig, aber seine sauberen, unlängst gekalkten Wände gefallen mir. Auf dem Boden eine kleine Matte, ein Schemel, ein Teekessel und ein Glas. Drei Fliegen machen die Runde. Sie nähern sich mir nicht. Selbst wenn sie sich auf mich setzten, ich würde es überhaupt nicht merken. Mein Körper ist derart ermattet, daß er betäubt, in sich zusammengeschrumpft ist, er versucht, zu sich zu kommen, sich aufzuraffen. Er kommt von fern her. Ich habe Tage und Nächte gehen müssen. Felder, Wege, Städte und Länder habe ich hinter mir. Zu Fuß durchmessen. Ich erinnere mich, daß ich einmal getragen wurde. Das Bild einer Quelle. Hohle Hände wollten sich mit Wasser füllen. Stampfen und trampeln, der Sand ist glühend heiß. Schweiß auf verschlossenen Gesichtern. Die Erinnerung an einen schrecklichen Durst. Ich strecke einen Trinkbecher vor. Ich erhalte einen Stockschlag.

Auf dem Schemel der Teekessel und das Glas mit einem Rest Tee. Eine Fliege ist hineingefallen. Ich sehe, wie sie schwimmt. Sie will hinausklettern. Sie fällt zurück. Die Wand gegenüber ist von einem Weiß, das mich überflutet und blendet. Ich ertrage es nicht länger als ein paar Minuten.

Das Zimmer ist kühl. Es ist früher Morgen. Noch weit vor Sonnenaufgang. Ich sitze, betrachte die Wände und warte. Ich warte auf nichts Bestimmtes. Ich warte ganz einfach. Ich übe mich, in Wartestellung zu leben, da, wo am Ende nichts ist, in Wartestellung, die überhaupt kein Ende hat. Ich werde entscheiden, wann das Ende da ist. Meine Hand fährt über die rauhe Wand. Mir gefällt es, mit der Hand den Kalk an der Mauer zu streicheln.

Mein bloßer Körper ist in ein weißes Tuch ohne Nähte eingehüllt. Ledersandalen, auch ohne Nähte, stehen bei der Tür. Die Fußsohle hat sich in ihnen abgedrückt. Das Leder ist schwarz geworden. Ich blicke auf die Matte. Sie ist in einem kläglichen Zustand. Die Gebetsmatte. Die Matte, auf die man die Toten legt. Kein abgezirkelter Umriß. Sie ist zerfranst. Ich fahre mit der schlaffen Hand übers Gesicht. Mein Bart ist schon eine Woche alt. Ich fühle mich schmutzig. Ich kratze mich am Hals, wo die Haare widerspenstig sind.

Ich sitze schon eine Nacht hier, vielleicht länger. Ich lausche meinen Knochen, meinem Blut, meinem Puls, meinem Herzen. Alles ist still. Oder vielmehr, ich spüre, daß ich mich der Stille nähere. Langsam dringe ich auf einer nackten Erde vor, auf einer ungeheuer großen weißen Marmorplatte. Die Stille ist dieses verdichtete Weiß, das beim Zusammentreffen mit dem Sand zu Licht wird, ein Weiß, das brennt, sobald man es anfaßt, ein Licht, herabgestiegen vom Himmel, aus dem Meer entflohen oder aus dem Wald herausgetreten.

Ich sitze, in mich eingezogen, in mein Inneres schauend, als befände ich mich über einem Brunnen. Was ich sehe, ist nicht mehr mein Gesicht, nicht einmal das Bild, das ich mir davon mache, sondern ein Kreis, der sich ins Unendliche vervielfältigt. Der Mittelpunkt muß ein Auge sein, ein Buchstabe des arabischen Alphabets, eine Ziffer oder einfach ein Punkt. Ich bin gleichgültig oder eher taub gegenüber dem, was sich außerhalb dieses Zimmers ereignen kann. Ich fühle mich wohl in diesem Abwesendsein, wo sich mein Körper allmählich leicht macht. Ich fühle mich frei in dem Zustand, zu einem Bummler im Grenzbereich einer Gestalt, eines Gesichtes, eines Wortes zu werden. Ich fühle mich diesem Zustand gesteigerter Abwesenheit, dem ich seit meiner Kindheit entgegenstrebe, vollkommen angepaßt. Ich bin ein Tier, das den Körper, zur Erde gebeugt, vorwärts bewegt. Keiner sieht mich, keiner hört mich. Das Zimmer weitet sich, plötzlich erhellt von einem Sonnenstrahl, der nicht den Tag ankündigt, sondern die Rückkehr der Pilger. Ich drücke mich an die Wand, das Gesicht dem Meer, dem fernen, dem unbewohnten, zugekehrt, eine Welle verebbt. Ist es das Meer, das sich leert und in die Zeit ergießt, oder ist es der Wind, der mich entblößt, indem er mein weißes Tuch mit sich reißt? Hat sich das Zimmer von der Stelle gerührt, oder habe ich nicht warten können? Die ganze Nacht, länger, viel länger, angefüllt von dem Leiden des Wartens. Ich bin in Medina wegen der vierzig Gebete. Ich bin im einstigen Jahrhundert der Geburt, das in diesem weißen Bezirk erstarrte, der, seit sich der Töpferstoff des Wortes dort gezeigt hatte, unversehrt erhalten blieb. Linien wurden gezogen von einem zur Legende gewordenen Wort. Soll ich ihnen folgen oder die Nacht abwarten, damit sich die Schrift von der Prüfung auftut? Ich stehe an der Grenze des von dieser Stimme verheißenen Dämmerscheins, an der im Brustkorb des den Träumen abholden Wesens sorgsam gehüteten Grenze.

In den Hügel grabe ich ein Loch, einen Graben oder ein Grab, von wo aus ich den Aufbruch der Pilger verfolge. Ich werde ihren Schlummer abwarten oder ihre Entwerdung, um in das leere Medina hinabzusteigen, mich auf die kleine Steinplatte zu setzen und mit den Fingerspitzen das Grab des Propheten zu berühren. Ich werde allein sein und gelöst, jenseits der Gemütsbewegung. Ich werde nichts sagen, denn es gibt nichts zu sagen. Der letzte der Propheten ist also gekommen, um da zu sterben, an einem Tag der großen Stille.

Sie haben sich mitten in der Nacht erhoben, voller Ungeduld, das erste der fünf täglichen Gebete zu beginnen, das erste der vierzig Gebete während des Besuches. Sie sind alle aufgebrochen, in ihr weißes Tuch gehüllt, mit gespanntem Ausdruck auf den Gesichtern wegen der eindeutigen Erwartung. Mit einem Auge, das kaum geöffnet ist, habe ich sie losziehen sehen, Koranverse psalmodierend. Ein schwerer Fuß versetzt mir einen Tritt, um mich zu wecken. Eine Stimme schreit mich an: »Steh auf, Hâdsch! In weniger als zwei Stunden wirst du das schönste der Gebete verrichten, das Gebet des anbrechenden Tages, das erste von vierzig! Steh auf, wenn du ein guter Muslim bist!« Der Schlummer müßte über den Glauben obsiegen. Nicht einmal das. Ich wollte allein sein, das Zimmer, wo sich Koffer und Schaumgummimatratzen türmten, wo mich der feuchte Geruch der Mitbewohner am richtigen Schlafen und Atmen einfach hinderte, sollte leer sein. Allein sein in einem gesäuberten Raum, reinlich, weiß, kahl. Ich hatte ein paar Stunden vor mir, um mir diesen Raum zu schaffen. Ich schloß die Augen und legte den Kopf zwischen die Knie. Mit einer Handbewegung drängte ich die Menge zurück, weg von meinem Raum; ich hielt sie von meinem Raum fern, um tief atmen zu können und um die Stille zu hören, die dann und wann das Zimmer umfing. Ich wollte diesen Raum nackt und weiß haben. Er leerte sich. Keine sperrigen Gepäckstücke mehr, auch keine Beutel mit Nahrungsmitteln, die einem den Atem nahmen, und keine Matratzen, von denen ein Schweißgestank ausging, keine in der Ecke aufgestapelten alten und abgenutzten Schuhe mehr, keine mit Fett und Brotbrocken angefüllten Töpfe mehr, keine an die Wand gehängten phosphoreszierenden Gebetsketten aus Plastik mehr und vor allem keine wulstigen, schlecht gewaschenen Leiber mehr, die beim Schlafen schnarchen, in aller Ruhe furzen, aneinandergepreßt, verpackt wie Gegenstände in einer engen Kiste, keine argwöhnischen Blicke mehr, kein Hintersinn im Wort und keine der Umstände halber aufgezwungene Brüderlichkeit mehr. Das

Zimmer wurde ein Hafen der Stille, ausnahmsweise. Ich war glücklich, dieses kleine Wunder bewerkstelligt zu haben: im Zustand der Weihe in einen gesäuberten und aufgeräumten Bezirk einzutreten.

Ich höre noch die barsche Stimme: »Steh auf, wenn du ein guter Muslim bist!« Bin ich einer solchen Prüfung würdig, bin ich ihr gewachsen? Als ich Kind war, hielten mich meine Eltern dazu an, das Gebet zu sprechen. Ich machte es aus Furcht vor den in allen Einzelheiten im Koran dargelegten Züchtigungen, die dem Ungläubigen, dem schlechten Muslim vorbehalten blieben: die ewige Hölle, Gehenna ohne Ende, Gebete auf einer glühendroten Eisenplatte ... Ich betete ohne große Überzeugung. Eines Tages sagte mein Vater zu mir: »Beten heißt vor Gott stehen, und wenn du nicht aufrichtig bist, ist es besser, daß du es überhaupt nicht tust.« Diese Worte machten mich frei. Meine Mutter sagte mir: »Jeder Hammel wird an seinen eigenen Beinen aufgehängt.« So ist es: Wir stehen allein vor Gott am Tage des Jüngsten Gerichts. Die Geschichte von dem an einem Nagel hängenden Hammel beschäftigte mich. Ich sah mich abgehäutet in einem Fleischerladen hängen, den Kopf nach unten, die Hoden zur Schau gestellt, einen möglichen Käufer erwartend, der mich verschlingen würde; der Wind würde mich wieder Gestalt annehmen lassen und gegen die Flammen treiben, und dann käme eine anonyme Hand, die mich in die Glut werfen würde. Ich würde bis in die Endlosigkeit brennen, bis zu dem unwahrscheinlichen Augenblick, da der Prophet Mohammed zu meinen Gunsten eingreifen würde; aber wieso sollte sein Finger, auf mich gerichtet, innehalten, bei dem unwichtigen Wesen unter Milliarden anderer verweilen, selbst wenn der Muslim den Vorzug vor dem Nichtmuslim haben sollte ...

Diese Bilder verfolgten mich bis in den Schlaf. Einmal hatte ich einen jener seltsamen Träume, denen ziemlich lang anhaltende und doppelsinnige Nachwirkungen noch bei Tage eigen sind: Wir waren noch in Fès, ich muß neun gewesen sein. Ich war gestorben und sah von dem Hauptast des Zitronenbaumes aus, der in einer Ecke des Hofes stand, meiner eigenen Totenfeier zu. Ich saß dort oben, heiter gestimmt, in guter Ruhe und bei bester Gesundheit. Ich betrachtete meine gesamte trauernde Familie. Es war schönes Wetter an jenem Tag. Zwei Männer, die berühmten bleichgesichtigen Leichenwäscher, legten mich in der Mitte des Hofes auf eine strohgeflochtene Matte. Sie lasen Stellen aus dem Koran vor und verbrannten Weihrauch. Auf dem Baum lachte ich unhörbar. Alles war in bester Ordnung. Ich war quicklebendig und platzte fast vor Lachen. Also das war der Tod: eine heimliche und sorgsam angenehme Lossagung, die uns zu Beobachtern unserer selbst macht. Außerdem war ich davon überzeugt, allen angedrohten Züchtigungen entkommen zu sein: was auf der Matte lag, war nur ein Stück Holz, ein hohles Brett. Mein Körper war vielleicht ein Baumstamm, gefühllos, hart und weich zugleich. Ich war schon auf der anderen Seite, ich hatte mich schon in Sicherheit gebracht; meine Füße berührten nun nicht mehr die Erde; ein leichter Wind trug mich davon. Ich flog. Ich schwebte über dem Haus. Der Tod war mehr als ein anmutiges, von Wohlgerüchen begleitetes Abenteuer, er war eine Freiheit. Ich betrachtete den Horizont: der war nicht rot, sondern blau. Die verheißene Hölle gab es nicht. Das Paradies mit seinen Flüssen aus Honig und Milch auch nicht.

Mein Traum beglückte mich. Das war ein Geheimnis, das ich tief in mir bewahrte. Kein Gebet mehr. Es verfolgte mich nur die Furcht vor physischen Brutalitäten, die bei wachen Sinnen, bei klarem Verstand auf mich niederfallen könnten.

Ich sitze und warte. Mit ein und derselben Stimme rufen alle Muezzins Medinas zum Gebet. Eher ein Gesang als ein zwingender Aufruf. Die Stimme ist schön. Sie holt mich aus meiner freiwilligen Absonderung heraus und führt mich zurück in das Zimmer, so, wie es ist: schmutzig, mit Schimmelbelag an der Decke; Risse in den Wänden; unregelmäßig eingeschlagene Nägel, an denen Dschellabas, Hosen und Toilettenhandtücher hängen. Das Fenster ist hoch; der Rahmen ist grün gestrichen. Die Matratzen liegen zuhauf in einer Ecke. Der Boden ist mit einer alten Matte bedeckt. Die Koffer und Taschen sind an der Tür aufgestapelt. Derbe Ketten verschließen sie. Dort stehen auch die Schuhe in ihrem abgenutzten, jämmerlichen Zustand. Mir ist nicht kalt. Schwüle bedrängt mich schon. Der Gesang der Stimme führt mich weit fort. Ich segele. Ich fliege über die Riesenmasse von fromm den Boden berührenden Gläubigen hinweg. Jetzt schwebe ich hoch über dem Hügel. Ich mache mein Gebet, ohne mich zu bewegen. Ich mache es mit den Augen. Mein Körper bleibt tunlichst unbeteiligt. Das Morgengebet ist kurz. Ich ziehe es in die Länge, um nicht in die Menge zu geraten. Ich bin aufgestanden. Ich habe das Zimmer verlassen. Ich vermeide es, mich mit ihnen unterhalten zu müssen. Ich bin auf dem Hausdach. Der Tag zieht brutal herauf. Medina ist eine von ein und derselben Hand gebaute Stadt: Kleine, niedrige Häuser mit hohen Fenstern, nichtgeometrisch angeordnete Straßen münden in andere, die Mauern sind erdfarben; Grundstücke mit verfallenden Gebäuden; Steine und lehmiger Staub. Das Morgenlicht scheint von einem Kornfeld herzukommen oder einem Fluß entstiegen zu sein. Es überflutet mich. Medina erinnert mich an Fès. Anhäufungen von kleinen Häusern, übereinandergelagert, reglos, ewig, schweigend. Ein Zusammenspiel von einfachen Zeichnungen, und doch verwickelt, unentwirrbar, über stumme Leben geschlossen. Von diesen Häusern lösen sich weder Rauchsäulen noch tanzende Körper.

Einer nach dem anderen sind sie zurückgekehrt. Jeder hat seine Matratze ausgebreitet und ist eingeschlafen. Ich schreite über sie hinweg, um meine Ecke zu erreichen. Ich schaue auf sie. Sie liegen zufrieden da. Bald werden sie sich erheben, um zu essen. Ich richte es so ein, daß ich draußen bin. Der neben mir schläft, ist der Chef der Gruppe. Er kommt jedes Jahr zur

Pilgerreise, seit zehn Jahren. Manche sagen, daß er Geschäfte treibt, andere meinen, daß er im Glauben lebt. Ich habe kein Vertrauen zu ihm. Er heißt der Alte. Er war es, der mich aus der riesigen Umzäunung auf dem Flugplatz in Dschidda herausholte, wo ich mit Tausenden von Pilgern eingepfercht stand. Ich wartete auf den mir benannten Fremdenführer. Er war es nicht, wahrscheinlich war er dessen Anwerber.

»Bist du der Sohn des ...?« fragte er mich.

»Ja.«

»Ich kenne deinen Vater und deinen Onkel. Jetzt werden wir deinen Paß holen. Ich komme einmal am Tag hier vorbei, um zu sehen, ob irgendein Landsmann Hilfe braucht.«

Ein Mann mit sehr dunkler Haut sitzt im Schneidersitz in einem alten Lehnstuhl. Er kassiert die Gebühren. Meinen Paß hat er entgegengenommen und achtlos in einen großen Jutesack geworfen. Dieses Durcheinander bei meiner Ankunft hatte mich irregemacht. Hinterher habe ich mich damit abgefunden. Das ist nur scheinbar so. Mit einem Auge zählt er die Banknoten, mit dem anderen geht er die Pilgerlisten durch. Zunächst fühlte ich mich ganz verloren. Ich konnte mich von dem Staunen, das mich befiel, gar nicht befreien. Ich kannte mich überhaupt nicht wieder in dieser Unordnung von Farben, Geräuschen und Staub. Ich sah wie ein lächerlicher Tourist aus, ein hagerer Mensch, inmitten einer eigenartigen, sich besonders behaglich fühlenden, gut aufgelegten Fauna.

Die Afrikaner waren mit ihren Familien da: Frauen und Kinder hockten auf der Erde, Essen wurde mitten auf dem Flugplatz zubereitet. Die Afrikaner kümmerte nichts, gleichgültig und sogar stolz, fühlten sie sich wohl in ihrer Haut. Die einen beteten in einer Ecke, andere schliefen, wieder andere hörten ihren Transistor. Alle warteten geduldig und glücklich. Nur ich nicht, der ich mich weigerte, mich unter diese Menge zu mischen und meine Persönlichkeit als verwestlichter Kleinbürger zu vergessen. Ich sagte mir, Marokko ist weit entfernt, es ist wirklich der äußerste Westen, fremd gegenüber diesem lärmend erregten Orient, wo die Wüste mit ihren Sandflächen, ihren Gesichtern und ihrer Strenge auf brodelnde Städte biß, Städte der fernen Zeit, Städte vom Treiben der Welt gepackt. Die Pilger störte nichts, beglückt, die heilige Erde unter den Füßen zu haben, selbst wenn es an Hygiene fehlte, selbst wenn man sie anrempelte, sie ausbeutete, da ihre Passion, dieser blinde Glaube, von Nutzen war.

Seltsam! Der Glaube trennte die Pilger von ihren Körpern. Ich klammerte mich an den meinen. Ich ließ ihn keine Sekunde los. Ich hielt mich krampfhaft an ihm fest aus Furcht, ich könnte mitgerissen werden von dem Traum des Traumes, von dem offenen und ewigen Auge der Quelle, von dem Widerhall der Stimme, die ich im Dunkel des Brunnens gefangenhielt, von dem Wort aus Gebeinen, die am Eingang zu Medina zurückgelassen worden waren, von dem an einer langen Trauer gestorbenen Ritter nach einem Verrat, den zu verschweigen ihm geraten war, von dem Hauch der Sandflächen, untermischt mit seltenen und vergifteten Kristallen, von dem Tier, dem Medina verwehrt ist, dem es aber einmal im Jahr gelingt, bei Einbruch der Dämmerung die Grenzlinie zu überschreiten; deshalb hielt ich meinen Körper fest an mich gepreßt aus Furcht, ich könnte von einem Traum in einen anderen Traum geschleudert werden, von einem Hügel hin zu einem Gebirge, dem Abenteuer der aus dem Abgrund herausgetretenen Gesichter ausgesetzt, und könnte unter die Füße gebeugter, blinder Körper geraten, die den Kopf himmelwärts halten und durch das grelle Licht der Wüste gezähmt sind. Das da ist »religiöse Glut«, ist »Leidenschaft aus Eingebung«.

Ich sitze. Den Kopf auf die Knie gelegt. Man schläft und schnarcht in Frieden. Medinas Hand hat sich auf ihre Augenlider gelegt. Man schlummert, der Geldbeutel liegt unter dem Kopfkissen. Ich erinnere mich nicht mehr, ob wir miteinander gesprochen haben, ob sich unsere Gesichter begegneten, ob sich unsere Herzen öffneten. Ich habe ein Loch im Gedächtnis und habe die Namen und Gesichter, die gemeinsam ausgeführten Gesten vergessen. Einmal haben wir zusammen gebetet, im Zimmer, in dichtgedrängten Reihen. Das muß das Nachmittagsgebet gewesen sein, das letzte, das man bei einem Toten sprechen kann; ich warf mich zu Boden, einem Automatismus gehorchend, und hielt mich im Hintergrund.

Acht Tage. Acht Nächte. Schon die Zeit der vierzig Gebete. Medina auf der Handfläche mit den einfachen, klaren, reinen Linien. Da, wo sich die Linie der Zeit und die des Schicksals treffen, liegt das Grab des Propheten Mohammed. Eine Zitadelle in der Wüste. Klein, unauffällig, zwischen niedrigen Häusern. Ich habe es nachts aufgesucht: Ich mußte über auf der Erde schlafende Körper und über mehrere Träume hinwegschreiten, um die Schwelle eines kahlen, erhöhten, unzugänglichen Gebietes zu erreichen. Ich blickte mich um und habe nichts gesehen. War ich es, der bebte, oder war es der Boden, der unter meinen zögernden, unsicheren Schritten schwankte? War es die ferne, tiefe Angst der absoluten Einsamkeit, die sich auf dem Zifferblatt der Riesenuhr vor mir an der Hauptsäule abzeichnete? War es die Stille der Stadt, der Mutter und Seele aller Städte, oder war es die nackte Angst, die sich im Spiegel zeigte, während man sie beim Herannahen der Dünen erstorben glaubte?

Ich verließ das Mausoleum, die letzte Wohnung, auf Zehenspitzen und kam ins Zimmer zurück, um mein Gepäck zu holen. Alle waren fort. Andere warteten schon auf dem Gang, um sich in diesem kaum ausgedünsteten Raum einzurichten. Meine Reisegefährten hatten sich verstreut. Sie waren schon auf dem Weg nach Mekka. Ich hätte die Reise gern, wie die Alten, auf dem Kamelrücken gemacht. Ich hatte die Wahl zwischen dem Gemeinschaftstaxi und dem Flugzeug. Ich wollte mitten in der Nacht in Mekka eintreffen. Wie Medina ist es eine Stadt, die es langsam zu entdecken gilt, bei heraufkommendem Licht, genau in dem Augenblick, da sich die Nacht sacht zurückzieht und der Tag allmählich heranrückt. Ich legte die Strecke bis Dschidda im Flugzeug zurück und nahm nachts ein Taxi, um meinen Einzug in Mekka zu halten.

Welchen Eindruck vom frühen Morgen hat die Stadt in der Erinnerung hinterlassen: den Eindruck von einer Stadt, in der sich durchreisende Wesen schieben und drängen. Welche Hand könnte die Stadt berühren, nicht ergreifen und halten, sondern sich ihr nähern, ohne sie zu wecken. Mekka muß in den Gedanken der Blinden noch lebendiger, grausamer und schöner sein. Medina liegt auf einer flachen Handfläche oder in einer Lehmschale. Mekka liegt in der Zeit, ist in der Legende errichtet, ist kaum eine Stadt. Man kann sie nicht sehen. Die in sie eindringen, haben die Illusion, sie zu sehen und sogar dagewesen zu sein. Unerreichbar. Es ist besser, Mekka von fern zu beobachten und es wie ein Rätsel zu lesen, es sich wie ein totales Mysterium zu denken.

Ich bin lange durch seine Gäßchen geirrt. Ich habe den Eindruck, nicht dazusein, anderswo zu sein und ohne Wesenheit, nichts zu sein, nicht einmal aus Wind. Eine Abwesenheit. Ein Hindurchschimmern. Ich bin lange umhergelaufen auf der Suche nach der Quelle und dem Gebirge. Ich bin nur verlorenen und geblendeten Blicken begegnet, bezauberten, vom Schwindel und von der Sinnestäuschung ergriffenen, glücklichen, vom Licht und von der Träne besessenen.

Der Fremdenführer und seine Familie wohnten auf dem Dach. Das ganze Haus war an Pilger vermietet. Zimmer, Abstellräume, Gänge und sogar die Treppen. Er ließ sich selten sehen. Er schickte uns junge jemenitische Lehrlinge. Er war durchtrieben, der alte Führer, hochgewachsen, mager und vertrocknet, er mußte eine hochmütige Verachtung für die Gattung Mensch haben, die zu ihm kam. Von seinem auf dem Dach aufgestellten Zelt aus gab er seine Anordnungen, stellte seine Berechnungen an und herrschte als unsichtbarer Gebieter. Er sprach wenig und leise. Ich beobachtete ihn heimlich und stellte fest, daß dieser Mensch der Wüste nur eine Leidenschaft kannte, das Geld, und daß er andererseits die Zornesblitze seiner vier Töchter fürchtete, denen die Buchhaltung oblag.

Ich sitze auf einem Stein, oben auf dem Berg Arafat. Ich warte auf den Sonnenuntergang. Ich bin allein. Ich und der Stein und vielleicht eine Million Seelen, in aufrechter Haltung, den Blick zum Himmel gerichtet. Ich bin von Menschenmassen umgeben, die ich nicht sehe. Ich betrachte den Stein, und es will mir nicht gelingen, die Farbe der Erde auszumachen. Ich lasse die Düfte meiner Kindheit in mich eindringen. Vielleicht ist das nicht der Augenblick, aber ich schaue über meine rechte Schulter und sehe wieder den Zitronenbaum im Hof. Das ist nicht der Ort, um sich über einen tiefen Brunnen zu beugen. Mindestens eine Million Pilger treten mit Gott in Verbindung, in einer unerträglichen Stille. Ich versuche, zu entkommen oder mich auf den Stein zu betten. Wenn die Sonne hinter dem Gebirge verschwindet, werden alle zusammengelegten Hände vors Gesicht geführt, und dem Sein wird wieder ein Lichtschleier angelegt. Die Pilger eilen den Berg hinab, und auch ich bin auf der Suche nach einem Teil Licht. Das wird vielleicht die Gnade sein.

Schließlich habe ich die Augen niedergeschlagen und dann geschlossen. Ich bin in die Menge eingetaucht, mit erhobenem Kopf, mit abwesendem Blick. Ich bin nicht allein. Das übrige, das sich ereignet hat, verschweige ich.

Ich habe tags zuvor in Minâ im Zelt geschlafen, unweit vom Berg Arafat. Ein schwieriges Schlafen, unterbrochen von Gebeten für alte, an den Anstrengungen gestorbene Personen, die unter den Füßen einer blinden Menge verschwanden oder am Fuß des Berges ihr Leben aushauchten. Der Tod zog da oft vorüber, den einen zulächelnd, andere verspottend, herrisch, doch ungezwungen, nur auf die erhitzten, seinen weit ausholenden, endgültigen Gebärden gegenüber gleichgültigen Gesichter stoßend. Er liebkost die Blicke, die in einem Zustand von endlicher Beglückung verlöschen, weil sie dieselbe Erde bedecken wird, über die vierzehnhundert Jahre zuvor der Prophet schritt. Ich schlief leicht und zugleich tief auf einem großen Badetuch, das auf dem lauwarmen Sand ausgebreitet war. Waren das Visionen oder Träume? Bilder von Tumult, hier und da aufgefangen?

Eine wunderliche und bewegte Ansammlung, Freunde mit strengen Gesichtern, frühere Klassenkameraden, maskierte Unbekannte, lebendige Bilder gegen einen erloschenen Himmel. Ein Mann tritt auf mich zu und sagt mir, er sei Schauspieler. Er erzählt mir einen Film, bei dem er mitgespielt hat. Seinem Mund entquellen farbige Bilder. Auf einer breiten Leinwand sehe ich die Szenen, die er mir beschreibt. Die Worte höre ich nicht. Ich versuche, dem Rhythmus der Bilder zu folgen, die mit großer Geschwindigkeit ablaufen. Er beginnt mir eine andere Geschichte zu erzählen mit anderen Personen. Auf derselben Leinwand überlagern sich kurze, aber andere Bilder. Der Schauspieler hört auf zu sprechen, die Leinwand leert sich. Der Mann verschwindet. Ich bin ich, selbst im Film: ein Statist, der in der Schlange steht vor einem Verwalter mit dem Gesicht meines mekkanischen Fremdenführers, der sich auf einem Thron zu Füßen der ägyptischen Pyramiden niedergelassen hat. Ich überreiche ihm meine Tafel voller Hieroglyphen. Er sagt nichts, er nimmt sie und legt sie auf einen Stapel koranischer Brettchen. Es ist sehr heiß ... ich hebe den Arm, um ihn an die Stirn zu führen, und da bleibt alles stehen. Die Freunde und die Gesichter von zuvor ähneln sich. Wir befinden uns in einem großen Haus in Fès. Man trägt uns die Mahlzeit auf. Die Speisen, aus Grieß oder aus Reis, sind auf einem großen Bett mit Baldachin ausgebreitet. Ich habe den Auftrag, die Gäste zu bedienen. Ich habe nur einen Teelöffel. So gelingt es mir nicht, die Teller, die mir Hände entgegenhalten, zu füllen. Auf dem Bett werden die Speisen nicht weniger. Ein Kuskusbett. Zwischen der Menge von Speisen und mir eine hölzerne Barriere. Ich neige mich über sie. Die Barriere zerbricht. Ich falle nicht, sondern habe das Gefühl, frei zu sein, von einem Frondienst befreit oder von einer unmöglichen Arbeit. Ich gehe zu dem Bett und greife nach dem Grieß. Als ich ihn mir in den Mund stecken will, wird er zu Kieselsteinen. Einen zerknacke ich. Schmeckt nach Lakritze. Ich trete noch näher an das Bett heran und entdecke lediglich aufgehäufte Steine. Zwischen zwei grauen Pflastersteinen erhebt sich ein Mann im grauen Jackett. Er springt dahin, leichtfüßig und behend. Ich sehe ihn mir an. Er betrachtet mich, als würden wir uns kennen. Ich erkenne in ihm ein Gesicht; eine innere Stimme sagt mir: Das ist der engagierte Poet! Die anderen waren fortgegangen. Nur zwei Männer standen noch da mit leeren Tellern in den Händen. Sie richteten ihren Blick auf mich und schüttelten den Kopf, als wollten sie zu mir sagen, daß der Mann, der zwischen den Steinen hervorgetreten war, eben der »engagierte Poet« sei: bestimmende Gestik, knappe Worte, grauer Hut, düsteres Gesicht, ernsthaftes Auftreten. Ein tristes Bild. Keine Spur von Humor. Er verliert kein Wort. Ich drehe mich um und befinde mich wieder in der Wüste, ein vertrauter Raum. Rote Sandbänke wandern wie Wogen. Ich schwebe über einer Fläche und begegne Menschen, die an durchsichtigen Fäden vom Himmel herabhängen. Man sieht sich an. Man erkennt sich. Der »engagierte Poet« ist verschwunden. Er ist zurückgegangen, um zwischen den Steinen zu leben. Zwischen zwei Kieseln ist er eingeklemmt. Ein Grießbett gibt es nicht mehr. Ich bin allein mit meinem Traum in den Händen. Ich nehme mir vor, ihn zu behalten, um ihn zu erzählen. Eine alte Frau beugt sich über mich und sagt mir freundlich: »Hâdsch! Es ist die Stunde des Gebetes!« Ich verlasse das Zelt und gehe durch den Sand, auf der Suche nach einundzwanzig Kieseln. Denn morgen werde ich, wie jedermann, Satan steinigen!

12

Ich sitze auf einem Fahrrad und irre umher, von Gesicht zu Gesicht. Der Weg ist lang, von riesigen Eukalyptusbäumen gesäumt. Am Ende muß ein Haus stehen, eine frühere Wassermühle. Ich hoffe, daß ich mich in diesem von allem abgeschirmten Haus eines Tages an einen Tisch setzen und mit meinem Vater sprechen werde. Ich sehe ihn vor mir, weiß gekleidet, schräg im Lehnstuhl sitzend oder auch mit übergeschlagenen Beinen, den Kopf auf ein Kissen gebettet, seine Finger trommelten vor Freude oder vor Ungeduld auf die Tischplatte. Er wird ruhig werden, friedlich, heiter, sogar glücklich. Ich werde ihm Tee zubereiten, ich werde ihm nicht zureden, sich zu pflegen, ich werde ihn nicht zwingen, seine Medikamente gegen das Asthma und gegen die chronische Bronchitis zu nehmen. Ich werde aufmerksam sein und liebevoll. Ich werde versuchen, ihm freundschaftlich entgegenzukommen, und werde ihn bitten, zu mir zu sprechen.

Mein Vater wird mir sagen: Mit dreizehn war ich schon ein Mann. Ich mußte wie viele andere nach dem äußersten Norden auswandern zu meinem großen Bruder, der sich zuerst in Nador, dann in Melilla niedergelassen hatte, das von den Spaniern besetzt ist. Ich konnte lesen und schreiben und kannte den Koran auswendig. Das war die Bedingung, die mir mein Vater gestellt hatte, damit ich Fès verlassen und arbeiten könnte. Ich brauchte einen Tag und einen Teil der Nacht, um die einhundertvierzehn Suren des Korans vor meinem Vater aufzusagen. Einen Fehler in einer Sure zu begehen, das war mir zugestanden. Ein zweiter Fehler wurde mit einem Stockschlag geahndet. Als es Abschied nehmen hieß, weinte mein Vater, meine Mutter war ans Bett gefesselt. Ich aber hielt die Tränen zurück. Mit dreizehn Jahren stand ich auf eigenen Füßen. Die Franzosen zogen in Marokko ein. Ich wußte, daß nun schwierige Zeiten anbrechen würden. Ein großer Fluch kam über uns. Der Erste Weltkrieg wütete bereits ein Jahr. Die Menschen, die mit mir im Wagen saßen, sprachen davon. Das ergab ein Durcheinander in meinem Kopf. Die Reise war sehr lang und beschwerlich. Wir fuhren Tag und Nacht. Spät am Abend kam ich in Nador an. In der ersten Nacht schlief ich nicht richtig. Man hatte mir schon vorher gesagt: Das Rifgebiet ist eine rauhe Gegend, und die Männer im Rif sind hart. Nador war damals eine kleine Ortschaft, die vom Handel lebte. Ich widmete mich den Geschäften. Was sollte ich sonst tun? Ich habe viel gelitten. Ich mußte sehr schwere Zeiten durchstehen. Und mein Glück habe ich nie gemacht. Um Erfolg zu haben, bedarf es einer Menge Intrigen, Beziehungen, Lügen, und vor allem muß einer Risiken eingehen können. Also, wenn ich mein Leben lang Handel getrieben habe, so habe ich doch niemals unlautere Dinge getan. Ich war immer rechtschaffen, will sagen ehrlich. Ich muß dir gestehen, daß ich heute stöhne, wenn ich die Lehrlinge sehe, die ich zum Reichwerden ausgebildet habe, sie haben im Zweiten Weltkrieg ihr Glück gemacht. Mit den Wölfen habe ich nie mithalten können, aber Gott sei Dank hat es uns nie an etwas gefehlt. Wir haben uns immer satt gegessen. Wie mein Bruder habe ich englische und japanische Stoffe verkauft. Das war gute Ware. Vom Handel hatte ich eine hohe Meinung. Nador war weder ruhig noch vom wirtschaftlichen Glück begünstigt. Außerdem brachte der Rifkrieg allerlei Wirrwarr mit sich. Ich erinnere mich gut an den Fakîh Abdelkrim al-Khattabi, den Helden des Rifkrieges. Er war es, der den Heiratsvertrag meines jüngeren Bruders aufsetzte. Er war ein Mann von großer Bildung. Er hatte seine Studien an der Qaraouiya-Universität in Fès gemacht. Er kam oft, um sich mit einem gewissen Scheich Chaouni, einem kleinen Händler, unserem Nachbarn, zu unterhalten. Ich grüßte Abdelkrim respektvoll, wenn ich an ihm vorüberging. Als ich hörte, daß er den Aufstand gegen die Okkupanten anführte, habe ich meine Brüder verlassen und bin zu ihm ins Gebirge gegangen. Ich wurde von einem Nachbarn bei der spanischen Armee denunziert und in Hadd Laroui festgenommen. Zwei Wochen lang war ich in einer feuchten Zelle eingesperrt. Ich erinnere mich an den Obersten Gabbas, einen kleinen, stämmigen Burschen; er ließ mich frei. Später erfuhr ich, daß er ein Roter war. Er besetzte im Jahre 1934 Sidi Ifni. Aber Franco ließ ihn 1939 in Barcelona erschießen. Franco kenne ich vom Sehen. Er war Hauptmann in Melilla; er kam in dasselbe Café, das ich besuchte.

Also von Nador ging ich dann nach Melilla. Man verhaftete mich erneut. Ich muß sagen, daß ich bei Annoual war an dem Tag der großen, ruhmvollen Schlacht. Das war am 17. Juli 1921, an einem Freitag.

Ich hielt mich mehrmals in Melilla auf, von 1918 bis 1922, dann von 1924 bis 1929 und von 1930 bis 1936. Daraufhin ließ ich mich in Fès nieder, wo ich mich mit dem Gewürzgroßhandel beschäftigte. In der Zwischenzeit hatte ich mich verheiratet. Wir blieben ohne Kinder. Das dauerte elf Jahre. Als ich deine Mutter heiratete, war ich noch nicht von meiner ersten Frau geschieden. Sie lebten zwei Jahre zusammen in einem Haus. Sie haben sich gut vertragen. Deine Mutter, die zweimal verwitwet gewesen war, war noch jung, aber sie wußte, daß die einzige Möglichkeit, die andere Frau zu verdrängen, war, mir Kinder zu gebären. Als sie mit dir schwanger ging, war dein Bruder fünf Monate alt; ich verstieß meine erste Frau, die sich sehr bald mit einem Metzger in der Altstadt verheiratete und nicht weniger als dreizehn Kinder zur Welt brachte! Ich habe viel gelitten. Man sollte mir die Medaille fürs Durchhalten geben. Ich bin in meinem Leben viel herumgezogen, von einer Gegend in eine andere, von Stadt zu Stadt, wechselte von Stadtviertel zu Stadtviertel, von Beruf zu Beruf und blieb immer derselbe, aufmerksam, aufrichtig, treu im

Glauben, niemanden betrügend, stets darauf bedacht, daß ihr ein Dach über dem Kopf und genügend zu essen hattet, ich glaube, es hat euch wirklich an nichts Wichtigem gefehlt. Ach, mein Leben ist ein Roman. In Melilla war ich ein Dandy, sehr elegant, wie ein Brite. Ich habe Fotos. Schau, da bin ich noch keine dreißig; der da sitzt, ist ein Cousin, nicht sehr pfiffig, keine Eleganz, keinen Humor. Dann, als ich mich ans Verkaufen von Gewürzen gemacht hatte, mußte ich auf die elegante Garderobe verzichten. Ich roch nach Pfeffer, Kümmel, Safran, Ingwer, Nelken ... Du hattest dieses Gemenge von Düften gern, du kauertest dich in meine Arme und sogst diese betörende Mischung tief ein. Nach den Gewürzen bin ich wieder zu den Stoffen übergegangen. Das war damals nicht besonders glänzend. Ich stand im Verdacht, mit den nationalistischen Aktivitäten zu sympathisieren, so daß die Agenten des französischen Geheimdienstes mir drei Viertel meiner Ware beschlagnahmten. Manche von den Nationalisten trafen sich bei mir im hinteren Raum. Beim Brand in der Qissaria verlor ich alles. Das war eine Provokation der Polizei. Mehrere Male war ich am Punkt Null angelangt. Ich begann wieder, mit Geduld, mit Hoffnung, aber niemals mit viel Glück! Das sage ich dir, weil der wirkliche kaufmännische Geist dahin ist; ja, ich habe so viele Gauner ihr Glück machen sehen, die auf Gesetz, auf Religion und auf die Menschen pfiffen. Das weitere kennst du. Kein einziger Tag Ruhe. Ferien? Nicht für mich. Und dann ist da deine Mutter. Ich weiß, du liebst sie mehr als mich, aber du bist ungerecht. Meine Partei, da stehe ich allein, keine Gefolgschaft, keine Sympathisanten. Ich bin das einzige, aktive, einsatzbereite Mitglied. Deine Mutter schreit mich an. Das liebe ich nicht. Auch du, wenn du zu mir sprichst, sei rücksichtsvoll, errege dich nicht, beachte immer, daß du mit einem Freund, einem Schulkameraden sprichst. Erörterungen mit mir willst du nicht. Also rede ich allein. Ich lese die Zeitung und spreche meinen eigenen Kommentar. Schrei nicht, wenn du dich an mich wendest. Ich weiß, ich mische mich in alles ein, aber nur, weil ich euer Bestes will, ich habe Erfahrung, und ich möchte, daß ihr davon Nutzen habt. Mich gehen wichtige Männer um Rat an. Ihr aber nicht! Nun gut, meinen Segen habt ihr. Das ist die Hauptsache. Dein Bruder ist wie du, er befragt mich nicht. Das tut mir leid. Ich weiß, die Zeiten haben sich geändert, und ich bewahre weiterhin alles, was man nicht mehr braucht, in einer Rumpelkammer auf. Aber man weiß nie. In dieser Kammer findest du alles: alte Lampen, ausgediente Bügeleisen, Schalter, rostige Nägel, mehrere Hämmer mit und ohne Stiel, gesprungene Krüge, Vorhängeschlösser, Schlüsselbunde, eure Schulhefte, eure Zeugnisse aus den Anfangsklassen, eingerahmt, auch wenn das Glas zerbrochen ist, eure Geschichts- und Rechenbücher, ein Schmierheft, mehrere hundert Meter Bindfaden, Antennen, Sicherungen, zerbrochene Brillen, einen blinden Spiegel, ziemlich mitgenommene Lederkoffer, verschiedene Malerpinsel, alles, alles, was ein Pfuscher braucht, ein Pfuscher mit Seele, ein metaphysischer Pfuscher! Diese Rumpelkammer ist mein Geheimnis. Ich habe es nicht gern, daß man sie betritt. Seit ich mich mit dem Garten beschäftige, vernachlässige ich sie etwas. Siehst du zum Beispiel diesen kleinen Marmorbrunnen beim Hauseingang. Du findest ihn lächerlich. Ich höre gern das Wasser aus der Öffnung plätschern, die ich in der Mitte, nicht gerade sachgemäß, gebohrt habe. Meine Freude ist es, nachmittags, wenn es schön ist, einen Kaffee zu trinken und mir vorzustellen, ich sei in einem jener großen Häuser von Fès mit einem herrlichen Springbrunnen mitten im Hof. Hier fehlt mir Fès sehr. Und ich weiß, daß Fès nicht mehr Fès ist.

Während er mit mir spricht, beschreibt seine große, schwerfällige Rechte eine Bewegung, als wollte er eine zudringliche Gegenwart, die ihm über die Schulter sieht, zurückstoßen. Die Hand verscheucht das Vergangene und wehrt, wie auch immer, die Wehmut ab. Mein Vater hat sich stets schwergetan, nicht etwa, wenn es hieß, sich anzupassen, aber bei der widerspruchslosen Billigung dessen, was als Neues erscheint. Sein kritischer Geist geht oftmals nach einem System vor. Lange Zeit wollte er unbedingt ein moderner Mensch sein. Als wir nach Tanger kamen, entschloß er sich, auf den niedrigen Eßtisch zu verzichten. Er richtete ein Zimmer als Speisezimmer im europäischen Stil ein: ein rechteckiger Tisch, Stühle, Gedecke, jedem sein Glas, nicht mehr die gemeinsame Schüssel. Eine kleine Revolution, die drei Tage dauerte! Ein anderes Mal ließ er seinen Namen und Vornamen, ebenso die Telefonnummer auf eine Kupferplatte gravieren und brachte sie an der Tür an. Da gab es derart viele obszöne Anrufe, daß er mitten in der Nacht aufsprang und das Schild entfernte. Aber das fesselnde an seiner Erscheinung ist, daß er niemals aufgibt. Ich spüre, daß ich jemanden vor mir habe, der außergewöhnlich ist, daß ich einem reichen und ruhelosen Gedächtnis gegenüberstehe, einer Forderung, die hart ist. Ich schlage die Augen nieder, aus Stolz oder vor Scham, ich zeige ihm nichts von meinen Gefühlen; ich äußere nicht meine Zärtlichkeit, ich verschweige diese Liebe und ärgere mich über mich selbst.

Ich habe es gern, wenn er die Geschichte der Familie bestätigt oder berichtigt. Lange Zeit hat er alles in große Hefte eingetragen, die die Ratten sorgfältig vernichtet haben. Aber er bleibt das lebendige Gedächtnis der Familie und der beißende Humor, der, weit davon entfernt, ein Lächeln zu erregen oder die Gemüter zu befrieden, verletzt. Als unverstandener Mann wählt er nie den leichten Weg. Ich habe mich ihm lange entgegengestellt, einfach weil es der Vater ist (und in diesem Sinne gäbe es unendlich viel Gutes zu sagen und Schlechtes einzugestehen), bis zu dem Tag, da ich erkannte, daß ich Gefahr lief, ihn zu verlieren im Mißverstehen und besonders im Schweigen und im Fehlen des abgekehrten oder niedergeschlagenen Blickes, von seiner Heftigkeit gereinigt.

13

Also schreibe ich, statt zu leben. An meinem Tisch sitzend, lege ich auf dem Blatt all die angehäuften Zwänge aus, all die Konflikte, mit denen ich in Berührung gekommen bin.

Ich sollte eines Tages aufhören zu schreiben, dieses Hin und Her zwischen dem Leben und seinen Trugbildern unterlassen, in der Stille und Einsamkeit ein bißchen mit mir zu Rande kommen. Das gilt auch für den Kopfschmerz, der mich seit meiner Geburt mit Regelmäßigkeit befällt. Ich bringe ihn jedesmal, wenn er unerträglich wird, zu Fall, noch bevor ich erkunden kann, wie weit mich der Schmerz tragen würde. Ich gebiete ihm Einhalt in seinem Aufschwung, indem ich Beruhigungsmittel schlucke, aber er kommt prompt mit bemerkenswerter Regelmäßigkeit wieder. Wie wäre es, wenn ich mich eines Tages befreit fände, ihn wie einen lästigen, unerwünschten, aber nicht abweisbaren Besucher zu empfangen, ohne daß ich versuchte, ihm zu entwischen, ihn von seiner Bahn abzubringen, mich fortzustehlen und wegzubleiben, bis das Leiden seine ganze Schärfe erreicht, das heißt, bis es interessant wird! Und wenn ich mich entschlösse, den Schmerz bis zur Unerträglichkeit zu leben, bis zum Wahnsinn, der mich schließlich aus mir heraustreten ließe und mich vielleicht verletzlicher und einfach lebendiger machen würde!

Ich habe die Angewohnheit, diese Situation der absoluten Einsamkeit zu umgehen, wo ich ein Zusammenstoßen erleben könnte. Die Vorstellung, einen Körper zu bewahren, der das kranke Leben erreicht hat, beherrscht mich weiterhin und befreit mich von so vielen Gewaltanstrengungen, einschließlich und vor allem von denen, die mir eine Bleibe errichten würden.

So gesehen, wäre der Kopfschmerz die Sehnsucht nach einer ans Bett gefesselten Kindheit. Und was sollte ich wohl an Schätzenswertem im Palmblätterkorb meiner ersten Jahre gelassen haben? Ich kehre zu ihnen zurück, ein wenig gegen meinen Willen, als gälte es, ein Geheimnis aufzuklären. Man wird es mir später sagen: Mein Anwesendsein bei mir selbst, in meinem Körper, zeigt sich immer, wenn die Krankheit einen Einfall in meine Venen macht, und ich vergleiche meine Migräneanfälle mit den Tagen der Frauen. Sie kommen mit Regelmäßigkeit. Wenn sie sich verspätet bei mir einstellen, spüre ich ihr Ausbleiben oder ihre Verzögerung als einen Mangel, als eine verdächtige Regelwidrigkeit. Ich habe alles über Kopfschmerzen gelesen und habe alle möglichen Untersuchungen anstellen lassen. Daß man nichts Greifbares gefunden hat, versetzt mich in die gleiche Verlegenheitssituation, wie wenn ich meine Beziehung zur Liebe verstehen wollte. Der Unterschied ist, daß der Kopfschmerz, wenn er mich befällt, mich unbrauchbar macht, mich zur Untätigkeit zwingt. Ich tauge dann zu nichts. Ich werde unnütz und falle mir selbst zur Last. Zuweilen reizt er die Nervenenden mit solcher Hartnäckigkeit, daß er wie ein Fieber, mitten in der Nacht, hochsteigt, mich weckt, und dann muß ich mit ihm leben, ohne die Möglichkeit zu einem Entfliehen. Gehemmt. Nutzlos. Ich kann weder schlafen noch lesen, weder reden noch schreiben. Ich halte den Kopf zwischen den Händen und versuche, ihn freizubekommen. Ich würde ihn gern loswerden, ihn eintauschen gegen einen, der das Pulsen der Arterien weniger empfindet, mein Kopf würde ein weniger gelassenes Antlitz tragen und wäre im Innern solider. Ich gehe im Zimmer umher und spüre die geringste Bewegung der Erde. Ich nehme alles mit Intensität auf. Mein Traum ist: Der Kopf ist da, er liegt auf einem Kissen, und ich beobachte ihn, wie er sich abkühlt, bis er wieder den Rhythmus seines Gedärms findet. Aber das kann ich nicht. Also lerne ich warten und mich in Geduld üben. Das hilft nicht, denn eine weitere Krise steht auf dem Kalender meiner seltenen Momente des Lebens und des Wahns. Die Migräne wäre demnach die einzige Passion, die sich meiner bemächtigt und mich bis zur Erschöpfung leert. Ich täusche mich über die Widerstandskraft. Mir gelingt es nur, der Liebe zu widerstehen, von der Flut der Schmerzen im Hirn lasse ich mich mitreißen und hochspülen.

Sicherlich war es nach einem Migräneanfall, daß ich einen Trauerbrief schrieb, daß ich ein spannungsgeladenes Schweigen brach. Für diesen Brief schäme ich mich. Ich begriff, daß die Liebe nicht in Regeln und gesellschaftlichen Satzungen lebt, noch weniger in der Moral. Der Brief befreite mich; ich legte das Leben in die Worte und kam mit ein paar Kratzern noch davon. Die Macht des Schreibens bezaubert mich. Ich flüchte mich ins Schreiben, jedesmal, wenn ich handeln sollte. Der Exorzismus durch Worte ist mein Schild, mein Schleier, meine Bleibe und meine Passion.

14

Als er auftauchte, groß und zittrig, das linke Bein nachschleifend, mit der Rechten seinen Arm stützend, ein seit langem halbtoter Riesenleib, mit aufgedunsenem Gesicht voller Zuckungen, die aus einem Lächeln eine Grimasse machten; als er auf der Türschwelle erschien, schwarz, in eine weiße Dschellaba gehüllt, mit einer phosphoreszierenden Gebetskette zwischen den Fingern, und mich mit ernster, wahrscheinlich bewegter Stimme anrief, als würde er mich aus einem qualvollen Schlaf wecken oder mich zur Ordnung rufen: »Ich bin der Sohn deines Onkels, und dein Vater ist mein Onkel, ich bin ein Neger, Sohn einer Negerin, die mein Vater in Fès vor etwa fünfzig Jahren gekauft hatte, ich bin heute zu dir gekommen, um dir mein Gesicht zu zeigen, damit du mir deins zeigst und damit sich unser Blut belebt und sich erkennt, ich bin gekommen, auf daß mir Verzeihung für die Abwesenheit von dreißig Jahren Umherirrens gewährt werde, mir, dem verfluchten Sohn meines Vaters, der ich meiner Mutter Leid antat und heute zu euch komme mit meinen Kindern, auf daß die Mißverständnisse des Schweigens sich zerstreuen ...« Als er am Ende seiner Kräfte war, ließ er sich mit seinem ganzen Gewicht auf die Polster fallen und begann vor Rührung, vor Freude oder vor Gewissensbissen zu weinen, verlangte nach einem Glas Wasser, trank in kleinen Schlucken und sprach dabei jedesmal den Namen Allahs und den Mohammeds, über welchem Allahs Segen sei, wünschte die Anwesenheit aller und, als predigte er von einer Kanzel herab, setzte zu einer großen Rede an, die mit Koranversen oder mit Aussprüchen des Propheten gespickt war: »Die Stimmen haben gesprochen, und ich habe sie vernommen, ich, der Sohn einer Sklavin und eines gewalttätigen Vaters, ich komme heute, von dem Traum getrieben, diese Familie zu versammeln und zu vereinen, die von der Zeit und vom Schicksal zerrissen und verstreut wurde ...« Der halbe Körper, von der einseitigen Lähmung betroffen, reglos, kraftlos, wie ein Stamm aus Gummi, schlaff, gefühllos, leblos, der anderen Körperhälfte angehängt und überlassen, und diese von dem harten Leben mitgenommene Stimme, die mit besonderer Deutlichkeit hohle Phrasen, sichtlich auf sofortige und aufsehenerregende Rührung hin gewählt, hervorbrachte und die von eigentümlichen Glucksern unterbrochen wurde, jedesmal, wenn mein Vater eingriff, um eine ferne Erinnerung zu beschwören und ihm seine lange, schmerzvolle Abwesenheit ins Gedächtnis zu rufen, so lachte er, schloß die Augen und sah sich als verfluchtes Kind wieder, das zu meinem Vater nach Melilla, später nach Fès geflüchtet war, als ungeliebtes Kind, weil es schwarz und der Sohn einer Sklavin war oder einfach weil er sich frech aufführte und schon als Übeltäter angesehen wurde. Wir hörten ihm zu, von dem Auftritt solcher Art ganz hingerissen. »Meine Mutter, meine arme Mutter, die niemals die Stimme erheben durfte, wartete bis zum Morgengrauen hinter der Tür, um mir zu öffnen, um mich zu schützen. Sie legte mir die Hand auf den Mund, zog mir die Schuhe aus, damit kein Geräusch entstand, damit niemand geweckt wurde, dann ging sie schlafen in ihrer Kammer auf dem Dach, einer Rumpelkammer, einem Abstellplatz, wo ihr die Ratten Gesellschaft leisteten, und ich, ich bereitete ihr Leid und Schmerz, ich verbrachte die Nächte entweder mit Huren oder mit nationalistischen Widerständlern, ich war böse auf sie und konnte sie nicht lieben; mein Vater sah mich kaum an, ich war sein Fehler, sein schlechter Same, er verfluchte mich, riß sich den Turban vom Kopf, warf ihn aufgebracht auf den Boden und schrie den Himmel an, er möge ihn von dem Stück Kohle, das ich sei, befreien, von dem Stück trockenem, hohlem, nutzlosem Holz, da habe ich alles zertrümmert, habe auf das Gesicht der Toten gespien, als Verfluchter erlaubte ich mir alles ... Wo war ich, als mein Vater starb? Auf dem Friedhof, ich war allen vorausgegangen, als er im Sterben lag, damals trieb ich mich schon auf dem Friedhof umher und sprach mit der Erde und mit den Steinen, die seinen Körper bedecken würden ... Wo war ich beim Tod meiner Mutter? Das weiß ich nicht mehr, denn sie ist an Trauer und Einsamkeit gestorben ... Sie wurde an einem Nachmittag im Winter begraben, ich war allein, und ich weinte. Ich bin mit angehäuften Gedanken, viel zu schwer für die Rede, gekommen. Wenn meine weiße Stiefmutter oder ihr ältester Sohn meine Mutter schlugen, versteckte ich mich in einer Truhe. Sie setzte sich nicht zur Wehr. Weder Schreie noch Tränen. Ich hatte keine Familie und kein Zuhause und keine Freunde. Ich hatte mich allein, ganz allein, und nachts die sich endlos hinziehenden Straßen. Wenn Fès schläft, strecken sich seine Straßen, weiten sich seine Mauern, sie machen den verlassenen Kindern Platz. Meine Füße liefen diese Straßen auf und ab, ganz nach Laune oder mit einer gewissen Strenge. Ich machte den Plan der Stadt noch einmal. Niemanden gab es, mit dem ich hätte sprechen können, dessen Hand ich hätte halten können. Beim Morgendämmern kam ich zurück, müde, berauscht von meinen nächtlichen Irrfahrten, die einander niemals glichen. Deshalb verlange und fordere ich die Einheit jeder Familie, um unter dieses Werk des Schmerzes und des Hasses endgültig den Schlußpunkt zu setzen!«

Seine niedergeschlagenen Augen starrten auf den Boden. Sein Körper bebte nicht mehr. Er ruhte. Mein Vater zog voller Bewegung das große schwarze Heft hervor, das Familienbuch, und begann unseren Besuch über das jetzige Befinden der einen und der anderen in Kenntnis zu setzen: Einer hatte sich 1954 mit einer ordentlichen Frau verheiratet, die ihm sechs Kinder schenkte; ein anderer hatte sich von seiner ersten Frau getrennt und zog mit einer Fremden fort; ein Halbbruder ist mit achtundzwanzig Jahren an Krebs gestorben; wieder ein anderer ist Juwelier, seine Frau ist Schneiderin, und sie haben drei Kinder, von denen der Älteste ein Strolch ist; noch ein anderer ist Lehrer; eine Schwester, die auch schwarz ist, wird von allen gemieden; dem einen geht es geschäftlich gut, ein anderer ist weiterhin Schuhmacher; alle sind geizig ... Unsere Familie lebt verstreut, sie ist verdammt, in ihr herrschen ungeordnete Verhältnisse ... Dann gibt es noch jenen, den der Wahn gepackt hat, der sich den Bart hat wachsen lassen und in den Moscheen umhergeistert. Keiner weiß, wo er ist und wovon er lebt. Es ist schon zu spät, viel zu spät, um das alles in Ordnung zu bringen ... Die Familie ist ein Hort von Gewalttätigkeit, Kleinkrieg, Egoismus und Berechnung ... Jetzt ist alles am Ende oder fast. Jeder hat seinen Weg eingeschlagen, und die Erinnerungen gehen mit lautem Gelächter auseinander.

Er verlangte ein Glas Wasser, leerte es mit einem Schluck, bat, daß man mit ihm beten möge, dann stand er mühsam auf und verschwand in der Nacht.

Dieser Besuch gab mehrere Tage lang Stoff für die mündliche Chronik der Familie. Jeder hatte seine Meinung: Die Rückkehr des verlorenen Sohns, nun gealtert und behindert, war für manche das letzte Manöver jenes Verfluchten, die letzte Machenschaft eines Schurken, Aufschub von seiten eines Verrückten, der, ohne zu zögern, seine eigene Nachkommenschaft verschlingen würde, oder einfach eine Aufführung, die ein sich fürchterlich langweilender Kranker veranstaltet. Der Gedanke, alle Mitglieder der großen Familie im Saal eines Hotels zu vereinen, um sich kennenzulernen, um zu sehen, ob der Sohn eines Cousins zweiten Grades eine dicke Nase und niedrige Stirn hat, ob der Mann der Tante aus Casablanca wirklich so geizig ist, wie man sagt, ob sich die Cousine ersten Grades noch immer entrüstet, daß sie einem »Clan der Ramponierten« angehört, wo Namen und Vornamen geändert und die Kinder in Unkenntnis oder in völliger Gleichgültigkeit gelassen wurden, was ihre Abstammung betraf, ob der gottlose Cousin wieder ins Gefängnis mußte, weil er als Betrunkener in der Moschee gebetet hatte, ob sein Sohn immer noch Drogen braucht und seine Frau sich ihre Gutmütigkeit und Geduld bewahrt hat, ob es der Gewürzkrämer zu etwas gebracht hat, ob der Name nicht allzusehr besudelt ist durch irgendwelches üble Zusammenfinden, anrüchige Verbindungen, verkrachte Ehen; ob sich der Familienblick in allen Gesichtern spiegelt; sehen und feststellen, sehen und bemerken, sehen und berechnen ... Eine unmögliche Zusammenkunft, gaunerhaftes Sichversammeln, durch nichts, weder durch eine Hochzeit noch durch eine Taufe, noch durch ein Begräbnis gerechtfertigte große Begegnung, einzig von der Idee beseelt zusammenzusein, nicht etwa der Kindesliebe wegen, sondern um den unverwüstlichen Familienhaß zu nähren und die größtmögliche Menschenverachtung zu bekunden. Ich war für das Zustandekommen dieser Zusammenkunft; eine Gelegenheit, diesen Stamm, der nicht schlechter als jeder andere war, in Augenschein zu nehmen, ihn lächerlich zu finden und zu lachen ... ein verrückter Plan, der dem Kopf eines Irren mit in Verfall geratenen Vorstellungen entsprungen war, eines Irren, der keine bessere Eingebung gehabt hatte, als solch ein beklemmendes Treiben auf die Beine zu bringen! Man würde die schönsten Gewänder anlegen und würde gesund und ausgeglichen erscheinen, glücklich, die lebendigen Äste eines altersschwachen, hohlen Baumes wiedergefunden zu haben, eigentlich eines Baumes ohne richtige Wurzeln, eines schiefen, bald endgültig zu Boden stürzenden Stammes oben auf dem Friedhof Bab Ftouh in Fès. Man wird der seltenen gemeinsamen Erinnerungen gedenken, man wird in ein feistes, zufriedenes Lachen ausbrechen und auf den Abend warten, wenn es ans Luftanhalten geht, denn wenn sich die Familie versammelt, verbraucht sie mit Macht allen Sauerstoff, das weiß man, sie bringt den Luftzug zum Stehen und verteilt Bündel von Angst. Der fragliche Cousin ist nicht verrückt, vielleicht besteht sein innigster Wunsch darin, mit Krawall diese Familie loszuwerden, sie durchzuhecheln und dann zum Teufel zu schicken. Ein verlockender

Gedanke, sich von dieser Last frei zu machen, die Bande zu zerreißen, das Bild zu verzerren, und alles ab ins Himmelslaken! Eine Familie wie jede andere, reich an Verschiedenheiten, über den Verrückten hinwegsehend, das räudige Schaf, die Maßlosigkeit.

Und die Familie fand sich zusammen, nicht einmal, nicht zweimal, sondern unendlich viele Male. Sie wurde zusammengerufen und vereint von jedem lebenden oder toten Mitglied in der Hast und Raserei einer letzten Zuflucht. Bald war es in dem Saal eines großen Hotels, bald im Garten einer schönen Villa, bald in einer Moschee, bald auf einem Friedhof. Sie waren alle da, dem Anlaß entsprechend gut gekleidet, mit dem Wagen oder zu Fuß, auf dem Rücken eines Dromedars oder im Sessel, den zwei kräftige Männer trugen; eine alte Tante kam, in Begleitung ihrer beiden Enkel, in einer Sänfte; dem feudalen Onkel schritten die wichtigsten Mitglieder seiner Familie voran; die Kinder spielten, die Jünglinge langweilten sich, und die abseits wartenden Diener machten sich unauffällig lustig.

Mein Vater hatte nicht den Altersvorrang. Einer seiner Cousins, ein ehemaliger Unteroffizier der spanischen Armee, der sich in Melilla niedergelassen hatte, hatte gerade seine vierundachtzig Jahre vollendet. Er übernahm die stille Eröffnung; mit seiner abgetragenen, aber aufgebügelten Uniform angetan, klappte er die Hacken zusammen und grüßte die Anwesenden mit dem alten Francogruß. Das brachte die einen zum Lachen und machte die anderen betroffen. Der ganze Clan hatte ihn in seinem kleinen, bei einer alten spanischen Familie gemieteten Zimmer praktisch vergessen. Sein Gedächtnis war nicht mehr intakt; er brachte Namen und Gesichter durcheinander, war jedoch auf dem laufenden, was die wichtigsten Familienereignisse betraf, Hochzeiten, Geburten, Todesfälle. Das alles wußte er, außer vom Tod seines Bruders. Keiner hatte daran gedacht, es ihm zu sagen. So behielt er bis zum Ende der Zusammenkunft die Saaltür im

Auge, weil er hoffte, seinen Bruder, den er sehr liebte, eintreffen zu sehen. Seit seinem Abschied war seine Militärrente nicht erhöht worden. Davon wagte er nicht zu sprechen, er behielt seine Würde bis zum Schluß, und als er wieder zurückfuhr, sagte er zu meinem Vater, er würde seinen Bruder in Melilla erwarten. Auch dort gab es den Clan der durch kleine Berechnungen reich gewordenen Kaufleute. Mit satten Mienen hielten sie dieses Sichwiederfinden für verlorene Zeit. Sie wollten so schnell wie möglich wieder zu ihren Geschäften zurück. Dann die Gruppe der Verwaltungsbeamten, die sich förmlich gaben, streng. Keine Intellektuellen waren da, schon gar nicht Handwerker. Lediglich der schieläugige Cousin war Uhrmacher geblieben, ein sympathischer, entmutigter, gottloser Mensch. Er ging zwischen den Anwesenden hin und her, von denen er zwei Drittel nicht kannte. Von allen war er der ärmste; er hatte alle Berufe hinter sich, sogar Filmvorführer im Achabine von Fès war er gewesen. Er hatte mich zum erstenmal mit ins Kino genommen, ich muß damals acht gewesen sein. Er ließ mich im dunklen Saal zurück und setzte den Apparat in Gang. Es war ein Kriegsfilm. Zitternde Bilder, Szenen von Schlächtereien. Zwei Flugzeuge fingen am Himmel Feuer. Ein Mann neben mir stieß einen Freudenschrei aus. Ich sagte zu ihm: »Das ist doch nicht die Wirklichkeit, das sind doch nur Bilder.« Er sagte: »Sei still, du verstehst doch nichts.« Ich schwieg und folgte teilnahmslos dem weiteren Geschehen. Nach der Vorführung wartete ich lange auf meinen Cousin. Mich überfiel schon die Angst in diesem großen, leeren Saal. Er hatte mich vergessen. Als er die Lichter löschte, brach ich in ein Geheul aus. Er stürzte zu mir und meinte, das nächstemal sollte ich bei ihm in der Kabine bleiben. Es gab Halbbrüder, angeheiratete Cousins, Witwen, Wiederverheiratete, Geschiedene, Schürzenjäger, fanatische Muslime, die zwei schamlosen Cousins, die nach Wein schrien, Junggesellen, das alte Mädchen, das von niemandem beachtet wurde, sie waren alle da, um laut zu reden und um zu lachen, und ich, ich betrachtete diesen Zirkus, ich beobachtete alle diese Menschen und fühlte mich zunehmend fremder und einsamer, nur glücklich, meinen Platz auf einem Balkon gefunden zu haben und sie zu sehen, ohne daß sie mich sahen, ein lustloser Zuschauer, einzig um so etwas wie die Bestätigung zu haben, daß meine Familie vielleicht eine Stadt ist, eine Straße, nicht immer dieselbe, daß mein Land, meine Heimat, ein Gesicht ist, eine Gesamtheit von Gesichtern, ein geläutertes Licht zu einer unbestimmten Tagesstunde, ein Stück Himmel, von diesem flüchtigen Wind durchquert, daß meine Wurzeln dort sind, wo meine inneren Regungen leben, auf dem Friedhof von Fès, wo ich geweint habe, oberhalb der Klippe von Tanger, wo ich von Reisen geträumt habe, meine Wurzeln sind in einer gegenwärtigen Liebe, die mich erfüllt und erschöpft, in so viel Freundschaft mit drei oder vier Gesichtern. Sie sind die wenigen Wesen, die ich liebe. Sie gehören nicht zu jener Fauna, die an das Tätigsein gebunden ist, in die Tücher eines guten, doch aufschwunglosen Lebens gewickelt ist. Meine Wurzeln sind vielleicht da in diesen Worten, in dieser Tinte, die die unbestimmte Farbe eines Hügels im Süden zum Ausdruck bringen will oder eines Felsens im Mittelmeer, eines Häufchens feinen Sandes, der sich in seiner Tönung mit dem Licht des Himmels ändert; will zum Ausdruck bringen, fern von dieser uneinig-wiedervereinten Familie, einer unter vielen anderen, den Schrei eines einzelnen Menschen, der mitten auf dem Platz des Grand-Socco in Tanger stehenbleibt, vor aufgestauter Wut, vor Haß und Zorn sein Hemd zerreißt, es auf den Boden wirft, es zertrampelt, die Augen schließt und ein langgezogenes, schmerzvolles Geheul ausstößt, langgezogen wie eine Nacht ohne Sterne und ohne Schlaf, wie ein Tag des ewigen Wartens. Nur ein Schrei, der der Menge, dem Himmel gilt, ein Schrei aus einem tiefen Brunnen mit den vermengten Wassern spaltet die Luft, wirbelt mit dem Winde, wird zur Spirale, fällt dann in den fiebernden Körper des einsamen Mannes zurück, der auf die Worte verzichtet hat, den der für ihn länger nicht zu ertragende Schrei bewohnt.

Das war es also. Ein Tag des Sturms und des Schiffbruchs. Eine Familie, die sich für sich selbst auf die Bühne gebracht hat, welke Gesichter, zerstörte Körper auf wilder Flucht. Sie sind hingestürzt wie gefällte Bäume, wobei sie viel Lärm machten und dicken weißen Staub aus Mehl aufwühlten.

15

Weder Festungswall noch Zitadelle, sondern ein öffentlicher Platz ohne Ordnung, ohne Harmonie, Ort unendlicher Regungen, Ort des Durchzugs und des Verweilens geflüsterter Worte, gebrüllter Worte, des abgewickelten, auf die Erde geworfenen Turbans, der Schleier ist heruntergerissen und zerfetzt, erhobene Hände legen ein Stück Himmel in andere offene Hände, verschlossene Gesichter, aufeinandergepreßte Zähne, Geruch von all dem Fleisch, das schwitzt, von mächtigen oder unscheinbaren, dürren, durchschimmernden Leibern, gegeneinandergepreßt, von Kindern, die sich fortstehlen, sich auf die Erde setzen, die Augen vom Schlaf geschwollen, die Hände heimlich Schenkel entlangstreifen lassend, schwere Köpfe neigen sich in der Erwartung, da sie endgültig auf einen feuchten Stein niederstürzen, eine Masse gelben Staubes steigt auf, von einem Windhauch davongetragen, der alte Palmbaum am Eingang zum Justizpalast steht kahl da, jammervoll, abgestumpft, abgemattet, auf einem Plastiktischtuch verkauft eine Alte hartgewordenes Brot und trockene, von Würmern angefressene Feigen, einer von der Polente stößt mit dem Stiefel gegen die Auslage und flucht zu Gott, der der Alten bis zu diesem Platz zu kommen gestattet hat, eine Gruppe Touristen zieht vorüber, gleitet über den runden Rücken des Platzes und verschwindet in dem Air-conditioned-Bus, Bürschchen verkaufen Zigaretten stückweise, der Platz beginnt langsam zu kreisen, und ich, ich warte, unberührt, in der Mitte stehend, von diesen dichtgedrängten Leibern umringt, und wage es nicht, in die Gesichter zu sehen; sie sind es, die warten, ich weiß nicht, weshalb ich mich mitten in diesem Kreis befinde, den Platz und das Amt des Erzählers usurpierend.

Eine Frau tritt an mich heran und sagt: »Du bist zu jung, zu sehr Städter, um ein Erzähler zu sein. Du bist Schriftsteller, du nennst dich Schriftsteller, nun hör mal zu, öffne deine Augen und dein Herz, schenke uns Gehör und höre zu, höre, was wir sagen, auch wenn wir nicht sprechen, auch wenn wir die Lippen nicht bewegen, schau in diese Gesichter, die Zeit und der Zeitabschnitt haben in ihnen einen Ozean von Worten und Geschichten angefüllt, erinnere dich, aber du hast wenig gelebt, setz dich, sammle dich, erlerne, die Steine des Geheimnisses zu heben, langsam, einen nach dem andern, achte auf das Gras, das zwischen ihnen wächst, und zögere nicht, unseren Stimmen zu folgen, wenn sie im Morgengrauen auf den Friedhöfen die Runde machen. Ich weiß, wir reden nicht dieselbe Sprache, aber du bist bis hierher gelangt, und du wartest; wenn du Angst hast, wenn du Scham in dir aufsteigen fühlst, wenn du spürst, wie dein Gesicht errötet, dann sage dir, daß du nicht weit, nicht sehr weit von dieser Menge bist, selbst wenn du ein Mensch der Stadt bleibst, ohne das Unmäßige, ohne die Tollheit. Wir kommen von der Erde, von den Gebirgen und aus den dürren Ebenen, wir machen halt mitten in der Stadt mit unseren Lumpen und unseren Weidenkörben voll trockener Kräuter und voll Steinen, und du, als hättest du dich verirrt, näherst dich dieser Menge. Wir können nicht lesen. Wir können nicht schreiben. Aber wir kennen so vieles. Also setz dich, nicht auf die Erde, du bist ein Mensch der Stadt, du bist aus Fès, glaube ich, wir werden uns um dich scharen, wir treten etwas näher an dich heran, und du wirst dich gehörig sammeln, denn wir haben so vieles zu sagen, nicht eigentlich zu dir, du bist so etwas wie der Zufall, der dich schickt, aber ich weiß, wenn du da bist, dann ist es vielleicht dein inneres Gefühl, das dich treibt, du kommst von Zeit zu Zeit ins Land und versuchst mit der Erde und den Gesichtern in Verbindung zu bleiben.«

Dann schwieg sie.

Ich stand auf, teilte die Menge, die kein Wort sagte, und ging auf die Medina zu. Der Kopf schwirrte mir von all den Worten, den Bildern und dem Staub. Ich begann einen Schritt zuzulegen, als würde ich unmerklich verfolgt. Ich wollte weg von dieser Menge, die mich umringt und in ihren Maschen gehalten hatte. Ich schlug den Weg zur Kasbah ein, als wollte ich eine Zuflucht finden, einen verborgenen Ort, um allein zu sein. Bei diesem Fluchtversuch, von Worten, die mir im Kopf und in der Brust widerhallten, auf mysteriöse Weise getrieben, trat ein junger Mann an mich heran, der mich zuerst auf französisch, dann auf englisch ansprach. Er schlug mir vor, mir die Medina zu zeigen und mir vielleicht das seltene Kraut zu verkaufen, das nur Ausländer wie ich zu schätzen wissen. Er war hartnäckig. Um diesem Mißverständnis, eher diesem Mißgriff, ein Ende zu bereiten, sprach ich ihn arabisch an. Er verschwand. Ein paar Minuten später kam er zum erneuten Angriff wieder und sagte zu mir, auf französisch: »Mein Freund, du sprichst arabisch ohne Akzent, aber das tust du nur so ...« Außer mir vor Erregung schrie ich ihn an. »Ich bin einer wie du, ich stamme aus demselben Land, aus derselben Stadt, vielleicht sogar aus demselben Viertel ...« Seine Antwort war wie ein Blitzstrahl, wie ein Pfeil mitten ins Herz, eine schmerzende Wunde. »Nein, mein Freund. Du und ich, das ist nicht dasselbe ...« Seine Worte begleitete ein nervöses Lachen. Er hielt inne, als wäre nichts gesagt worden, und fragte mich auf französisch: »Monsieur, brauchst du einen Führer?«

Das Haus ist ruhig. Den kleinen Garten, der es umgibt, hatte mein Vater lange gewässert. Nun sitzt er an seinem üblichen Platz und liest die Zeitung, die ein paar Tage alt ist. Er entziffert sie mit Mühe, denn seine Augen sind schwach geworden, aber er will keine Brille aufsetzen. Was er liest, erregt ihn. Er spricht mit sich selbst. »Die Araber haben alle Würde verloren ...« Meine Mutter sitzt ihm gegenüber ... Sie nimmt ihre Medikamente mit peinlicher Genauigkeit. Das reizt ihn; er glaubt weder an die Ärzte noch an ihre Vorschriften. Er könnte mit ihr sprechen; aber er meint, daß sie nichts versteht, daß sie ungebildet und unwissend ist. Er fährt in seiner Lektüre und seinen einsamen Kommentaren fort.

Gibt es zwischen ihnen Liebe? Es gibt so viel Schweigen und so viel Unverständliches, die Last auf dem Leben dieses Paars, das vor lauter Scham jegliche Zärtlichkeit aus seinen Beziehungen verbannt hat. Ich sehe, wie sie am Ufer eines tosenden Flusses leben, und ich suche in ihren Gesten und ihren Gewohnheiten nach Spuren, nicht gerade einer Leidenschaft, doch zumindest nach einer einfachen, fröhlichen Liebe.

Ich sitze in einer Zimmerecke und beobachte sie. Mir ist kalt, ich kann mir nicht vorstellen, wie sie sich einst begegnet sind. Er will mit mir sprechen, ich soll von meinen Reisen berichten, das kann er dann mit Stolz seinen Nachbarn und Freunden erzählen. Ich bin stumm. Ich weiß nicht, was mich zurückhält. Und womit soll ich beginnen? Ich würde am liebsten mit beiden sprechen. Aber wieder stellt sich dieselbe Frage ein und läßt mich nicht los: Gibt es zwischen ihnen Liebe? Was kann die Liebe in einer Gesellschaft sein, wo man gebieterisch, nach unausgesprochenen Gesetzen, eine Frau für einen Mann bestimmt? Die Liebe wird auch nicht ausgesprochen, sie wird aber zu verstehen gegeben, denn der Mann wird nicht eine zweite Frau gesucht noch sich kurzerhand zu einer Verstoßung entschlossen haben. Die Liebe ist vielleicht das gemeinsame Durchlaufen einer Strecke von einem halben Jahrhundert, selbst wenn zum Schluß die Erbitterung die einzige Art der Kommunikation ist.

Sie sprechen miteinander, lachen, streiten sich.

Das Haus ist ruhig. Ich sehe zum Fenster hinaus. Die Gartentür steht halb offen. Nichts rührt sich. Ich starre die Zimmerdecke an und folge den Linien eines Risses. Man könnte meinen, der Lauf eines Flusses auf einer leeren Karte. Mich fröstelt. Ich ziehe mich zu einem Nichts zusammen. Ich drücke mich gegen die kalte Wand. Auf dem niedrigen Tisch liegen nebeneinander eine Orange und ein Granatapfel. Ich habe keine Lust, sie zu schälen. Ich will sie lieber betrachten, so wie sie daliegen mit ihrer vollkommenen Form.

Dieses Haus ist nicht meine Kinderheimat. Seine Spiegel

haben ihren Glanz verloren. Die Gänge haben sich geweitet. Es hatte einst dem Oberrabbiner von Tanger gehört. Das war ein hochgewachsener, schöner, ehrfurchtgebietender Mann. Er redete wenig. Seine Sätze waren ein Murmeln. Mein Vater schätzte ihn sehr. Ihre Freundschaft riß jäh ab durch eine überstürzte Abreise. Unter den Käufern gab er meinem Vater den Vorzug, nicht einmal über den Preis handelten sie. Zum Dank schloß ihn mein Vater in die Arme. Die beiden Männer umarmten sich, und jeder las ein Gebet. Der Rabbiner segnete die vier Ecken des Hauses. Mein Vater vergoß an den Stellen etwas Milch, und meine Mutter zündete Weihrauch an.

Ich stehe auf, von einem sehnsüchtigen Verlangen getrieben, das von anderswoher zu mir kommt, und wandere durchs Haus. Es ist alt, und seine Runzeln wecken meine Neugier. Zwischen diesen Wänden, die von Feuchtigkeit und von der Zeit angefressen sind, ist das Leben einhergegangen. Der Boden ist nicht mehr eben. Man könnte meinen, daß pulsierende Wurzeln die Fliesen gehoben haben. Dieses Haus ist winters ein Baum und sommers ein Schiff oder ein einfacher, von den Wogen hin und her geworfener Nachen. Es ändert sich. Bald ist es groß, bald ist es eng. Alle Erinnerungen haben sich in jener Art verwünschter Abstellkammer angehäuft, wo nur die Ratten Zugang haben. Nachts höre ich die Filzfüßchen über die Zimmerdecke huschen. Das sind die Leute des Steins, die in diesem unaufhörlich wachsenden und bald überquellenden Gehirn hausen. Alle Risse in den Wänden sind zugleich Wege und Bäche, auf denen die Erinnerungen entlangziehen. Wie viele Gebete wurden in diesem Haus feierlich gesprochen! Sie haben die Geister, den bösen Blick und den Haß vertrieben. Ich wandere durch den Garten. Wild. Vernachlässigt. Herrlich. Ein kleines Gärtchen. Ein seltsamer, duftiger Traum in meinem Traum vom Tag zuvor. Ich könnte ihn nie erzählen. Eines Tages wird die Decke unter dem Gewicht all der in der verbotenen Abstellkammer angehäuften Träume einstürzen. Ich sehe mich mit knapper Not dem »Garten der sich gabelnden Wege« entkommen, über den Haufen Steine und Holz gebeugt, auf der Suche nach einem Fingerzeig, einem geheimen Zeichen, einer hebräischen Letter auf einem Stück Brett, die mir den Ort jenes Gedächtnisses angibt, das wir etwas unbewußt ererbt haben. Dieses jüdische Haus, wo der Talmud lange Winter hindurch gelesen wurde, wo Hochzeiten und Verträge besiegelt wurden, noch bevor meine Familie entstand, diese dicken Mauern, die mit dem Segen eines gütigen Gottes aufrecht stehen und die so viele Geheimnisse, so viele seltene Gedanken bedeckt, die ängstliche Träume verknüpft und bis zum Rand der Ruinen Träume von Kindern geführt haben, welche lieber auf der Straße spielen als das tägliche Gebet verrichten.

Dieses Haus wohnt in mir. Anfangs wußte ich das nicht. Ich kam jeden Sommer dorthin zurück. Dann, als mir kalt war, als ich die nächtliche Beratung von Mäusen und anderem Getier hörte, spürte ich heftig in mir das Vorhandensein des Gartens, des Abstellraums, der schwankenden Wände, des löchrigen Daches, der Fenster mit den rostigen Rahmen, des vertrockneten Baums, der sich neigt, des eingebildeten Baches, der die Zimmerdecke durchfurcht, und all der Silhouetten, die ein weißes Tuch einhüllt, quer durch das Haus als einen einfachen Durchgangsort, bevor es in den feuchten Dämpfen des Hammam ans Sterben geht.

Das Haus steht. Drumherum rührt und bewegt sich alles. Es wird von Wasseradern, die der Quelle entspringen, durchzogen, von Riesentüren, die in Fès gezimmert und verziert wurden, von Wohlgerüchen aus weiter Ferne, einem Weihrauchduft seit dem Tag meiner Geburt, der sich nun ewig hält. So behauptet es meine Mutter. Bei jeder Rückkehr begrüßt mich dieser Duft, der die Zimmer und Gänge anfüllt und der sich verflüchtigt.

Mein Vater sitzt gebeugt über einem Manuskript aus dem vergangenen Jahrhundert. Er liest nicht. Er betrachtet die Seiten und bewundert die Schreibkunst, dann sagt er zu mir, als würde er eine Diskussion aufgreifen, die aber nicht stattgefunden hatte: »Die Araber machen nicht mehr Geschichte. Sie haben Verrat geübt, das Schicksal hintergangen und ihre eigenen Brüder erdrosselt. Weißt du, zur Zeit des Rifkrieges war Verrat etwas sehr Seltenes ...« Schweigen, dann vertieft er sich wieder in die Seiten des Manuskriptes. Ich weiß nicht, was ich sagen soll. So viele Niederlagen und verlorene Illusionen. Meine Niederlage ist folgende: Das Wort, das an mich gerichtet wird, fällt wie ein Stein in die Tiefe des Brunnens. Ich beuge mich vornüber und sehe, wie sich die Kreise im Wasser weiten. Kein Echo. Meine Mutter fragt voller Unruhe: »Willst du wieder fort?« Bin ich jemals fort gewesen? Ich hatte mich vom Zuhause, von der Straße, vom Land entfernt, aber alles folgt mir. Ich werde von dem Licht, das jedes Mauerstück überflutet, verfolgt. Das Land ist nicht in meinem Koffer; es bleibt an seinem Platz, unverrückbar, in jedem meiner Worte, in jeder meiner Gebärden, in meinen Täuschungen ist es gegenwärtig. Ich rede nicht von Erinnerungen. Dieses Land läßt sich nicht auf diesen Stand der Dinge zurückführen. Wie ein Traum, der sich bei Tag fortsetzt, bis er in die neue Nacht einmündet. Eine geheime Hütte, im Blättergewirr eines dichten Waldes verborgen. Eine unweit des Horizontes verlassene Barke.

Mein Vater schaut von dem Manuskript auf und sieht mich an und wartet auf eine Antwort. Er macht sich nicht viele Illusionen. Als er damals zu den Guerillas ins Rif gegangen war, hatte seine Mutter, die lange ohne Nachricht von ihm geblieben war, das, was er »das Fieber der Abwesenheit« nannte, ein heftiges Fieber, das allen Medikamenten widerstand. Sie starb daran.

Jetzt verweilt sein Blick mit großer Zärtlichkeit auf mir, und er sagt: »Ich habe für dich ein kleines Haus gefunden.«

Ein recht kalter und sehr bedrückender Wintertag. Das Haus ist nicht geheizt. Man gibt mir eine Decke. Ich finde, sie ist feucht. Ich friere. Ich zittere. Ich fühle mich überhaupt nicht wohl. Ich würde am liebsten aufstehen und fortgehen. Wozu aber? Nun, man muß bleiben. Meine Mutter begreift nicht, warum ich zittere. Sie kocht mir eine Gemüsesuppe. Vor mir steht das zarte Kind, das kranke Kind. Sie sagt mir: »Da, dort ist es warm, aber du hast vergessen ... früher war dir nie kalt ...«

Ein Tag ohne Licht. Der Ostwind hat die Stadt durchgefegt; er hat etwas Sand auf den Boulevard Pasteur getragen. Ich stehe auf, ohne die Schale Suppe ausgetrunken zu haben, und gehe hinaus. Ich setze mich in das Café de Paris und versuche zu denken. Dieses Café hat einen besonderen Geruch: Mehrere fremde und ausgefallene Gerüche mischen sich und geben diesem eingeglasten Ort einen Gestank, der gerade noch erträglich ist, der ein Verlassen rücklings verlangt, ein bißchen Sehnsucht, die zu erahnen ist und die den daran Gewöhnten die langen Tage ausfüllt.

Ich betrachte einen alten Engländer, der in einer Ecke sitzt, wo er gesehen werden kann, und der alles hat stehen- und liegenlassen können, vor etwa zwanzig Jahren, wegen der schwarzen Augen und des schlanken Körpers eines jungen Schuhputzers. Der alte Herr ist ehrwürdig. Er trinkt in kleinen Schlucken einen Milchkaffee aus einem großen Glas und kreuzt die Arme, um sich einem Frager zu stellen. Jedermann hier kennt seine Geschichte. Seine verrückte Liebe hat sein Leben gewiß verschönt, aber seine Karriere zerstört und sein seelisches Gleichgewicht ein wenig erschüttert. Es heißt, der schöne Schuhputzer habe eine Bar in London eröffnet und lebe mit einem Sternchen des englischen Kinos. Der Alte kommt alle Tage in das Café de Paris, setzt sich an denselben Platz, wo er Jahre zuvor, an einem Sommertag, sich die Schuhe hat putzen lassen. Er wartet. Er hofft, daß sein Freund eines Tages zurückkommt. Er spricht sehr wenig und stört keinen.

Das Café leert sich zur Stunde der Siesta. Ich bleibe da, auf der Schwelle eines Exils, wie ein undurchdringliches Licht, wie eine schwere Tür, die man mit aller Kraft aufstoßen muß. Dahinter würde ich eine Stadt wiederentdecken, ein Gesicht und etwas Nebel. Die Stadt würde eine endlose, tief gelegene, kaum erhellte Gasse sein, durch die blinde Greise hinter einem leeren Sarg gehen. Ich würde dem Zug folgen bis zum Ausgang der Stadt. Dort würde die Zeit einen Platz eingerichtet haben, wo man seine letzten Habseligkeiten zum Kauf anbietet: ein Hemd, eine Dschellaba, Babuschen, eine verrostete Schere und vor allem eine alte Schreibmaschine. Ich würde mich auf dem Boden niederlassen, die Beine überschlagen und auf das Kommen des Erzählers warten, der einen öffentlichen Schreiber nötig hat.

Das Gesicht würde verschleiert sein im Nebel. Nur seine beringten Hände würden sich meinen Schultern nähern, sich auf sie legen und mich langsam an einen Haufen ungelöschten Kalk heranziehen, in den sich mein Körper fallen lassen würde, ohne zu vergehen.

Das Gesicht wäre eine bekannte Stimme, ein Gesang im Traum des Traumes, eine geheime Gewohnheit, ein Satz aus dem verlorengegangenen und wiedergefundenen Manuskript.

Im Café sitzt der alte Engländer immer noch auf seinem Platz wie eine unveränderliche Statue, und ich auf der entgegengesetzten Seite des Saals, der ich die Hände auf den Tisch gelegt halte, ich bin im Aufbrechen und will gehen. Aber ich spüre, daß mich etwas wie eine Schnur oder ein fester Strick zurückhält, nicht in diesem Café, sondern anderswo, es ist eine vertraute Stadt, deren Namen ich vergessen habe, eine Straße, die mir wie ein Labyrinth oder wie eine Falle erscheint. Mir wird die Luft knapp; ich fühle, wie meine Beine schwer werden. Mein Kopf ist sehr leicht; schon ein Windstoß könnte ihn davontragen. Ich stehe auf, taumele etwas, ich sehe meinen Vater den Platz überqueren und den Weg nach Fès einschlagen. Er kehrt zu dem Haus zurück. Ich bin es. Er wird mein Führer durch die Straßen. Ich sehe seinen Rücken und denke wieder an seine jungen Jahre im Maquis.

Ich errate seine Gedanken. Am Eingang zu unserer Gasse hole ich ihn ein. Er spricht zu mir von dem kleinen Haus. In Wirklichkeit ist es groß. Eine Art, mich zu fragen, wann ich zu heiraten gedenke und Kinder haben werde. Er hat es nie gewagt, darüber mit mir zu reden. Er leidet ein wenig darunter. Ich werde in seinen Augen ein unfertiger Mensch bleiben, ein unvollkommenes Schicksal. Das läßt er mich wissen durch das Zusammenstellen einiger Sprichwörter. Das Haus ist nicht mehr so kalt. Ich richte mich in meinem Zimmer ein. Ich betrachte die aufgestapelten, schlecht geordneten Bücher. Mein Koffer steht auf dem Boden. Er ist noch abgeschlossen.

So ist Tanger: ein unfertiges Buch. Eine Stadt ohne Familie, ohne Heim, den Räubern mit der zarten Seele ausgeliefert, sich selbst überlassen, in einer verwirrenden Nacktheit, in der Widersprüchlichkeit einer endlosen Nacht gefangen und, um diejenigen, die sich ernst nehmen, einigermaßen zu verspotten, mit einer im Wind wehenden, um den Hals geschlungenen malvenfarbenen Seidenbinde herausgeputzt. Ich bin an diesen Ort zurückgekehrt, um das Rechte in einem Leben ohne große Sicherheiten zu tun. Aber mir ist kalt, und ich wage nicht, dieses blaue Heft aufzuschlagen, eine Art langer Brief, der vor meinen Augen zwischen Chania und Athen geschrieben wurde. Warum heimgekehrt, ohne die Stimme der geliebten Frau gehört zu haben? Ich habe zu ihr gesagt: »Gehe nach Xios, das ist deine Heimatinsel; ich gehe meines Weges.« Ich fühlte mich von dem Schatten, den mein Körper wirft, gehetzt; tatsächlich ist es nur der Schatten einer schwächlichen Silhouette, der mir folgt, der mir auf den Schultern liegt, der zu mir spricht und mir diktiert, was ich schreiben soll. Das Problem des Doubles wäre einfach und sogar bequem, wenn es sich uns mit dem Gesicht des Traumes oder mit der Stimme des Abwesenden darstellen würde. Leider gibt es weder die Stimme noch das Gesicht, sondern die riesige, behindernd störende, die Ordnung der Dinge verkehrende Gegenwart des Selbst. Mit der Linken stoße ich diese Gegenwart von mir. Ich empfinde sie kalt in diesem Zimmer, wo beinahe alles in sich einstürzt, und ich schlage das Heft auf und sehe zuerst eine Zeichnung: eine geöffnete Hand, deren Finger gespreizt sind und in deren Innenfläche ein offenes Auge und ein kleiner Stern darüber eingelassen sind. Ich blättere die erste Seite um und lese: »Unsere Begegnung ist beschlossen, ohne Wissen des Schicksals.« Dieser Satz ist durchgestrichen. Darunter, unter einem weißen Zwischenraum, steht:

Ich bin zu Dir gekommen, ohne den Fuß auf die Erde zu setzen, vom Verlangen getrieben, Dich zu sehen. Ich kehrte von einer Tournee durch den Norden Griechenlands zurück. Ich hustete und hatte eine ganze Flasche Ouzo getrunken. Das war ein Tag ohne Gedanken, eine Art Abwesenheit von der Welt und von mir selbst. Ich wartete, daß ich geweckt würde von einer noch nie gehörten Stimme. Das war fast ein Spiel, eine Form, das Vergessen mit Händen zu greifen. Du hast mir Geschichten erzählt. Ich hörte Dir zu wie ein Kind, gepackt und ungeduldig. Du hast keine Geschichte für ein anderes Mal aufgehoben. Ich betrachtete Dich, wie Du sie vortrugst, und ich bemerkte, daß Deine Augen beständig hin und her gingen. Sie hefteten sich auf nichts; sie waren auf der Flucht; Du hattest etwas zu verbergen, eine Verlegenheit, eine Angst.

Wenn ich heute zu Dir spreche, denke ich, daß ich Dir alles sage. Meine Seele spricht zu Dir und urteilt überhaupt nicht über Dich. Von Dir habe ich den tiefen Eindruck, daß Du außerhalb Deines Körpers bist. Du bist aus Deinem Körper herausgetreten und fortgegangen. Wenn mich Deine Hände berühren, wenn sie mich streicheln, spüre ich nicht die Gegenwart Deines Körpers. Nur Deine Augen sind lebendig; sie sind da, gegenwärtig, flink, unruhig. Wo Du Deinen Körper gelassen hast, ihn versteckt hast, weiß ich nicht.

Das hatte ich Dir am ersten Tag gesagt, als ich nach Deiner Hand griff und Dich naiv gefragt habe: »Aber wo bist Du?« Der Körper ist da, sichtbar, aber keine Wogen sind darin. Da geschieht nichts. Da ist es immer ruhig; selbst wenn es vorkommt, daß Du Dich erregst, dann ist es bald wieder vorüber. Du verbirgst die Bewegung, die die Nerven hervorbringen, und Du gewinnst Deine Ruhe wieder, als wäre sie ein alter Weggefährte. Die Ruhe beängstigt mich. Dein Körper ist ein leeres Haus, eine verlassene Wohnung. Ich weiß, wovon ich spreche, weil ich darin gewohnt habe. Du hattest lange Zeit keinen Fuß in sie gesetzt. Wirklich, weil ich Deinen Körper bewohne oder vielmehr weil Du ihn nicht bewohnst, kannst Du mich nicht richtig lieben, wirst Du mich nie lieben können. Ich glaube, nur die Krankheit wird Dich zwingen können, Deinen Körper wieder in Besitz zu nehmen ...

Durch das Fenster bemerke ich einen Strahl grelles Licht, eine Art himmelwärts führender, von fern her, von dem leidenschaftlichen Sein gesandter Streif. Ich unterbreche meine Lektüre und beobachte den Widerschein dieser kurzen, aber starken Helligkeit auf den benetzten Blättern des Gartens. Und ich befühle meinen Körper. Ein Gefühl, in das sich Unruhe, Neugier und Erwartung mischen. Seltsam! Ich habe nie behauptet, eine gute Kenntnis von mir selbst zu haben. Ich habe mich nie lange genug bei meinem Körper aufgehalten, weder um ihn zu betrachten noch um ihn der Probe des Anzweifelns und des Abwesendseins zu unterziehen.

Ich stehe auf, gehe ein paar Schritte im Haus auf und ab. Alles ist still. Mein Vater ist eingeschlummert, sein Manuskript aus dem 19. Jahrhundert liegt aufgeschlagen da. Meine Mutter verrichtet ihr Nachmittagsgebet. Die Dinge stehen an ihrem Platz. Nichts rührt sich. Eine Katze springt durch den Garten. Ich gehe wieder in das Zimmer. Dabei stoße ich gegen den Koffer. Das blaue Heft liegt auf dem Bettrand. Ich drehe die Seite um und vernehme die warme Stimme, die den Brief liest, bevor sie ihn abschickt:

Ich, die ich auf einer Insel geboren wurde, muß Dir sagen, daß ich vom Schatten der Sonne mehr gequält werde als von der Sonne selbst; das Schwarz und nicht sein Licht beschäftigen mich. Ist das Licht kräftig, dann löscht es alles aus, so wie es das Schwarz tut. Zwischen Licht und Dunkel treten die Dinge hervor: verwelkte Blüten, zerschmetterte Knochen, gefallene Sterne. Es ist, als ginge es bei mir ans Sterben, und ich grüße die offenen Häuser, die fremden Häuser, das Haus meiner Eltern, den Baum, an den mein Vater alle seine Wertsachen gehängt hatte, meine fernen Freunde, meine Mutter, die ich so wenig und so schlecht kannte. Ich verlasse die Welt. Der Himmel verliert sich im Spiegel des Meeres. Und warum kommst Du nicht mit dem Blatt eines vertrauten Baumes, mit einem Blatt für mich? Du wirst mir Deine endlosen Worte bringen. Wenn Du eines Tages Deine Gewohnheiten ablegst, schüttelst Du Deine Glieder und findest nichts, was es zu sagen gäbe; dann wirst Du nicht weit von mir sein, nicht weit von der Liebe.

Hör mal: Ich werde mir ein Loch tief in die Erde graben; da hinein werde ich mich begeben und Dich rufen, um Dir ein großes und herrliches Geheimnis zu sagen. Dann wirst Du, wenn Du kannst, zu mir kommen. Du mußt Dir ein ebenso tiefes Loch aushöhlen.

Verstehst Du mich? Warum hast Du Zwischenaufenthalt in dieser Zeitdauer gemacht, die mich einhüllt und mich stört? Ich habe zuviel gesagt. Ich weiß schon nicht, was ich sage. Ich fühle mich wie ein Papierkorb. Ein leerer Papierkorb.

Noch ein Wort: Durch das viele Anfüllen mit Leben und Körper jener Personen, die Du erfindest, um zu schreiben, hast Du das Fleisch und die Erde Deines Körpers verloren. Du lebst vielleicht in ihrem Universum, aber Du lebst nicht in Deinem eigenen Leben. Ich bin es, die für Dich lebt. Das ist ermüdend. Deinen Körper müßtest Du aus einer staubigen Bibliothek holen; Du würdest ihn vielleicht finden, kalt, eingezwängt, zwischen zwei dicken Bänden irgendeiner Enzyklopädie!

Gestern bin ich angekommen und habe schon Lust, wieder abzureisen. Die Stille wird immer bedrückender. Ich versuche einzuschlafen, aber ich denke an den Tag, da dieses Haus leer sein wird, der Garten verwildert, die Blätter dürr und gelb und fremde Hände den Baum fällen werden. Ich sehe Zimmer um Zimmer ausgeräumt, die Gegenstände in einer Ecke zusammengestellt, den eingerollten Teppich quer hingelegt, die Vorhänge herabgerissen oder zerfetzt. Mein Gedanke geht über den Korridor, und ich habe ein Gefühl der Scham und der Angst. Wie kann man es wagen, an diesen Ort, des Lebens beraubt, zu denken? Die Angst hat etwas Perverses an sich.

Warum bin ich gekommen und lege meinen Kopf auf ein feuchtes Kissen? Warum habe ich den kalten, düsteren Weg eines neuen Exils gewählt? Der Winter umgibt die Seele dieser Stadt mit einer dicken Schicht grauer Erde. Tanger gibt sich so der Nacht und den Dunkelheiten hin, als wollte es den Tod verführen.

Heimkehren und sterben.

Ich höre nicht auf heimzukehren, um nicht zu sterben. Das Land fehlt mir überall, wohin ich gehe, und wenn ich zurückkomme, dann durchmesse ich einzig und allein den langen Weg des Winters, einen Ausgang aus dem Labyrinth suchend, eine Tür, die zu einem kahlen weißen Raum führt, abseits vom Denken und von der Erinnerung.

Ich muß etwas Erde in den Lungen haben. Das läßt mich leben und macht mir das Atmen leicht. Das Land, das ich kenne, und jenes, das ich ahne, sie breiten sich mit gleicher Zärtlichkeit in meinem Körper aus. Die Gebirge schüchtern mich ein; die Ebenen locken mich; die Bäume bezaubern mich; das Licht ruft mich zur Erde zurück. Es geschieht, daß die Menschen ohne Erde die großen Avenuen entlangziehen, die Kinder ihnen voran, und daß sie unter den Kugeln der Gewehrsalven sterben. So ist das Land; es ist das Bild dieser riesigen Wellblechsiedlungen, von einer Autostraße zweigeteilt. Diese geschlagenen und bis in ihr Elend verunstalteten Männer und Frauen ziehen von einem Geviert ins andere, wobei sie den Asphalt überqueren und manchmal ihre gemarterten Körper am Rand der Straße liegenlassen, als wären es überfahrene Hunde.

Das Schicksal brauchte viele Gebetsmatten, auf die man die verhungerten, nacheinander diese Erde verlassenden Körper legte, um etwas, was auch immer, am Eingang zu der großen Stadt zu erbetteln. Das Schicksal, das war der geizige Himmel, und das waren Menschen, die der Gnade anderer Menschen ausgeliefert sind.

Ich sitze an meinem Tisch, der Blick fällt durch das große Fenster. Ich sehe hinter den Zweigen und Blättern die Mauer zur Gasse. An die Mauer haben Kinder mit einem Stück Kohle den Krieg gezeichnet. Ein Flugzeug, das Menschen abwirft. Die Erde ist durchlöchert. Körper liegen da, und Vögel fliegen darüber. Daneben eine andere Zeichnung, wahrscheinlich von denselben Bürschchen, die einen Körper ohne Arme und ohne Beine darstellt, mit einem Riesenpenis und der Aufschrift (hier orthographisch berichtigt): Liebe ist eine Schlange, die zwischen die Schenkel schlüpft.

Wir sitzen bei Tisch, mein Vater ißt schweigend. Meine Mutter sieht mich an. Plötzlich hört man von der Straße her: »Möse deiner Mutter!« – »Meine Eier auf deine Augen!« – »Hältst deinen Hintern hin, und ich will nicht!« – »Da, faß hin!« Ich tue, als hörte ich nicht. Mein Vater steht auf und schließt das Fenster. Meine Mutter stellt das Radio an. Ich lächele.

Wenn es in Fès eine Keilerei gab, machte man mich zum Schiedsrichter wegen meines nach der Kindheitskrankheit noch schwächlichen Zustandes, und ich hatte ein Urteil zu fällen. Ich zählte die Punkte und trennte die Kämpfer. In solchen Augenblicken prasselte es Schmähreden. Es kam darauf an, wer das meiste vorbrachte und wer in seiner Kühnheit am weitesten kam. Ich schrie auch in die leere Straße alle die Schimpfereien hinein, ein Durcheinander von Geschlecht, Religion und Eltern.

Mir kommt es noch vor, daß ich an Fès denke, als sei es ein verschwundener Verwandter. Das ist nicht einmal eine Erinnerung, irgendeine Fügung, ein von der Zeit verwischtes Bild: die Stadt hat sich verlagert. Es bleibt der Friedhof von Bab Ftouh. Silhouetten ziehen vorüber auf der Suche nach einem namenlosen Grab. Sie legen dort einen Lorbeerzweig nieder und rezitieren eine Sure.

16

Ich würde nach meinem Tod gern ein sehr blaues Meer sein wollen, das mitten in der Sahara läge und zu dem die Leute kämen, um an diesem blauen Meer zu leben, zu leben und dieses Meer lebendig zu machen. Schon allein wenn ich daran denke, überkommt mich die Freude.

Sie hatte mir diesen Wunsch ins Ohr geflüstert nach einem langen Schweigen, die Spanne während des langsamen Untergehens der Sonne in die malvenrosige und rote Linie, die sich über dem Meer von Kreta abzeichnete. Der kleine Hafen von Chania lag still da, ruhend, menschenleer. Es war am Ende des Herbstes. Die Stadt zieht sich auf solche Weise für eine Jahreszeit zurück, um sich wiederzufinden, um ein paar schlechte Erinnerungen abzuwaschen, loszuwerden.
 Ich brach allein auf, ich wollte einen Rundgang machen. Ich sah viele sogenannte Sommerhäuser, verlassen, verschlossen über einem Mysterium, wonach kein Mensch begehrte. Ich überdachte wieder einmal jene Abwesenheit, die man mir so oft vorwarf. Ich würde eines dieser Häuser mit den heruntergelassenen Rolläden sein.
 Ich habe diese Reise unternommen, um zu verstehen. Nun, die Liebe ist eine Gnade, zuweilen mit einer Schicht Dunkelheiten. Zwischen uns gab es Ströme von Worten und Schweigen. Ich hielt mich immer an demselben Punkt des Zweifels, der Unsicherheit und der Angst auf. Dieses Mal spüre ich mehr als andere Male, daß meine Art zu lieben zur Aufregung antreibt; sie stört den Rhythmus, reizt und zerbricht das Verlangen nach Harmonie. Und dabei bin ich daran nicht schuld. »Genau das ist es«, sagt sie zu mir, »deine Ahnungslosigkeit ist sozusagen das Ärgernis!«

Ich fülle Bücher, indem ich meinen Kopf leere. Manchmal, wenn ich gehe, spüre ich, daß mir meine Gedanken vorauseilen. Ich beuge mich vornüber, als würde ich an einem Strick gezogen. Aus diesem Grunde halte ich mich schlecht. Manchmal werde ich zu einem Gedanken; ich schreite auf der Straße voran und vergesse hinter mir meinen Körper, der zu einer Silhouette geworden ist, zu einem Schatten, der langsam verblaßt. Ich bleibe stehen und beobachte ihn. Ich sehe, wie er allmählich schwindet, allmählich von einem Zustand in einen anderen übergeht, von einem kaum wahrnehmbaren Gegenwärtigsein in eine Abwesenheit, in ein durchschimmerndes Etwas.

Dieses Hin und Her zwischen mir und dem anderen steht am Anfang meiner Übel: Schmerzen im Kopf und im Herzen; Benommenheit, Mattigkeit, Taumel.

Ich stand in diesem Wirbel – er hätte eine Zuflucht sein sollen – verloren da, als mein Körper an einer Stelle feste Gestalt annahm und sich mit einem quälenden Gedanken anfüllte: Unterhalb der linken Brust gab es eine kleine Kugel. Ich betastete sie und spürte den Angstschweiß hochperlen. Nun war kein Zweifel mehr: Ich hatte meinen Körper, diese so oft verlassene Behausung, wiedergefunden. Die Angst brachte es zustande, den Tod in meine Augen einzusetzen. Mein Blick ging weit über den Horizont hinaus. Ich sah die Leute rings um mich leben und vor allem lachen. Mein Kopf war plötzlich voll von dieser Zukunft, mit der ich nicht mehr rechnen konnte. Das Härteste war der rücksichtslose Umsturz in der Wahrnehmung der Zeit. Der Raum zählte wenig. Er bestand nicht mehr. Hier sein oder da sein, zu Hause oder anderswo, eine Heimat haben oder nicht, all das war nicht mehr von Wichtigkeit. Nichts war mehr an seinem Platz, genauer, alles war schon an seinem Platz, nur ich nicht. Zum erstenmal vielleicht wurde ich der Gefangene meines Körpers. Er hielt mich fest und gemahnte mich fortwährend an den Stein. Ich, der ich die Gewohnheit hatte und über die

Freiheit verfügte, einen Bogen um ihn zu machen, der ich ihm die zufriedene Ruhelage zugewiesen hatte, wo sich die Dinge ganz allein aufeinanderhäufen, wurde plötzlich einer sperrigen, schmerzenden Gegenwärtigkeit gegenübergestellt. Krank sein, bedeutet das nicht eine übersteigerte Art, in der Welt gegenwärtig zu sein, eine Art, als würde man ein Loch höhlen, um zu sehen, ob die Wurzeln noch recht lebendig sind? Das ist die Zelebration des Körpers, eines ihm selbst anvertrauten, bevor er der feuchten, von einem milden Tau benetzten Erde übergeben wird. Ein gezeichnetes Wesen ist ein Körper, der sich der Erde nähert. Er wird von ihr eingesogen. Er wird zu den Steinen geworfen, die sich schieben und stoßen, um ihm den Weg freizugeben, um ihm ein Plätzchen zum Ruhen zu lassen. Man muß die Erde lieben, ihre Bewegungen achten und ihrer Launen einsichtig sein, die ebenso das Leben hervorbringen wie das, was es auslöscht.

Ich wurde von der Gnade erreicht. Verwandelt, mir wiedergegeben, entdeckte ich die Ironie, die Schönheit des Lebens und das Hochgefühl der Liebe. Ein krankes Wesen darf nicht traurig sein. Es kann verzweifelt sein oder sogar gleichgültig; das aber ist die äußerste Grenze des Verzichtens, die strenge Askese und der letzte Stand des Spiels und der Doppeldeutigkeit, wo der Tod verhöhnt und zu dem, der ihn schickt, zurückgesandt wird. Man könnte sich übrigens den Spaß machen, ihn hinzubegleiten, ihn hin zu der Falle, die das Schicksal offenhält, zu führen. Und die Liebe erstarkt, wird kraftvoll, absolut. Die Torheit aber ist eine geringere Gefahr. Sie ist die Gewohnheit derer, die damit beschäftigt sind, sich zu bewahren, nach Maß zu leben, in den Grenzen des Vernünftigen, die ihr Leben in das Zuträgliche, in die Enge und in die Vorsicht eingezwängt haben. So fällt die Liebe in meinen kranken – oder mutmaßlich kranken – Körper ein und verleiht meinem Atem einen Gewinn an Existenz und Leben.

Das wurde eine prunk- und tumulthafte Zeit. Ich vergaß bald die Krankheit – ein Irrtum, der der übermäßigen Angst entsprang – und begriff, daß der Augenblick gekommen war, dem Umherirren der Körper ein Ende zu setzen.

Als ich heute früh aufstand, habe ich wieder die Erregung und die Unruhe des Dichters überdacht, der sich fragt, »ob man das Leben wird erkennen können (...), wenn irgendwo ein Notspiegel bliebe,/wo man sich zu sehen schließlich aufhören würde,/wo man weit über sich hinaus sehen würde«.

Vielleicht bin ich deshalb in das Haus eingekehrt, um zuzusehen, wie sich der Ablauf, mit dem gemächlichen, genauen Rhythmus der Gewohnheit, des endlosen Zeremoniells eines heiteren Lebens gestaltet, das den täglichen Arbeiten gewidmet ist und der besitzergreifenden Liebe zu einem Sohn, der sich nie die Zeit nimmt, sich an das Ufer des Flusses mit offenen Händen und deren erkennbaren Linien, welche das in anderen Händen vorhandene Glück wahrsagen, zu setzen.

Ich versuche, in diesem Hort der Familie, wo sich nichts ereignet, gegenwärtig zu sein. Man hört die Geräusche der Stadt. Man verwechselt sie mit denen der Wogen. Mich befremdet die Reglosigkeit. Mein Körper ist erstarrt, ist gebunden von Händen, die ich zwar spüre, aber nicht sehe. Man legt mir auf den Leib einen eingeschlafenen Esel, der Augen und Maul aufsperrt. Ich versuche, ihn fortzustoßen. Er ist tot. Er stinkt. Er raubt mir den Atem. Ich will schreien. Keinen Ton bringt meine Stimme hervor. Ich halte den Atem so lange wie möglich an. Meine Hände sind eiskalt, meine Stirn glüht, und der Blick ist getrübt. Langsam gerät der Esel ins Rutschen und fällt vom Bett. Ich fühle mich erleichtert. Ich will aufstehen, aber Stricke halten mich gefesselt. Ich atme besser. Eine sehr hohe Welle überspült mich. Ich schlucke salziges Meerwasser. Ich sinke auf den Grund. Ich lege mich wie etwas Schweres auf Kristalle und Algen. Ich tauche an der Oberfläche wieder auf, und eine andere Welle wirft mich auf den Sand. Ich erhebe mich, meine Kleider kleben mir an der

Haut. Beim Davongehen wäre ich beinahe mehrmals gestürzt. Der Strand liegt menschenleer da. Der Himmel hängt tief. Der Horizont ist ganz nah. Ich setze mich auf eine Bank neben eine junge Frau. Ich erkenne ihre Hände wieder, nicht aber ihr Gesicht. Sie bedeutet mir, daß ich ihr folgen soll. Ich gehe neben ihr durch die verlassenen Straßen Tangers. Alles schläft. Nur Dockarbeiter mit dem Körper voller Schlaf gehen zum Hafen. Der Weg führt uns über den Petit-Socco, die Rue Siaghine entlang, über den Grand-Socco, dann die Rue de la Liberté, die Place de France, der Marché aux Bœufs, Sidi Boukhari, Ouad Lihoud. Ein Feld kommt, dann eine Piste, dann eine kleine Hütte hinten auf dem Hundefriedhof. Die junge Frau entkleidet mich und reicht mir eine dunkelbraune Wolldschellaba. Sie kocht Tee und bereitet Ma'dschûn zu. Wir trinken und essen die Makronen des Entweichens und des Lachens. Wir sprechen nicht miteinander. Ihr Gesicht verändert sich. Es wird unkenntlich. Das ist vielleicht die Wirkung des Ma'dschûn. Ich lache. Sie mustert mich streng. Ich spüre, ich bin unter familiäre Hände geraten, Hände einer nicht sehr fernen Vergangenheit. Ich bin in die Falle gegangen. Ich glaube, daß man reden muß, irgend etwas sagen, vielleicht sogar Rechenschaft ablegen. Sie entschließt sich zu sprechen. Ihre liebe Stimme rührt mich und tut mir weh. Sie ist keine andere geworden. Sie spricht langsam. Sie singt oder flüstert. Sie sagt zu mir und legt dabei ihre Hand auf meine Schulter: »Ich bin immer die, die dich verläßt und die zurückkehrt. Ich kenne dich gut. Ich habe dich aus Liebe erschaffen. Ich habe dich auf dem Umweg eines Traumes oder eines Alpdrückens, das weiß ich nicht mehr, gesucht. Die Zeit ist dahingegangen, und nichts hat sich geändert. Du bist gereist. Du hast geschrieben. Meine Gefühle verraten immer noch dieselbe Verwirrung, immer noch denselben Doppelsinn. Ich bin oft weit weggegangen von meinem Körper. Ich habe ihn während der Zeit einer Leidenschaft wiedererhalten, durch die Ehe dann zerstört. Berühre meine Brüste; sie sind schwer und fest wie am ersten Tag unserer Begegnung auf dem Friedhof. Mein Vater ist tot, und ich habe zu meiner Mutter zurückgefunden. Sie lebt allein in einem kleinen Haus in der Medina. Ich schreibe weiter und führe Tagebuch. Im Collège lehre ich die jungen Menschen die Poesie, die Liebe zur Poesie, die Leidenschaft zum Verborgenen, zum Geheimnis; ich lese ihnen Seiten des Mystikers Ibn Arabi und sogar des Hallâdsch vor. Sie machen große Augen. Das da ist meine Zuflucht. Ich komme mit anderen Frauen hierher, um zu meditieren und zu vergessen. Es scheint, daß du unsere Geschichte erzählt hast. Ich glaube, das ist ein Fehler. Die schönen Geschichten lassen sich nicht verbreiten. Sie müssen von einem großen Geheimnis umschlossen bleiben. Vielleicht ist unsere Liebe keine schöne Geschichte. Jetzt erinnert sich niemand an uns. Nur die Toten des Friedhofs, wo wir uns geküßt haben ... Da! Es wird Tag. Ich muß gehen. Ich bringe dich zurück zur Straße. Das wird nun sicherlich ein wenig quälender Traum sein.«

Sie hat, bevor wir die Hütte verließen, gesungen. Ihre Stimme ist sehr zu Herzen gehend. Ich hatte Tränen in den Augen. Meine erste Braut ist für immer schön und rätselhaft. Ihre zarte, sehr matte Haut ist warm. Ihre schwarzen Augen sind voll Schwermut. Als wir an der Straße nach Fès angekommen waren, sagte sie zu mir: »Gott befohlen, mein Freund! Wir werden uns an einem andern Ufer wiederbegegnen. Lebe wohl und schreibe, schreibe schöne Dinge, schönere als das Leben. Wenn du es nicht kannst, suche mich auf, ich werde dir unsere Geschichte erzählen; ich werde dir unsere Liebe singen ...«

So ist es! Man schlägt eine Seite um, wie man einen Stein hebt. Was man entdeckt, ist selten etwas Sonderbares. Die Angst verschönt die Funde, wenn sie aus langem Schweigen bestehen und sich mit den Seelenzuständen einer ihrer Träume entledigten Stadt vermischen.

Das Land fehlt mir überall, wohin ich komme.

Ich erklimme einen Hügel, und mein Blick schweift weit. Ein gewalttätiges Licht blendet mich. Was ich sehe, ist weiß. Nackt und gleichförmig. Eine Folge von Flachdächern, die sich bis ins Unendliche übereinanderschachteln. Auf der Leine trocknet weiße Wäsche. Eine Frau im offenen Kittel geht langsam über eins der Dächer. Ein Junge läuft ihr entgegen und kauert sich zwischen ihre Beine; er schmiegt den Kopf an ihren Leib. Die Frau streichelt ihm das Haar.

Das Land tritt hinter den geweißten Dächern zurück. Das Land oder das Gedächtnis. Die Heimaterde und die Rückkehr.

Dieser Hügel liegt oben auf dem alten Gebirge von Tanger; und es sind die Dächer von Fès, die ich sehe. Ich glaube, die Frau, die ich gerade bemerkt habe, ist Loubaba. Ich habe sie an der Art zu gehen erkannt. Eine Stadt hat sich mit einer anderen vermengt. Bilder haben sich überlagert. Immer dasselbe Streben steckt in mir: Ich verwirre nur das, was ich liebe. Ich erträume nur das, was mir fehlt. In solchen Augenblicken der Störung, des Sehens und des Erinnerns, spreche ich ein paar Verse auf arabisch; Sätze fügen sich auf der Seite aneinander, in einem anderen Alphabet. Da mischt sich eine ferne Landschaft aus grauen Dächern in diese Sicht. Abgesondert erscheint sie im Dämmerlicht.

Ich setze mich auf die Terrasse dieses maurischen Cafés, oben in der Stadt; ich schaue, um die Bilder besser zu erkennen. Die Dächer sind immer noch da. Jetzt ziehen die Gesichter vorüber, vereinzeln sich, heben einander auf und kommen wieder. Das Gesicht der Geliebten gegen die Front aus Dunst, auch die wechselnde Heimaterde, das umherirrende Land, die Hand, der Unbekannten auf den Mund gelegt, um ein Geheimnis zu hüten, ein Körper, sich selbst umschlingend, und diese Stimme, die eine Melodie aus der Kinderzeit singt, wird plötzlich vom Ruf zum Abendgebet unterbrochen, den der Wirt des Cafés von seinem Balkon herab erschallen läßt. Man rückt die Tische beiseite und breitet die Matten und die Teppiche aus. Die Männer stellen sich in der Reihe auf und beten. Ich rühre mich nicht von meinem Stuhl und betrachte weiterhin die Stadt. Meine Bilder haben sich alle verwischt, durch den Willen des Gebetsrufers ausgelöscht. Eine Hand legt sich mir auf den Rücken. Der noch junge Mann macht mir ein Zeichen mit dem Kopf, daß ich mich einreihe. Ich drehe mich um und zeige ihm den dichten Nebelvorhang, der die Stadt verdeckt. Er tritt zurück, enttäuscht, und läßt mich in Frieden. Neue Bilder werden auftauchen und mich in ihre Gedankenreise aufnehmen. Die Dächer sind vom Nebel verhüllt. Die Hügel stehen im Hintergrund und gemahnen, daß es unter der weißen Schicht die Stadt und die Erinnerung gibt.

Wo bin ich an diesem Ende eines Winternachmittags?

Welchen Weg einschlagen, um nach Hause zu kommen?

Bin ich in Fès zur Zeit, da die Stadt Tore in den Mauern hatte und der Wächter der Nacht und der Mauern, ein Töpfermeister, eins nach dem andern schloß und die Schlüssel als Kostbarkeit bei sich trug?

Bin ich in Tanger zur Zeit, da es mehrere Nationen besetzt hielten, aus ihm eine Räuberhöhle machten, einen Ort für das Rätsel, das Spiel und den Seehandel?

Bin ich auf Xios, der Insel, deren Farben, Licht und Geschichte ich erahne; der Insel, die ich gesehen habe in den Ergriffenheit spiegelnden Augen der Frau, die ich liebe; das Xios des wundgescheuerten Gedächtnisses, geschlossen über seine Schätze, geschlossen über seine gewaltsamen Tode?

Bin ich in Beirut, gerade vor den Kriegen, im Augenblick, da die Stadt vor der Sonne erwachte, um sich mit Zauber zu bekleiden und ihren Kindern einen Himmel aus Farben zu bieten, von dem ein von Kugeln durchsiebter Mantel herabhing?

Bin ich in Medina nach dem Abzug aller Pilger?

Ich bin in der Nacht, und ich kenne meinen Weg nicht mehr. Eine Treppe oder ein Abhang. Ich sehe nichts. Mir ist kalt. Das Café ist geschlossen. Kein Mensch kommt vorbei. Ich bin allein, abgesondert, von Dunkelheiten umgeben, und ich bin nicht traurig. Ich finde mich wieder wie in den ersten Jahren, als mich die Krankheit in einen Korb aus Zwergpalmblättern verbannt hatte. Jetzt will ich träumen und zu jeder beliebigen Stunde die tollen, schönen Bilder herbeirufen, um dem Schmerz und dem Herannahen des Todes noch eine Zeitspanne abzugewinnen. Ich werde die Nacht auf diesem Stuhl zubringen, ohne die Augen zu schließen, ohne nach Hilfe zu rufen. Ich werde warten, an mich selbst gekettet, meines Schattens ledig, mit einem Gesicht, das ich heiter weiß, und einem Herzen, das mit dem inneren Land, mit der Erde, welche atmet, lebt und voranschreitet, versöhnt ist. Ich werde warten, bis mit der Morgendämmerung das Gesicht der Geliebten erscheint, das einzige, was mich nach Hause zu führen versteht, überall, wo meine nackten Füße von den Steinen der Insel gewärmt werden, überall, wo dieses Gesicht der Verzweiflung zu leben widerspricht, und auf ihren Händen gehen die Sterne des Morgens auf.

Chania – Tanger – Paris
Dezember 1981 – Dezember 1982

Anmerkungen

Angriff auf den Suezkanal – Nach der Nationalisierung der Suezkanalgesellschaft am 26. Juli 1956 erfolgte am 29. Oktober desselben Jahres der Angriff Israels auf Ägypten unter Beteiligung Großbritanniens und Frankreichs.
Annoual – Die spanischen Besatzungstruppen wurden am 21.7.1921 bei Annoual vernichtend geschlagen.
Äußerster Norden – Gemeint ist die spanisch besetzte Zone an der Nordküste Marokkos; die sogenannten Freien Plätze Ceuta und Melilla waren bereits seit dem 15. Jahrhundert in spanischer Hand, 1860 eroberte die spanische Armee Tetuan.
Berg Arafat – Vier Wegstunden östlich von Mekka gelegen, wo die Pilger von Mittag bis nach Sonnenuntergang verweilen müssen.
Besuch der Engel – Nach islamischer Vorstellung prüfen die beiden Engel Munkar und Nakir die Taten des Verstorbenen sofort nach dessen Hinscheiden.
Bismillah – (arab.) Im Namen Gottes; auch Grußformel
Burnus – Weiter, mit Kapuze versehener Mantel aus Kamelhaarwolle
Der letzte der Propheten – Die Reihe der Propheten, zu denen auch Jesus und vornehmlich Gestalten aus dem Alten Testament zählen, wird von Mohammed abgeschlossen.
Dschellaba – Mantelartiges Gewand mit Kapuze aus Seide oder Baumwolle
Entwerdung – Ausdruck für die Endstufe, die der muslimische Mystiker anstrebt: das Aufgehen in den Eigenschaften Gottes, schließlich im Sein Gottes.
Fakíh Abdelkrim al-Khattabi – (1881–1963) Islamischer Rechtsgelehrter und Emir der Rifstämme, die er während ihres bewaffneten Kampfes gegen die spanische und französische Okkupation Marokkos anführte.
Farid el Atrache – Ägyptischer Sänger der leichten Muse
FLN – Front de Libération Nationale = (algerische) Nationale Befreiungsfront
Gehenna – (hebr.) Heiße Talschlucht südlich von Jerusalem, nach spätjüdischem Glauben Stätte des Jüngsten Gerichts; Hölle. Diese Vorstellung wurde vom Islam übernommen.
Geschichte von Antar und Abla – Gemeint ist der umfangreiche arabische Volksroman »Das Leben Antars«, der die Kämpfe des Ritters Antar zu Ehren seiner Dame Abla zum Inhalt hat.
Grand-Socco – (levantinisch) Der große Markt
Guardia civil – (span.) Bewaffnete Polizeitruppe
Guembri – Mandolinenähnliches Instrument
Hadith des Propheten – Sammlungen von Überlieferungen aus Mohammeds Leben, die sein Handeln, sein Urteilen, selbst sein unausgespro-

chenes Gutheißen betreffen; wichtige Grundlage für das islamische
Recht.
Hâdsch – Ehrenname eines Mekkapilgers
Haïk – Weißes Übergewand
Hallâdsch – Mystischer Dichter und Denker; 922 als Ketzer in Bagdad
hingerichtet
Hammam – Öffentliches Bad
Hedschra – Die Hedschra, der Auszug des Propheten Mohammed mit
seinen Anhängern aus Mekka, geschah 622 und ist der Beginn der
muslimischen Zeitrechnung.
Henna – Orangerotes Färbemittel für Haare, Handflächen und Fuß-
sohlen
Ibn Arabi – (geb. 1165 in Spanien, gest. 1240 in Damaskus) Verfasser
klassischer Liebeslyrik und mystischer Werke
Imam – Vorbeter einer muslimischen Glaubensgemeinde; allgemein
geistiges Oberhaupt
In welcher Richtung Mekka liegt – Der Muslim hat sein Gebet in Richtung
Mekka zu sprechen.
Istiqlal-Partei – Partei der Unabhängigkeit Marokkos, die seit 1943 die
Interessen der nationalen Bourgeoisie vertritt.
Kadi – Richter, der unter anderem auch die Trauung zu vollziehen hat.
Kasbah – Zitadelle; Altstadt
Kifraucher – Raucher eines Narkotikums, das aus Bestandteilen der
Hanfpflanze zubereitet wird.
Koransure – Kapitel des Korans
Kuskus – Gericht aus Weizengrütze, die über dem Dampf kochender
Fleischbrühe, mit Gemüse und Gewürzen versehen, gegart wird.
Ma'dschûn – Opiumhaltige Paste oder Teigmasse
Mahmûd Darwisch – Palästinensischer Dichter des Widerstands
Mausoleum des Moulay Idriss – Heilige Grabstätte von Idriss I. (gest. 783),
dem ersten muslimischen Herrscher.
Medina – (arab.: Medinat en-Nabi, Stadt des Propheten) Heilige Stadt
des Islam, in der der Prophet Mohammed im Jahre 632 starb und bei-
gesetzt wurde.
Medina – Hier: Altstadt
Mokhazni – Angestellter der marokkanischen Regierung; hier: im Poli-
zeidienst.
Muezzins – Muslimische Gebetsrufer
Oger – Menschenfressergestalt aus dem überlieferten Erzählgut der
Berber
Oued – Fluß oder Bach, zeitweilig ausgetrocknet
Petit-Socco – (levantinisch) Der kleine Markt
Qissaria – Teil der Altstadt von Fès
Raïs – Präsident, Führer; Bezeichnung für Gamal Abd el Nasser (1918–
1970)

Ramadan – Fastenmonat des muslimischen Mondjahres
Rifkrieg – Erhebung und bewaffneter Widerstand der Berberstämme im Norden Marokkos gegen die spanische, später auch französische Okkupation.
Satan steinigen – Die symbolische Steinigung des Satans gehört zu den Riten während der Pilgerreise nach Mekka und wird an dem Ort Mina vollzogen. Auf drei Steinhaufen werden je sieben Steinchen geworfen, die besagten einundzwanzig Kiesel.
Scha'ban – Name des 8. Monats nach dem muslimischen Mondkalender
Serwal – Orientalische Pluderhose
Skhina – Warme Mahlzeit
Sultan Mohammed V. – Auf Betreiben der französischen Protektoratsverwaltung wurde Mohammed ben Youssef 1953 abgesetzt und verbannt, Ende 1955 kehrte er auf den Thron zurück.

Unionsverlag Taschenbuch

Tschingis Aitmatow: Dshamilja **UT 1**

Yaşar Kemal: Memed mein Falke **UT 2**

Sahar Khalifa: Der Feigenkaktus **UT 3**

Alifa Rifaat: Zeit der Jasminblüte **UT 4**

Sahar Khalifa: Die Sonnenblume **UT 5**

Tschingis Aitmatow: Du meine Pappel im roten Kopftuch **UT 6**

Yaşar Kemal: Der Wind aus der Ebene **UT 7**

Nagib Machfus: Die Midaq-Gasse **UT 8**

Kamala Markandaya: Nektar in einem Sieb **UT 9**

Ken Bugul: Die Nacht des Baobab **UT 10**

Assia Djebar: Die Schattenkönigin **UT 11**

Yaşar Kemal: Die Disteln brennen – Memed II **UT 12**

Tschingis Aitmatow: Der Richtplatz **UT 13**

Buchi Emecheta: Zwanzig Säcke Muschelgeld **UT 14**

Salim Alafenisch: Der Weihrauchhändler **UT 15**

Tschingis Aitmatow: Abschied von Gülsary **UT 16**

Yaşar Kemal: Eisenerde, Kupferhimmel **UT 17**

Mulk Raj Anand: Der Unberührbare **UT 18**

Kamala Markandaya: Eine Handvoll Reis **UT 19**

Anar: Der sechste Stock eines fünfstöckigen Hauses **UT 20**

Ferit Edgü: Ein Winter in Hakkari **UT 21**

Driss ben Hamed Charhadi: Ein Leben voller Fallgruben **UT 22**

Elçin: Das weiße Kamel **UT 23**

Omar Rivabella: Susana. Requiem für die Seele einer Frau **UT 24**

Bestellen Sie unseren kostenlosen Verlagsprospekt:
Unionsverlag, Rieterstrasse 18, CH-8059 Zürich

Unionsverlag Taschenbuch

Tschingis Aitmatow: Der weiße Dampfer   **UT 25**

Latife Tekin: Der Honigberg   **UT 26**

Nagib Machfus: Der Dieb und die Hunde   **UT 27**

Giuseppe Fava: Ehrenwerte Leute   **UT 28**

Driss Chraibi: Die Zivilisation, Mutter!   **UT 29**

Tschingis Aitmatow: Aug in Auge   **UT 30**

Assia Djebar: Fantasia   **UT 31**

Tschingis Aitmatow: Die Klage des Zugvogels   **UT 32**

Mulk Raj Anand: Gauri   **UT 33**

Juri Rytchëu: Traum im Polarnebel   **UT 34**

Yaşar Kemal: Das Unsterblichkeitskraut   **UT 35**

Nagib Machfus: Die segensreiche Nacht   **UT 36**

Löwengleich und Mondenschön   **UT 37**

Giselher W. Hoffmann: Die Erstgeborenen   **UT 38**

Germaine Aziz: Geschlossene Häuser   **UT 39**

Das Mädchen als König   **UT 40**

Giuseppe Fava: Bevor sie Euch töten   **UT 41**

Amos Tutuola: Der Palmweintrinker   **UT 42**

Nagib Machfus: Miramar   **UT 43**

Eine von tausend Nächten   **UT 44**

Yaşar Kemal: Auch die Vögel sind fort   **UT 45**

Salim Alafenisch: Die acht Frauen des Großvaters   **UT 46**

Pramoedya Ananta Toer: Kind aller Völker   **UT 47**

Die Braut im Brunnen   **UT 48**

Bestellen Sie unseren kostenlosen Verlagsprospekt:
Unionsverlag, Rieterstrasse 18, CH-8059 Zürich

Unionsverlag Taschenbuch

Juri Rytchëu: Wenn die Wale fortziehen **UT 49**

Nagib Machfus: Die Kinder unseres Viertels **UT 50**

Lorna Goodison: Der Schwertkönig **UT 51**

Patricia Grace: Potiki **UT 52**

Aziz Nesin: Der einzige Weg **UT 53**

Sahar Khalifa: Memoiren einer unrealistischen Frau **UT 54**

Die Liebe der Füchsin **UT 55**

Tahar Ben Jelloun: Der öffentliche Schreiber **UT 56**

Bestellen Sie unseren kostenlosen Verlagsprospekt:
Unionsverlag, Rieterstrasse 18, CH-8059 Zürich

Robert Merle
Der Tod ist mein Beruf
Roman
Aus dem Französischen
von Curt Noch
318 Seiten

Robert Merles weltberühmter Roman ist eine Studie über die Psyche eines Massenmörders, die gerade wegen des fehlenden Pathos um so beeindruckender ist. Ruhig und ungerührt erzählt Rudolf Lang, Lagerkommandant von Auschwitz, sein Leben von der Kindheit im strengreligiösen, autoritären Elternhaus bis zu seiner Hinrichtung im Jahr 1947.

»Es hat«, so Merle 1972, »unter der Naziherrschaft Hunderte, Tausende Rudolf Langs gegeben, moralisch innerhalb der Immoralität, gewissenhaft ohne Gewissen. Alles, was Rudolf Lang tat, tat er als ein Mann der Pflicht; und gerade darin ist er ein Ungeheuer.«

Aufbau-Verlag
Postfach 193, D-10105 Berlin

Interessieren Sie sich für unser Programm?
Fragen Sie in Ihrer Buchhandlung nach unserem
Gesamtverzeichnis oder schreiben Sie uns.